Spécialiste mondialement reconnu des tueurs en série, Stéphane Bourgoin a été conférencier à l'école de la Gendarmerie nationale. Il est l'auteur d'une quarantaine d'ouvrages, parmi lesquels *Le Livre noir des serial killers*, *Profileuse. Une femme sur la trace des serial killers* ou encore *Tueurs*, et d'une soixantaine de documentaires télévisés sur les serial killers.

Stéphane Bourgoin

TUEURS

Bernard Grasset

TEXTE INTÉGRAL

ISBN 978-2-7578-2810-6
(ISBN 978-2-246-71301-2, 1re publication)

Avant-propos

Depuis 1979, j'ai interrogé 70 tueurs en série à travers le monde et consacré quatre ouvrages, parus chez Grasset, à ce phénomène, ainsi qu'à des études de cas individuels (*Serial killers – Enquête sur les tueurs en série*, *Le Livre rouge de Jack l'Éventreur*, *Le Livre noir des serial killers* et *Profileuse – Une femme sur la trace des serial killers*).

Avec Ed Kemper, Albert DeSalvo, Jeffrey Dahmer, Henry Lee Lucas, Arthur Shawcross, Peter Kürten ou Jack l'Éventreur, je me suis intéressé aux plus célèbres de ces stakhanovistes du crime. Dans le présent ouvrage, j'aborde, bien sûr, plusieurs affaires de tueurs en série, mais aussi de criminels qui n'ont tué qu'une fois, de même que des tueurs de masse, dont la psychologie est très différente de celle du serial killer. J'ai souhaité dresser le portrait de meurtriers oubliés de l'histoire ancienne ou contemporaine, aussi bien aux États-Unis, en Afrique du Sud, qu'en France.

Dans le chapitre « Murder, made in U.S.A. », je reviens sur quatre affaires de serial killers, deux cas qui datent des années 1930 et deux autres, plus récents. « Le Boucher fou de Kingsbury Run » est, à l'image de Jack l'Éventreur, une affaire classée qui reste à élucider. C'est aussi un point noir dans la carrière du grand policier Eliot Ness, rendu célèbre par la série télévisée et le film *Les Incorruptibles*. Cette histoire figure sur les tablettes du réalisateur David Fincher (*Seven*, *Fight Club* et *Zodiac*) qui devrait l'adapter au cinéma sous le titre de *Torso*.

Bien qu'oublié de nos jours, le triple meurtre d'enfants en 1937 par le pédophile Albert Dyer est un crime qui connaît un retentissement inouï à Los Angeles. On y retrouve un des protagonistes de l'assassinat du « Dahlia Noir », qui se déroule dix ans plus tard, le psychiatre et premier profiler du Los Angeles Police Department, Joseph Paul de River.

La fin des années 1960 et le début des années 1970 marquent une véritable explosion du meurtre en série aux États-Unis, et plus particulièrement en Californie. Le duo meurtrier composé de Roy Norris et de Lawrence Bittaker est un peu passé inaperçu, car il est actif au moment où sévissent Charles Manson et sa secte. Pourtant, l'horreur des tortures infligées aux victimes par ce duo de kidnappeurs a marqué les esprits de tous ceux qui ont enquêté sur l'affaire. Elle met aussi en lumière des dysfonctionnements graves liés au manque de communication entre les différents services de police, l'absence de suivi des délinquants sexuels et le peu de considération réservé aux disparitions inquiétantes qui sont, à cette époque, trop souvent considérées par les autorités comme des fugues.

Mêmes causes, mêmes effets pour la trajectoire du pédophile multirécidiviste David Paul Brown, qui se déguise en policier pour approcher de jeunes garçons. Condamné pour kidnapping et tentatives de meurtres dans le Massachusetts, il réussit à se faire transférer dans un hôpital psychiatrique. Libéré en 1991, il prend la nouvelle identité de Nathaniel Bar-Jonah et part s'installer de l'autre côté des États-Unis, à Great Falls dans le Montana, où il recommence ses méfaits.

Bar-Jonah est même soupçonné de cannibalisme sur la personne d'un jeune enfant. Là encore, des erreurs de diagnostic combinées à un manque de communication entre deux États permettent au prédateur de commettre des forfaits sur plus de deux décennies.

Phénomène méconnu, mais en constante progression, le crime au féminin est représenté par plusieurs veuves noires, une tueuse de masse (un cas rarissime) et une meurtrière de ses propres enfants.

En France, c'est bien connu, « les serial killers, ça n'existe pas ! » Ce refrain, je l'ai maintes fois entendu, mais lorsqu'on sait que dans notre pays, au cours de la dernière décennie, on a arrêté, identifié et jugé plus de 90 récidivistes de l'assassinat, il n'a plus lieu d'être.

Depuis plusieurs années, les autorités judiciaires ont publié un rapport sur le crime sériel et mis en place différents fichiers et bases de données (le SALVAC), ainsi qu'un Département des Sciences du Comportement, au sein de la Gendarmerie nationale, pour combattre ce phénomène. Mais les serial killers et les délinquants sexuels ont existé à toutes les époques. Dans « Les crimes de la Belle Époque », je me penche sur Martin Dumollard, le « Tueur de bonnes » qui collectionnait les vêtements de ses victimes, tels des trophées, Antoine Léger, un pédophile buveur de sang, ou à des criminels sexuels comme Menesclou et Soleilland, dont les noms ont servi de « baromètre » aux journalistes de faits divers pendant de nombreuses années. Lorsqu'il fallait relater un nouveau meurtrier d'enfant, la presse le qualifiait de nouveau Menesclou ou de nouveau Soleilland. Dans la mesure du possible, j'ai voulu donner la parole aux criminels eux-mêmes, par la publication de leurs interrogatoires, récits et mémoires, extraits de fascicules populaires et d'un livre tel que *Les Criminels dépeints par eux-mêmes*. Le criminologue et docteur Alexandre Lacassagne a été un coutumier de ce procédé, avec ces autobiographies de criminels qui ont été rassemblées entre 1896 et 1909 dans un remarquable ouvrage de Philippe Artières, *Le Livre des vies coupables* (2000).

Lorsque vous refermerez les pages de ce livre, je désire que vous gardiez présent à l'esprit que, derrière chaque cas de tueur en série, il y a un grand nombre de victimes et de familles proches qui ont connu le martyre et qui continuent de souffrir.

Stéphane Bourgoin

Murder, made in

Torso, le boucher de Cleveland

LES INCORRUPTIBLES

Dès les premières pages des *Incorruptibles*, les auteurs Oscar Fraley et Eliot Ness décrivent une visite du jeune Ness à un homme de loi de Chicago en lutte active contre les gangsters. Lorsqu'il apprend que Ness est un agent du Bureau de la Prohibition, l'avocat se montre sur-le-champ froid et distant. Durant cette année 1929, on estime à environ un tiers les agents directement rétribués par les bandes de Chicago.

Ce n'est pas le cas d'Eliot Ness qui, tout au long de son existence, se montre d'une intolérance absolue face à la corruption. À ses yeux, un employé corrompu du gouvernement est bien plus détestable que le criminel qui enfreint ouvertement la loi. Cette attitude de Ness est encore renforcée par une croyance absolue du caractère sacré de la loi. Pour lui, ces vertus trouvent leur origine dans l'éducation stricte de ses parents immigrés. Peter Ness est un boulanger norvégien qui arrive à Chicago en 1881. Il a 50 ans à la naissance d'Eliot, le 19 avril 1903, qui est le dernier rejeton d'une famille de cinq enfants.

L'existence d'Eliot Ness comporte aussi de nombreuses zones d'ombre dont il préfère ne pas parler dans ses livres, qu'il s'agisse de ses échecs sentimentaux et de ses divorces, de son revers politique, de l'accident de voiture survenu en 1942 qui lui vaut d'être inculpé comme chauffard, de son manque de réussite professionnelle ou de l'affaire du « Boucher de Cleveland ».

Après des études de droit et de sciences politiques à l'université de Chicago où il obtient son diplôme en 1925, Eliot Ness travaille un an à vérifier les lignes de crédit des clients d'une compagnie d'assurances. Dégoûté par la paperasserie, il suit des cours du soir en criminologie, avant de réussir, en 1927, l'examen d'entrée pour devenir agent spécial du Département du Trésor. Quelques mois plus tard, il est transféré au Département de la Justice, où il est affecté au Bureau de la Prohibition de Chicago.

La ville est en proie à une guerre sauvage entre Al Capone et le gang du « North Side » dirigé par « Bugs » Moran (Bugs se traduit par cafard) qui, rien que pour l'année 1928, laisse 72 gangsters morts sur le carreau. Le Massacre de la Saint-Valentin, le 14 février 1929, est le point culminant de ce conflit, doublé d'une grave erreur tactique de Capone. La population, les journalistes et les autorités sont outrés par cette emprise des criminels sur la ville.

Le président Herbert Hoover mandate l'agent spécial du Département du Trésor, Frank Wilson, pour mettre sur pied une équipe chargée de dénicher des preuves contre Capone. La sélection de tels hommes est une tâche difficile vu le degré de corruption des agents du Bureau de la Prohibition. Entre 1921 et 1928, 700 d'entre eux ont été renvoyés à travers les États-Unis, et plus de 250 d'entre eux sont poursuivis pour corruption.

Le 28 septembre 1929, le procureur général George Johnson choisit Eliot Ness et l'informe, le jour même, de sa décision de le laisser diriger les opérations contre Capone. À l'époque, Ness a 26 ans et il gagne 2 800 dollars par an. Il vit toujours chez ses parents, bien qu'il ait une fiancée, Edna Staley, qu'il finit par épouser. Pour l'aider dans sa croisade contre le crime, Ness choisit neuf célibataires, qui ont tous un minimum de deux ans de service au sein du Département de la Justice : Lyle Chapman, Thomas Friel, Martin Lahart, Samuel Seager, Barney Cloohan, William Gardner, Michael King, Joseph Leeson et Paul Robsky. Le plus âgé d'entre eux a 30 ans.

À la mi-octobre 1929, ils sont prêts à lutter contre l'Empire du Mal. Au bout de six mois d'efforts, les agents se rendent compte de l'ampleur de la tâche : ils ont réussi à démanteler six brasseries et dix-neuf distilleries clandestines, mais ce n'est qu'une goutte d'eau par rapport au consortium de Capone. Pis encore, les raids de Ness n'ont pas engendré une seule arrestation !

En juin 1930, des émissaires du milieu tentent en vain d'acheter Ness, Seager et Lahart. Le jour même, Ness organise une conférence de presse pour annoncer la nouvelle. C'est en écrivant un compte rendu de ces événements qu'un journaliste du *Chicago Tribune* invente le surnom des « Incorruptibles ».

Petit à petit, les efforts des « Incorruptibles » portent leurs fruits grâce à de nombreuses écoutes téléphoniques et informations données par des membres des gangs rivaux de Capone. Ils élaborent de nouvelles tactiques pour leurs raids où Ness, soucieux de son image de marque, convoque toujours les journalistes.

Le 12 juin 1931, Ness dépose devant un grand jury fédéral : il obtient l'inculpation de Capone et de 68 membres de son gang pour plus de 5 000 violations des lois contre la Prohibition. Mais Capone ne sera jamais poursuivi pour ces crimes, car les agents du Département du Trésor ont battu les « Incorruptibles » d'une semaine en le faisant inculper pour fraude fiscale. Le procès se déroule à partir du 6 octobre et « Scarface » (le « Balafré », surnom d'Al Capone à cause d'une cicatrice qui lui barre la joue) est condamné à onze années de prison.

Pendant ce temps, la guerre avec le gang de Capone s'intensifie : un ex-prisonnier, ami et informateur de Ness, est retrouvé mort près de Chicago Heights ; on l'a longuement torturé avant de l'achever d'une balle dans la tête. Eliot Ness échappe de peu à trois tentatives d'assassinat. Le 3 mai 1932, les « Incorruptibles » escortent Al Capone de la prison du comté de Cook jusqu'à la gare de Dearborn, où ils prennent un train en direction du pénitencier d'Atlanta. Il s'agit de la dernière mission de Ness et de ses hommes dont l'équipe est démantelée peu de temps après.

LES INCONNUS

En reconnaissance des services rendus, Eliot Ness est nommé enquêteur en chef du Bureau de la Prohibition de Chicago. Mais la Prohibition se termine et l'administration place Ness à Cincinnati où il doit mettre fin aux activités de milliers de distilleries clandestines des collines du Kentucky, du Tennessee et de l'Ohio.

Homme des villes, Ness se sent perdu dans cet environnement hostile où son rôle n'a pas l'aspect flamboyant qu'il avait à Chicago. Il ne trouve plus d'échos favorables dans la presse comme du temps de Capone où les journalistes épiaient ses moindres faits et gestes. En juillet 1934, Ness demande et obtient son transfert à Cleveland, une cité de plus d'un million d'habitants connue comme la plus corrompue des États-Unis. Le crime organisé y règne en maître absolu, avec de multiples bandes dont la plus célèbre est le « Mayfield Road Gang ».

Le 5 novembre 1935, un nouveau maire est élu, Harold Burton, qui a basé sa campagne électorale sur la lutte contre la corruption et le crime. L'une de ses premières décisions consiste à nommer Eliot Ness à la direction de la sécurité publique. Lorsque Ness débute dans sa fonction, le 12 décembre 1935, il ne perd pas de temps, comme à son habitude. Dix jours plus tard, il commence une purge au sein des forces de l'ordre ; 122 policiers sont transférés, parmi eux un capitaine et 27 lieutenants. Petit à petit, Ness parvient à nettoyer Cleveland avec l'aide d'une petite équipe dont les méthodes s'inspirent de celles des « Incorruptibles ».

Pour leur assurer un maximum d'efficacité, Ness cache leur identité, et la presse les surnomme les « Inconnus ». Entre décembre 1935 et juin 1937, les crimes diminuent de 25 % et les arrestations augmentent de 20 %. Mais Ness connaît aussi ses premiers échecs qu'il « oublie », ou mentionne à peine, dans les ouvrages coécrits avec Oscar Fraley. Et le pire de ces revers est l'affaire du « Boucher fou de Cleveland », un tueur en série encore plus impitoyable que des serial killers modernes, tel le Hannibal Lecter du *Silence des agneaux*.

ELIOT NESS ET LE BOUCHER DE CLEVELAND

Le ravin connu sous le nom de Kingsbury Run est comme une cicatrice qui défigure « downtown Cleveland », la partie basse de la ville. Profonde de vingt mètres à divers endroits, cette ancienne rivière asséchée est traversée par une trentaine de rails de chemins de fer qui relient les usines locales à des cités telles que Pittsburgh, Chicago ou Youngstown. Pendant la Dépression, Kingsbury Run sert de refuge aux innombrables camps de chômeurs et de clochards, ainsi que de terrain de jeux pour les enfants. Vers la fin des années 1930, ce lieu devient aussi le point central d'un des plus célèbres « murder mysteries » des annales criminelles américaines.

Tout débute le 5 septembre 1934 lorsqu'un promeneur découvre la partie inférieure d'un torse de femme, enterré dans le sable de la plage d'Euclid, à douze kilomètres de « downtown Cleveland ». Les jambes sont coupées à hauteur des genoux et la peau décolorée par l'application d'un préservateur chimique. Elle ne correspond à aucune des femmes disparues de Cleveland et son identité reste toujours un mystère à ce jour. Par la suite, la police refuse de l'ajouter à la liste des victimes du « Boucher Fou de Cleveland » (ou « Mad Butcher of Kingsbury Run »).

Un an plus tard, le 23 septembre 1935, des enfants qui jouent trouvent les corps décapités de deux hommes nus, exception faite de chaussettes pour le plus jeune. Ils sont tous deux émasculés et leurs têtes reposent près des corps. Le plus âgé est décédé cinq jours avant son compagnon ; sa peau possède une teinte rougeâtre causée par un produit chimique. Le plus jeune est identifié comme étant Edward Andrassy, 29 ans, un ancien taulard bisexuel, au casier judiciaire très chargé. Le médecin légiste attribue la cause du décès à leur décapitation.

Le 26 janvier 1936, un boucher de Cleveland remarque un « tas de viandes dans un panier », à l'arrière de sa boutique. Il s'étonne d'y découvrir deux cuisses humaines, un bras et la portion inférieure d'un torse de femme. La portion supérieure du torse, les jambes et le bras manquants sont retrouvés le 7 février, derrière un édifice à l'abandon, à quelques pâtés de maisons de là. Les empreintes digitales sont celles de Florence Polillo, une prostituée de 41 ans ; sa tête n'est jamais retrouvée.

Quatre mois plus tard, le 5 juin, deux garçons trébuchent sur une tête coupée d'homme dans Kingsbury Run, à moins de deux kilomètres de l'endroit où les cadavres d'Andrassy et de son compagnon ont été découverts. Le lendemain, des employés du chemin de fer aperçoivent un corps, dont les nombreux tatouages ne permettent pourtant pas de l'identifier.

Le 22 juillet 1936, on trouve le cadavre nu, décomposé et sans tête d'un homme qui reste à jamais inconnu. C'est l'unique victime qui a été tuée sur place.

Le 10 septembre 1936, un clochard remarque des parties d'un corps démembré dans un étang d'eau stagnante du Kingsbury Run. Les plongeurs de la police repêchent un torse coupé en deux, les cuisses et la partie inférieure des jambes d'un homme : la tête, les bras et les parties génitales manquent. La décapitation n'est pas responsable de son décès, mais les médecins légistes sont incapables d'en déterminer la cause exacte, à cause de son état de décomposition avancé.

Après cette septième victime, la police reconnaît enfin qu'elle est confrontée à un seul tueur. L'enquête est confiée aux inspecteurs Peter Merylo et Martin Zalewski. Le 23 février 1937, la partie supérieure d'un torse de femme est découvert enfoui dans le sable de la plage d'Euclid, presque au même endroit que celui de septembre 1934. L'autre moitié est récupérée le 5 mai, dans le lac Erié, près de East 30th Street ; la tête, les bras et les jambes manquent à l'appel.

Le 6 juin, le squelette d'une femme noire est découvert décapité sous le pont de « Lorain Carnegie Bridge », à Kingsbury Run. Certains membres, une côte, les bras et les jambes sont absents. Pour le coroner Samuel Gerber, la mort remonte à près d'un an. En avril 1938, le fils de Rose Wallace identifie les restes de sa mère sur la base de soins dentaires. Mais celle-ci a disparu en août 1936, deux mois après la date estimée de sa mort. Et son dentiste de Cincinnati est aussi décédé, ses fiches détruites, ce qui rend toute identification définitive impossible.

Un mois plus tard, le 7 juillet 1937, des témoins voient la portion inférieure d'un homme qui flotte dans la « Cuyahoga River », sous le pont de la Troisième Rue. Les jours suivants, la police repêche d'autres membres, à l'exception de la tête. Cette victime, elle non plus, n'a jamais été identifiée.

Le 8 avril 1938, une jambe gauche de femme est repêchée dans la « Cuyahoga River ». Trois semaines plus tard, d'autres parties refont surface, chacune enveloppée dans de la toile d'emballage. La tête, la jambe droite et les bras manquent à l'appel.

La découverte des dernières victimes « officielles » se déroule le 16 août 1938 dans une décharge publique, près du lac Erié. L'homme et la femme ont été tués à des moments différents. L'inconnu a dû mourir entre décembre 1937 et février 1938 ; la femme, elle, a été découpée en neuf morceaux. Aucun ne manque à l'appel. L'assassin a gardé la tête de l'homme, ainsi que les mains et les pieds.

UNE LETTRE MYSTÉRIEUSE

En janvier 1939, le *Cleveland Press* publie la lettre suivante, postée à Los Angeles :

« Au Chef de la Police Matowitz,

« Vous pouvez dormir sur vos deux oreilles, car je suis parti pour passer l'hiver au soleil de Californie. Ça m'a fait mal au cœur de devoir opérer ces personnes, mais la science se doit de progresser. Je vais stupéfier le monde médical.

« Leurs vies ne sont-elles pas négligeables par rapport aux centaines de gens malades qui souffrent ? Juste des spécimens de laboratoires que l'on trouve à n'importe quel coin de rue. Personne ne les regretta, lorsque mes expériences échouèrent. Mon dernier cas fut une réussite. Je sais maintenant ce qu'ont éprouvé Pasteur, Thoreau et les autres pionniers.

« En ce moment, j'ai un volontaire qui va prouver le bien-fondé de ma théorie. On me dit fou et boucher, mais la vérité éclatera un jour.

« J'ai manqué mon premier coup ici. Le corps n'a pas été découvert et ne le sera jamais, mais la tête est enterrée sur Century Boulevard, entre Western et Crenshaw. J'ai le sentiment qu'il est de mon devoir de me débarrasser ainsi des corps. C'est la volonté de Dieu de ne pas les faire souffrir.

« X »

Malgré des fouilles intensives, aucune tête coupée n'est trouvée à Los Angeles et l'enquête connaît un rebondissement à Cleveland, le 5 juillet 1939. Des enquêteurs du bureau du shérif arrêtent un Slave de 52 ans, Frank Dolezal, qui est soumis à un interrogatoire musclé. Dolezal finit par admettre qu'il a assassiné Andrassy et Polillo, mais il se trompe sur de nombreux détails qui sont « rectifiés » dans des « confessions » ultérieures.

Le suspect se rétracte par la suite et accuse les enquêteurs d'avoir extorqué des aveux par la force. Les taches de sang découvertes dans l'appartement de Frank Dolezal se révèlent être celui d'un animal. Le 24 août, il « se pend » dans sa cellule, mais son corps est retrouvé suspendu à un crochet mural situé à une hauteur beaucoup plus basse que ne l'est sa taille. L'autopsie indique qu'il a quatre côtes cassées. Personne ne le considère plus comme un suspect sérieux de l'affaire.

Le 3 mai 1940, trois cadavres d'hommes sont découverts dans des wagons abandonnés de la gare de McKee Rocks, en Pennsylvanie, tout près de Pittsburgh. Tous les trois sont décapités et les têtes ont été emportées par le meurtrier. Deux des victimes ont été dépecées à hauteur des hanches et des épaules. Les hommes ont été tués dans le wagon, trois à six mois plus tôt. Les cadavres sont en partie brûlés. La victime la plus « complète » est James Nicholson, 30 ans, un ancien taulard homosexuel du Wisconsin. Le tueur a gravé le mot « NAZI » sur la poitrine de Nicholson, mais il a inversé le « Z ». La police met ces crimes sur le compte du « Boucher de Cleveland » qui aurait commis ces meurtres à Youngstown, dans l'Ohio, lieu où se trouvait le convoi pendant le mois de décembre 1939.

Dix années plus tard, le 23 juillet 1950, le corps décapité, émasculé et démembré d'un homme est découvert à quelques kilomètres de Kingsbury Run. Quatre jours plus tard, la tête retrouvée permet d'identifier la victime, un certain Robert Robertson. Le coroner Samuel Gerber, responsable des enquêtes sur la plupart des victimes du Boucher, affirme que « le mode opératoire ressemble exactement à celui du meurtrier aux torses ».

Pour nous résumer, il est évident que le chasseur de têtes assassine au moins seize personnes entre 1934 et 1939. Il a peut-être tué Robert Robertson, en 1950, et il est aussi suspecté d'une série de cinq décapitations entre 1925 et 1939, dans les environs de la ville de New Castle, en Pennsylvanie. Ces victimes non identifiées sont retrouvées tout près d'une ligne de chemin de fer qui dessert les villes de Cleveland et de Youngstown. Pour l'anecdote, certains journalistes en mal de copie accusent aussi le « Boucher de Cleveland » d'avoir assassiné Elizabeth Short, le célèbre « Dahlia Noir », en 1947, à Los Angeles.

L'année 1938 est catastrophique pour Eliot Ness. Son union se désagrège et Edna Staley demande le divorce au bout de neuf ans de mariage. La presse l'accuse d'activités antisyndicales et pointe du doigt son manque d'efficacité dans l'enquête sur les crimes du Boucher. Mais son image de marque resplendit à nouveau le 26 avril 1939 lorsqu'il fait inculper 23 gangsters du gang de Mayfield Road. Les journaux parlent souvent des virées nocturnes de Ness dans les nightclubs et de sa relation avec un ex-mannequin de 27 ans, Evaline McAndrew, qu'il épouse le 14 octobre 1939.

En 1940, Eliot Ness remporte la guerre contre les gangs de Cleveland, mais il connaît un échec cinglant dans sa tentative d'identifier le Boucher de Cleveland, malgré ses dires et ceux de son biographe, Oscar Fraley. Dans *Quatre contre la pègre*, Fraley et Ness prétendent que Ness identifie le Boucher en 1938. Désigné sous le pseudonyme de « Gaylord Sundheim », le suspect est décrit comme un étudiant en médecine homosexuel, membre d'une riche famille de Cleveland. Interrogé par Ness, en automne 1938, « Sundheim » échappe à la justice par un subterfuge en se faisant interner de son propre chef dans un asile, où il décède en 1940 ou 1941. Pendant son séjour en hôpital psychiatrique, le Boucher harcèle Ness par l'envoi de lettres de menaces parsemées d'écrits obscènes.

À première vue, l'hypothèse semble plausible, puisque ces missives anonymes sont conservées par Ness et elles peuvent être consultées dans les archives municipales de Cleveland. Mais de nombreux faits contredisent cette théorie.

Pourquoi les médecins légistes et les policiers insistent-ils pour inclure les trois victimes du wagon parmi les victimes du Boucher, alors que « Gaylord Sundheim » est enfermé depuis plus d'un an ? Si Ness est aussi certain de la culpabilité de son suspect, pourquoi laisse-t-il les policiers tabasser (et peut-être tuer) Frank Dolezal, en 1939 ? Si le cas a été résolu en 1938, pourquoi l'enquêteur en chef Peter Merylo traque-t-il encore le Boucher après sa retraite, dans les années 1950, et pourquoi déclare-t-il que le serial killer a tué cinquante personnes entre 1925 et 1947 ?

LES ANNÉES NOIRES

En mars 1942, après un dîner très arrosé en compagnie de son épouse, Eliot Ness heurte un autre véhicule vers quatre heures et demie du matin, avant de commettre un délit de fuite, soi-disant pour ramener une Evaline commotionnée à la maison. Malgré des explications convaincantes, son image d'« Incorruptible » est ternie et il présente sa démission le 30 avril 1942.

Quelques mois plus tard, Ness est nommé à la tête du « Federal Social Protection Program » qu'il dirige de Washington pendant plus de deux ans. Il s'occupe notamment de faire le ménage dans les bases militaires pour les vider de la présence de prostituées. Mais, en 1944, Evaline l'abandonne pour partir s'installer à New York. Un divorce est bientôt prononcé.

Eliot Ness démissionne de son poste et renonce à mener une carrière dans le service public pour se lancer dans le privé. Grâce à ses relations, il devient, en juin 1944, directeur général de Diebold, une importante société spécialisée dans la fabrication de coffres-forts. Le 31 janvier 1946, il épouse Elizabeth Seaver, une divorcée de Cleveland et, un an plus tard, le couple adopte un fils, Robert Warren Ness. En cette année 1946, Ness semble installé dans le succès : il possède un bureau au Rockefeller Center, dans le cœur de Manhattan, et gagne près de 25 000 dollars par an.

Depuis qu'il a quitté Cleveland, la ville est dirigée par les Démocrates et les Républicains cherchent désespérément un candidat. Des contacts sont établis et Ness accepte de se présenter contre le maire sortant, Thomas Burke. Le 4 novembre 1947, l'élection marque une très sévère défaite d'Eliot Ness qui obtient 85 990 votes au regard des 168 412 électeurs qui ont élu Burke.

Un éditorialiste constate : « Nous aimons tous Eliot et nous l'admirons pour son honnêteté et sa compétence. Il n'y a jamais eu quelqu'un comme lui à Cleveland. Il a captivé l'imagination du public pendant ses premières années, au point de devenir un héros. Mais Eliot a manqué le coche. Il aurait dû se présenter à l'élection de 1941, contre Frank Lausche, qui était peu connu et affublé d'un nom imprononçable. Il aurait battu Lausche car, à cette époque, Ness était l'homme le plus célèbre et le plus admiré de la ville. »

Cette campagne électorale a éloigné Ness des réalités du privé et affecté son statut chez Diebold qui vient de changer de propriétaire : Ness est mis en minorité et obligé de quitter ses fonctions. Il fonde la « Middle East Company », dont il est le vice-président, mais l'entreprise fait faillite en ce début d'année 1948. Peu de temps après, Ness retourne à Cleveland pour quémander auprès d'un ami un emploi à 60 dollars la semaine, mais il n'obtient pas le poste. Eliot Ness quitte Cleveland pour ne plus jamais y remettre les pieds.

Avec ses économies, il investit dans plusieurs affaires qui sont autant d'échecs. En 1953, il s'associe à parts égales avec Joseph Phelps dans la « Guaranty Paper Corporation », une compagnie de Pennsylvanie qui vient d'inventer un système de chèques à filigranes, afin de prévenir la contrefaçon. En tant que président, Ness gagne le maigre salaire de 150 dollars par semaine, ce qui lui permet tout juste de subvenir aux besoins de sa famille.

À l'automne 1955, il accompagne Joseph Phelps pour un voyage d'affaires à New York, où ce dernier rencontre à dîner un copain d'enfance, Oscar Fraley. Journaliste indépendant, Fraley, qui ignore tout d'Eliot Ness et des « Incorruptibles », est fasciné par les récits de cette époque mouvementée de Chicago. Il suggère à Ness l'idée d'en faire un livre. À l'issue d'une nouvelle rencontre entre Fraley et Ness, ce dernier lui fait parvenir une montagne de dossiers, notes et coupures de presse qui relatent sa carrière.

Pendant plusieurs mois, Ness ne reçoit aucune nouvelle d'Oscar Fraley et il s'installe en août 1956 avec sa famille dans le village de Coudersport, en Pennsylvanie. Dans le courant du mois de décembre, Fraley téléphone pour lui annoncer qu'un éditeur a accepté le projet d'un livre sur les « Incorruptibles », en se basant sur la lecture de quelques chapitres écrits par Fraley. Une semaine plus tard, les deux hommes s'installent dans une chambre d'hôtel de Coudersport et travaillent sans répit sur le manuscrit.

Quelques jours après son cinquante-quatrième anniversaire, Eliot Ness corrige les épreuves de son livre qui doit sortir en automne. Le soir du 16 mai 1957, il meurt dans sa cuisine d'une foudroyante crise cardiaque, sans savoir que son livre va devenir un best-seller et, à partir du 15 octobre 1959, une série vedette de la télévision américaine. À sa mort, sa situation financière est critique : il a plus de 10 000 dollars de dettes et son compte en banque est crédité de 273 dollars, auxquels s'ajoutent les 200 dollars d'avance de son éditeur, Julian Messner.

Albert Dyer, le tueur de fillettes

UN TRIPLE MEURTRE

Le matin du samedi 26 juin 1937, quatre jeunes filles, les trois sœurs Everett, Madeline, 6 ans, Melba Marie, 9 ans, et Olive, 11 ans, ainsi que leur voisine, Jeanette Stephens, 8 ans, se rendent dans le parc de Centinela, au cœur du quartier d'Inglewood à Los Angeles, pour y jouer. Elles emportent un drap et quelques jouets. Olive les quitte peu de temps après pour rentrer chez elle. Il est environ 11 heures lorsque des badauds aperçoivent les trois fillettes assises sur le drap, en pleine discussion avec un homme. Vers midi, une gardienne des espaces verts interpelle les enfants qui s'éloignent en courant de la piscine pour se diriger vers un espace pique-nique.

– Où courez-vous comme ça ? s'écrie-t-elle.

– On va chasser des lapins, rétorque l'une des fillettes.

En fin d'après-midi, comme elles ne sont pas encore rentrées chez elles, les parents se rendent au commissariat d'Inglewood pour signaler leur disparition. Il est 20 heures. Les premières recherches menées par les autorités ne donnent rien, à cause de l'obscurité et de la vaste étendue du parc qui contient une végétation très dense.

Le dimanche après-midi, une foule de cinq cents personnes s'est rassemblée au Centinela Park pour fouiller les sous-bois, les terrains vagues et les maisons abandonnées des collines environnantes de Baldwin Hills. Il y a là des policiers, des boy-scouts, mais aussi de nombreux citoyens alertés par les médias. Les recherches se poursuivent la nuit tombée, à la lueur des torches. Les enquêteurs ont lancé un appel pour retrouver un suspect moustachu qui ressemble à un Mexicain âgé de 35 à 40 ans. Cet homme surnommé « Eddie le marin » aurait importuné Olive Everett dans le parc le vendredi en fin d'après-midi. Il s'agit d'Othel Leroy Strong, 22 ans, en libération conditionnelle après avoir été condamné pour « des actes indécents à l'encontre d'une fillette d'Inglewood ». Olive livre un témoignage dans un article du *Los Angeles Times* : « Il fait des tours de magie. Il est capable de se tordre les poignets et de faire des nœuds compliqués. Il voulait que je le suive pour une promenade en voiture. » Elle reconnaît, avec difficulté, l'agresseur dans un album photos de la police et ajoute qu'il a déjà tenté de la maltraiter un an auparavant.

Il est deux heures du matin dans la nuit de dimanche à lundi lorsque les corps des trois enfants sont découverts par un groupe de quatre boy-scouts, dans un petit ravin de Baldwin Hills, au croisement de La Brea Avenue et d'Exposition Boulevard. C'est Walter Burdette, un pilote d'avion en reconnaissance, qui signale « une tache de couleur » à 12 h 30, vers laquelle se sont dirigés les boy-scouts. D'après le *Los Angeles Times*, « une cordelette est nouée autour du cou de chacune des fillettes. Elles ont été toutes les trois souillées avant d'être tuées. Les corps étaient horriblement mutilés ». Le lundi soir, « une foule d'environ mille cinq cents personnes s'est assemblée devant la mairie d'Inglewood pour menacer de lyncher le coupable dès qu'il sera appréhendé ». La police parvient à les calmer en promettant une arrestation rapide du « maniaque sexuel qui a commis le pire crime dans les annales du comté de Los Angeles », selon les termes employés par le procureur Buron Fitts.

Le soir même, une chasse à l'homme d'envergure est déclenchée pour mettre Othel Strong sous les verrous. Olive Everett l'identifie aussi comme l'individu qui a tenté plusieurs fois de les convaincre de partir à la chasse aux lapins dans les collines. Mais le mardi 29 juin, le shérif Eugene Biscailuz innocente Othel Strong. Un collègue de l'État de Washington, le shérif d'Olympia, affirme que Strong n'a pas quitté leur ville depuis janvier 1937.

Une nouvelle description d'« Eddie le marin » est proposée dans les colonnes du *Los Angeles Herald and Express*. Olive Everett est à nouveau mise à contribution ; son témoignage est corroboré par deux promeneurs du parc, Ferdinand North et Haskell Wright :

« Age : entre 30 et 36 ans. Taille : 1,79 m à 1,83 m. Poids : entre 70 et 85 kilos. Habillement : une vieille chemise marron, un bleu de travail, un chapeau de couleur sombre, des chaussures marron. Signes particuliers : des tatouages sur les bras. Une fine moustache noire. Très bronzé. Son apparence générale est celle d'un individu malpropre. La chevelure est noire. Les témoins estiment que ce n'est pas un étranger. »

Ce même mardi 29 juin 1937, le chef du « Los Angeles Police Department » James Davis, le shérif Eugene Biscailuz et le procureur Buron Fitts tiennent une conférence de presse pour annoncer la nomination d'Eugene Williams à la tête de l'ensemble des investigations. Les journalistes apprennent que les sœurs Everett sont les nièces de Don Oliver, un expert de la police scientifique du « Los Angeles Police Department ». Le lendemain, tout le quartier mexicain d'Inglewood est fouillé, sans le moindre résultat. Huit cents personnes se rassemblent à nouveau devant la mairie et la police a de plus en plus de mal à contenir la fureur de cette foule. Une fillette de 9 ans, Lillian Popp, déclare qu'elle a failli se faire kidnapper avec sa cousine et les trois victimes, ce même samedi dans le parc de Centinela. Le conducteur est reparti avec les trois jeunes filles au volant d'une Chevrolet de couleur verte.

Le 30 juin marque aussi l'arrestation de Luther Dow, un vagabond de 33 ans, que deux femmes identifient comme ayant été vu en compagnie des trois victimes et de deux autres fillettes. Il arbore un tatouage sur le bras et de nombreuses traces de griffures sur tout le corps. On trouve un mouchoir de femme dans l'une de ses poches. La police parvient à grand-peine à l'emmener à la prison d'Inglewood car une foule de deux mille personnes menace de le lyncher sur place. Le 1er juillet, une réunion des enquêteurs débouche sur une nouvelle théorie : « Eddie le marin » est exonéré de toute suspicion. Luther Dow est déclaré innocent de toute accusation et relâché.

Le lendemain, un nouveau suspect est arrêté. Fred Godsey est un multirécidiviste de 34 ans, dépeint comme « un maniaque sexuel dégénéré » par les divers quotidiens locaux. Surnommé « Freddie le marin », sa description physique ressemble à celle du mystérieux « Eddie le marin ». Pendant ce temps, un reporter du *Los Angeles Times* se rend sur les lieux du triple crime en compagnie d'une célèbre voyante hollywoodienne, La Reina Rule. Voici un compte rendu de sa « vision » : « Je vois une petite maison de bois rouge. Elle se situe près de l'océan. Je crois que l'assassin a passé beaucoup de temps à San Pedro, et son domicile s'y trouve peut-être. Tel que je l'imagine en ce moment, il est très proche de cette maison. Il se trouve en compagnie d'un homme obèse et de petite taille, au visage terreux – celui-ci a des tendances perverses.

Cet individu a un aspect beaucoup plus répugnant que le meurtrier et il est âgé d'une quarantaine d'années. L'assassin a rasé sa moustache et il a revêtu des habits féminins pour mieux se déguiser. Tôt ou tard, il va revenir sur le lieu de son forfait – peut-être habillé en femme. Le tueur a des problèmes pour se déplacer, il a mal aux pieds ou à ses chevilles, et sa denture est en très mauvais état. Il lui manque plusieurs dents. »

UN SUSPECT SOUS LES VERROUS

Le soir du vendredi 2 juillet, un employé municipal de 32 ans, Albert Dyer, se présente au commissariat d'Inglewood pour parler aux enquêteurs. À cette heure tardive, un grand nombre de policiers se trouve encore dans une salle du deuxième étage, qui sert de quartier général pour toutes les investigations, explique un reporter du *Los Angeles Times* présent sur les lieux. Le « district attorney » Buron Fitts est aussi là. Le capitaine William Penprase est en pleine discussion avec le patron des enquêteurs, Eugene Williams, lorsque la porte s'ouvre à la volée. Un homme à la chevelure noire et aux yeux fous joue des coudes pour se propulser jusqu'au centre de la pièce.

– Qu'est-ce que vous me voulez, les gars ? Pourquoi en avez-vous après moi ! s'écrie-t-il.

Tout le monde lève la tête. Il y a un bref moment de silence. Puis le chef Williams est le premier à prendre la parole :

– Asseyez-vous, on va tout de suite s'occuper de vous.

L'individu, qui paraît très nerveux, se tortille sur sa chaise. Les hommes présents le laissent « mariner » pendant une vingtaine de minutes. Pendant ce temps, les enquêteurs se renseignent sur son identité auprès des agents de l'accueil. Williams le prie finalement de s'asseoir à son bureau.

Le dénommé Albert Dyer réitère sa demande :

– Je voudrais savoir pourquoi vous en avez après moi. J'ai déjà été interrogé une fois, et on m'a totalement innocenté. Pourquoi vous me traquez encore ?

Un rapport de police en date du 28 juin indique qu'un garçon de 14 ans, Mike Huerta, a plusieurs fois aperçu Dyer se promener dans Centinela Park et que son attitude lui paraît suspecte. Des enquêteurs interrogent Dyer, qui est éliminé de la liste des suspects lorsqu'il affirme à la police qu'il fait du jardinage avec son épouse le jour où les trois enfants sont assassinés.

Le chef Williams comprend sur-le-champ la situation :

– Ce n'est pas vous que nous recherchons. Vous n'êtes pas du tout soupçonné. Vous m'avez l'air très nerveux, mon vieux. Vous feriez mieux de rentrer chez vous pour vous reposer. Une bonne nuit de sommeil vous fera du bien. Et, rappelez-vous, vous êtes « clean » en ce qui me concerne.

Dyer semble décontenancé. Il se lève et quitte la salle. Sur le chemin du retour, il ne se rend pas compte que deux ombres le suivent, deux policiers collés à ses basques pour surveiller ses moindres faits et gestes.

Le dimanche 4 juillet 1937, il est 10 heures du matin lorsque les inspecteurs G.E. Chandler et R.O. Williams arrêtent Albert Dyer à son domicile du 518 Commercial Street, à Inglewood. Quelques heures plus tard, les policiers l'emmènent au bureau du « district attorney » à « downtown » Los Angeles, par crainte d'une émeute. Le chef de la police d'Inglewood, O.E. Campbell, fait même visiter la prison locale à un citoyen choisi au hasard parmi la foule des badauds pour prouver que le tueur d'enfants n'est pas emprisonné sur place.

Pendant toute la journée, Dyer nie avoir tué les

fillettes, mais il finit par craquer à 20 h 30, sous la pression de six enquêteurs qui se relaient pour l'abreuver des mêmes questions. L'édition matinale du *Los Angeles Times* en date du 5 juillet relate les faits : « Dyer est un des premiers habitants d'Inglewood à être présent sur la scène du triple crime. Son badge d'employé municipal brille au soleil pendant qu'il prodigue ses conseils pour faire évacuer les trois corps des enfants, du fond de ce ravin qui était leur tombe depuis deux jours. Il ordonne même à la foule de ne pas fumer "par respect pour les morts". Pendant toute la durée des fouilles, il participe aux recherches, n'hésitant pas à se rendre à plusieurs reprises à la mairie pour transmettre des informations. »

Trois médecins, les docteurs Charles Decker, Aaron Rosanoff et Joseph Paul de River, ont pour tâche d'évaluer l'état mental de l'accusé et son degré de responsabilité.

LE PREMIER PROFILER DE LA POLICE DE LOS ANGELES MÈNE L'ENQUÊTE

Psychiatre controversé, Joseph Paul de River est né à La Nouvelle-Orléans le 15 novembre 1894. Après avoir travaillé pour la Navy, il devient conseiller pour le « Probation Department » de la ville de Los Angeles en 1934. Son rôle ? Il étudie des cas relevant de la psychiatrie criminelle et il témoigne dans les cours de justice. Il se passionne pour l'étude des criminels sexuels de toute sorte ; à l'époque, cette catégorie de « déviants » englobe aussi bien les meurtriers, les violeurs ou les pédophiles, mais aussi tous ceux qui s'adonnent à des « actes indécents », tels que la fellation, le cunnilingus, la sodomie et, par-dessus tout, l'homosexualité.

Le 28 juin 1937, le bureau du procureur a l'idée de consulter de River pour qu'il examine la scène de crime du Centinela Park d'Inglewood, le jour même où les trois victimes sont découvertes. Le psychiatre dresse un profil psychologique du meurtrier qui, lorsqu'il est arrêté une semaine plus tard, correspond trait pour trait au portrait établi par de River. Il ne s'est trompé que sur un seul point : Albert Dyer a 32 ans alors qu'il a mentionné un « âge probable d'une vingtaine d'années ». En tout cas, sa réputation est faite et il est bientôt engagé par le « Los Angeles Police Department » grâce aux recommandations du juge A.A. Scott et de l'enquêteur en chef du bureau du procureur, Eugene Williams. Même s'il n'est pas payé, l'influence de De River est grandissante. En échange de son aide, le L.A.P.D. l'autorise à utiliser les cas qu'il traite et les entretiens qu'il effectue pour la publication d'un ouvrage sur les criminels sexuels. De River le publie en 1949. Fin 1937, il crée le « Sex Offense Bureau » au sein du « Los Angeles Police Department », dont il est l'unique employé. Il devient le premier psychiatre officiel d'un service de police aux États-Unis.

Dès qu'un suspect est arrêté dans une affaire de crime sexuel, ses empreintes sont relevées et il est photographié par les policiers, avant d'être interrogé par le docteur de River. Le psychiatre le questionne sur son histoire familiale, son existence, ses maladies vénériennes, son passé criminel et ses fantasmes sexuels. Toutes ces informations sont ensuite classées dans ce qui devient le premier fichier des délinquants sexuels.

En mai 1939, le « Los Angeles Police Department » décide de salarier le docteur de River qui obtient un nouveau succès avec l'arrestation du tueur en série

DeWitt Cook, en août 1939. En 1944, il sert de conseiller technique à Fritz Lang pour son film *The Woman in the Window* (*La Femme au portrait*) et il signe de nombreux articles pour le tabloïd du magnat de la presse, William Randolph Hearst, *Evening Herald and Express*, où il devient l'ami proche de la reporter vedette « Aggie » Underwood. Cette dernière couvre en 1947 la célèbre affaire du Dahlia Noir, à laquelle le psychiatre va être mêlé de près.

DE RIVER ET L'AFFAIRE DU DAHLIA NOIR

Le 17 janvier 1947, deux jours après l'assassinat d'Elizabeth Short, qui est retrouvée coupée en deux dans un terrain vague de Los Angeles, de River publie un article où il dresse le profil de ce « criminel à l'esprit tordu » : « Le tueur sadique d'Elizabeth Short a rempli son œuvre avec une évidente satisfaction égotiste pour prouver son désir de puissance.

« Il est évident qu'il hait les femmes. Le meurtrier est un sadique qui se réjouit à l'idée d'administrer des coups et qui, par la suite, s'acharne à détruire sa victime. Habituellement, ce type de criminel est un individu extrêmement pervers qui utilise toutes sortes de méthodes de torture pour satisfaire ses désirs.

« Nous devons garder à l'esprit que, pour cette catégorie de crime sadique, le coupable cherche par-dessus tout à infliger de la douleur et à humilier la victime.

« Il faut aussi se souvenir que des sadiques de ce calibre sont dotés d'une curiosité extrême et peuvent passer beaucoup de temps en compagnie de leurs victimes, même lorsque celles-ci sont mortes.

« Cet homme est peut-être même du genre studieux.

« Il a adoré l'humiliation de sa victime. C'est un expérimentateur et un analyste des formes les plus extrêmes de torture. »

Dans les jours qui suivent l'assassinat, le capitaine Jack Donahoe demande à ses hommes d'interroger systématiquement tous les criminels sexuels figurant dans le fichier du « Sex Offense Bureau », sans le moindre résultat probant. Le psychiatre de River participe à ces interrogatoires. Dans les semaines suivantes, plusieurs crimes sexuels intensifient encore la pression médiatique et politique sur les enquêteurs du « Los Angeles Police Department ». Le 10 février 1947, Jeanne French, 45 ans, est piétinée à mort ; le 11 mars, Evelyn Winters, 42 ans, secrétaire aux studios Paramount, décède d'innombrables coups, près d'une ligne de chemin de fer d'Union Station ; le 12 mai, Laura Trelstad, 37 ans, est violée, battue puis étranglée près d'un puits de pétrole, à Long Beach ; le 8 juillet, le corps dénudé de Rosenda Mondragon, 20 ans, est trouvé dans un caniveau proche de City Hall, le sein droit mutilé et un bas de soie autour du cou.

En réaction à cette vague de crimes, la Californie fait voter en 1947 une loi qui oblige tous les criminels sexuels condamnés à indiquer leur lieu de résidence aux autorités policières locales. Le docteur de River est l'un des spécialistes qui conseille les législateurs. C'est le tout premier registre des délinquants sexuels à être mis en place aux États-Unis. Soixante ans plus tard, la plupart des États américains en possèdent un.

En octobre 1948, le magazine de fait divers *True Detective* publie un article de George Clark sur le meurtre du Dahlia Noir dont le dernier paragraphe contient une citation du docteur de River : « Le docteur de River croit que la personne capable d'infliger de tels sévices à Elizabeth Short va, un jour ou l'autre, par sa nature même, être poussée à se vanter de ce forfait qui a choqué la nation. »

Un mois plus tard, un jeune homme de Miami adresse un courrier au psychiatre en réponse à cet article. Il indique être lui-même un écrivain intéressé par les criminels sexuels et le sadisme, et il propose ses services pour tenter de résoudre l'affaire. La lettre est signée Jack Sands ; il déclare avoir été employé comme groom dans un hôtel de Santa Monica au moment du crime. Cette lettre éveille l'intérêt de De River. Voici un homme qui correspond à merveille à son profil du meurtrier présumé. Il est « du genre studieux », se passionne pour les crimes sexuels et le sadisme et, en lui envoyant cette missive, il exprime son désir de revendiquer la paternité de son forfait. Le psychiatre téléphone à Jack Sands et leur conversation le convainc du bien-fondé de son hypothèse. Pour appâter Sands, il lui fait croire qu'il pourrait l'engager comme secrétaire particulier pour l'aider à écrire un ouvrage sur l'affaire. Il lui propose même de régler son billet d'avion pour venir à Los Angeles.

Mais Jack Sands préfère rencontrer de River dans une autre ville ; cette crainte de revoir Los Angeles conforte encore plus les soupçons du médecin. Les deux hommes se retrouvent dans un motel de Las Vegas, le 28 décembre 1948. Le psychiatre est en compagnie de son chauffeur, J. J. O'Mara, qui est sergent au « Los Angeles Police Department ». Lors des journées suivantes, de River questionne Jack Sands qui finit par admettre sa véritable identité, Leslie Dillon, Sands étant son nom de plume. Il a 27 ans et possède un casier judiciaire pour ivresse sur la voie publique et pour un vol de montres pendant son service au sein de la Navy. Il a récemment perdu du poids à cause d'une consommation excessive d'amphétamines. Son intérêt pour le Dahlia Noir vient d'un de ses amis proches, Jeff Connors, qu'il a connu à San Francisco en 1946 quand tous les deux étaient employés dans une cafétéria. Connors aurait été un proche d'Elizabeth Short et, lorsque Dillon le revoit en juillet 1947, il paraît extrêmement nerveux. « Je crois que quelque chose dans cette affaire le dérangeait », explique Dillon.

Le 3 janvier 1949, Dillon et de River se rendent à San Francisco pour essayer de retrouver Jeff Connors. Ils sont suivis par deux policiers en civil. Les recherches sont vaines et, la nuit précédant leur voyage vers Los Angeles, Dillon est menotté à un radiateur par les inspecteurs. De River l'accuse d'avoir inventé « Jeff Connors », qui serait un alter ego sur lequel le jeune homme projette sa culpabilité. Mais Dillon nie toute participation au crime.

Le 7 janvier, le groupe arrive à Los Angeles pour louer une suite à l'hôtel Strand sous le nom de « O'Shea ». Les interrogatoires se succèdent sans relâche. Trois jours plus tard, excédé par cet acharnement, Dillon parvient à jeter une carte postale par la fenêtre de sa chambre. Elle est adressée au célèbre avocat Jerry Giesler et c'est un employé du quotidien *Evening Herald and Express* du groupe Hearst qui la trouve dans un caniveau. Rappelons que c'est ce même groupe de presse qui a « confisqué » l'enquête sur l'assassinat d'Elizabeth Short. Le message de la carte est sans équivoque : « Je suis retenu prisonnier dans la suite 219-21, Strand Hotel, à cause du meurtre du Dahlia Noir par le docteur J. Paul de River. J'ai besoin d'un soutien légal. Mr Leslie Dillon. »

La découverte de cette carte postale remonte jusqu'aux oreilles de De River et de la police. Ils décident de prendre les devants en inculpant Leslie Dillon de meurtre. Lors d'une conférence de presse, le chef de la police Horrall annonce que Dillon est « le meilleur suspect que nous ayons eu dans cette affaire. Il nous a spontanément révélé des détails sur ce crime que seul l'assassin pouvait connaître. Parmi ces précisions, il y a des explications significatives quant à la mutilation du corps de Miss Short et sur son emploi du temps avant son décès ». De River ajoute que le suspect « sait plus de choses sur le meurtre du Dahlia que la police, et qu'il connaît mieux les perversions sexuelles que la plupart des psychiatres. Ces deux dernières années, Dillon a perdu vingt kilos. Le Dahlia a été assassiné il y a deux ans. Il m'a aussi affirmé qu'un "certain événement" survenu dans son existence il y a deux ans lui avait donné l'envie de complètement changer sa personnalité. »

Les détectives Hansen et Brown, qui dirigent l'enquête sur l'affaire du Dahlia Noir, n'ont pas été tenus au courant des interrogatoires secrets de Leslie Dillon et ils se lancent dans des vérifications. Au bout de quelques jours, la théorie du docteur de River s'effondre lorsque les enquêteurs retrouvent Jeff Connors, 40 ans, à Gilroy, non loin de San Francisco. Leslie Dillon est innocenté et, le 12 janvier 1949, il est interrogé par des journalistes en compagnie de De River devant le commissariat de Highland Park. Pas gêné par ses premières déclarations, le psychiatre explique qu'il s'est rendu à San Francisco avec Dillon pour essayer de trouver Jeff Connors. Dillon a été arrêté « pour une raison inconnue », raconte-t-il. Jeff Connors est le nom de plume d'Arthur Lane qui connaît effectivement Elizabeth Short, et qui travaillait pour les studios Columbia la nuit où elle est assassinée. Son alibi est vérifié et Arthur Lane est libéré le 14 janvier 1949, deux ans jour pour jour après le meurtre du Dahlia Noir.

En octobre 1949, Joseph Paul de River publie son œuvre majeure, *The Sexual Criminal*, une compilation des différents cas auxquels il a eu affaire. Mais sa situation au sein du « Los Angeles Police Department » s'est beaucoup fragilisée avec le fiasco de Leslie Dillon. Ayant rejeté la faute de l'arrestation arbitraire sur les services de police, de River s'est fait de puissants ennemis. Le 18 octobre 1949, le psychiatre va encore plus loin lorsqu'il est questionné par une commission d'enquête qui examine les meurtres non élucidés d'Elizabeth Short et d'autres femmes durant l'été 1947. Il accuse la haute hiérarchie du « Los Angeles Police Department » d'avoir sabordé les enquêtes à cause de « jalousies » et de « problèmes de politique interne au département ».

Le 23 août 1950, le L.A.P.D. renvoie Joseph Paul de River qui continue, au fil des décennies, à croire à la culpabilité de Leslie Dillon. À ses yeux, Dillon est un simple employé du propriétaire de night-club Mark Hansen chez qui Elizabeth Short a habité peu de temps avant sa mort. Il aurait agi sur les ordres de son puissant patron. Lorsque le psychiatre décède en 1977, c'est sa fille Jacqueline de River qui reprend le flambeau. En 2004, elle raconte les déboires de son père et sa propre fascination pour le meurtre d'Elizabeth Short dans un livre publié à compte d'auteur, *The Curse of the Black Dahlia*, qu'elle signe sous l'identité de « Jacque Daniel ». Elle anime aussi le site www.policepsychiatrist.com dédié à la mémoire de son géniteur. À ce jour, le crime d'Elizabeth Short n'a toujours pas été résolu.

LES INTERROGATOIRES

Le 6 juillet 1937, le docteur de River commence à questionner Albert Dyer. Il consigne ces interrogatoires dans son ouvrage *The Sexual Criminal*, dont le chapitre « The Sadist Pedophile » est consacré au tueur des trois fillettes. Ce dernier y apparaît sous le pseudonyme de « W. », comme tous les autres criminels sexuels étudiés par le psychiatre. Voici les extraits principaux de son rapport :

Situation familiale

« W. indique que son père est décédé, mais que sa mère est toujours vivante, et en bonne santé, d'après ce qu'il croit savoir. Il a été élevé par des parents nourriciers qui habitent dans une autre ville que Los Angeles. Il a un frère de santé fragile depuis qu'il est tombé gravement malade lors d'une partie de chasse. Une sœur est mariée et en bonne santé qui vit dans un autre État. L'histoire familiale est marquée par de très nombreuses maladies nerveuses, de la syphilis, des internements psychiatriques et de l'épilepsie. Plusieurs membres de la famille sont des alcooliques notoires marqués par la pauvreté, le vagabondage et une forte dégénérescence morale.

« Sa vie de famille est ordinaire, enfant, il va à l'église tous les dimanches. W. a eu une gonorrhée il y a cinq mois. Il reçoit des soins à l'hôpital du comté. Il n'a jamais eu la syphilis, ni de maladie grave ou d'accident, à l'exception d'un violent choc à la tête il y a deux mois. Il ignore ce qui l'a frappé ou si quelqu'un lui a administré un coup, toujours est-il qu'il a perdu connaissance. W. n'a pas consulté de médecin à ce sujet. Le sang n'a pas coulé, mais il souffre depuis de maux de tête et de troubles visuels. Sa consommation d'alcool est occasionnelle et se limite à quelques verres de vin. Il fume mais ne prend pas de drogues. Il a toujours eu envie de voyager à travers le pays, car il a l'impression de ne jamais pouvoir tenir en place. Cela fait deux ans qu'il est marié et il n'a pas d'enfants. Son épouse actuelle est stérile à cause d'une opération. W. a 30 ans lorsqu'il se marie et sa femme en a 24. Il admet quelques disputes au sein du couple, mais il n'a que rarement levé la main sur son épouse. Son casier judiciaire indique des problèmes de vagabondage.

Vie sexuelle et criminelle

« Sa vie sexuelle débute vers l'âge de 11 ou 12 ans par de la masturbation. Mais W. déclare qu'il ne poursuit pas cette pratique car il a entendu dire que cela peut rendre fou. C'est à 18 ans qu'il a son premier rapport sexuel avec une femme de 20 ans. Il a toujours préféré les jeunes filles aux femmes plus âgées. W. n'a jamais eu de préférences homosexuelles. Il a pratiqué toutes sortes d'actes sexuels pervers, surtout depuis qu'il est marié, et il a essayé de nombreuses positions. Son désir aurait été de pouvoir se regarder en train de faire l'amour, mais il ne possède pas de miroir assez grand (narcissisme). W. aime beaucoup que sa partenaire soit allongée sur le ventre, pour la prendre par-derrière et il lui arrive fréquemment de la sodomiser. À de très nombreuses reprises, il a eu des rapports sexuels complets pendant les règles de son épouse, ce qui l'a beaucoup excité car elle paraît plus ardente. Le cunnilingus est un acte auquel il s'adonne souvent. Voici comment il explique sa préférence sexuelle pour de jeunes enfants : W. déclare qu'il a toujours voulu "quelque chose de jeune et d'étroit" – d'un âge nettement plus jeune que ses partenaires habituels. Il souhaite prendre son temps, les déshabiller, pour connaître une forte excitation, et examiner en détail leurs organes sexuels. Mais W. est conscient qu'il n'y arrivera jamais à moins de tuer ses victimes car il manque de courage et ignore comment agir pour ne pas les effrayer. Il sait parfaitement qu'il va leur "déchirer la chair" en commettant cet acte et qu'il vaut mieux qu'elles soient mortes pour ne pas souffrir ; ainsi, elles ne lui résisteront pas.

« Il affirme que la silhouette et l'odeur des fillettes lui causent une intense excitation sexuelle. Cela fait plusieurs années qu'il pense à un tel acte (pédophilie). Cette idée s'est encore accentuée ces derniers mois : une énorme envie de partenaires très jeunes, de quelque chose de "très serré" (élément masochiste). Il y a un mois, W. a exploré les collines et les ravins qui entourent le parc, à la recherche d'un endroit isolé pour y attirer des jeunes filles. Le mercredi précédant le crime, il a porté son choix définitif sur ces trois enfants en particulier et a commencé à élaborer un plan (choix de cordelettes, notamment).

« Le jour du triple meurtre, lorsqu'il est arrivé sur place, il ne perd pas un seul instant avant de passer à l'acte. Les préparatifs lui ont peut-être pris dix à quinze minutes tout au plus, car il est pressé d'avoir des rapports sexuels. Il tue ses victimes tout de suite, en les faisant venir une par une, et en les étranglant par-derrière avec une corde. Pendant qu'il étrangle la première, les deux autres attendent à côté dans des buissons qu'il leur montre des lapins. Une seule fillette le supplie de l'épargner, mais il n'y prête aucune attention, à cause de son excitation sexuelle. Lorsqu'on lui pose la question de savoir s'il a connu une plus grande excitation sexuelle en les assassinant, W. répond que c'est effectivement le cas : avec chaque nouveau meurtre, son ardeur s'est encore accrue. Leurs souffrances ont encore amplifié son désir sexuel. Lorsqu'il tue les fillettes, W. est en érection. Après les meurtres, il retire les sous-vêtements et viole vaginalement et analement deux des enfants.

« À ce stade de l'interrogatoire, il est un peu confus et prétend qu'il les a d'abord pénétrées vaginalement avant de se contredire. Au final, il déclare être certain d'avoir sodomisé deux des fillettes pour ensuite les violer vaginalement toutes les trois. W. affirme avoir finalisé chacun des rapports avant de passer à l'enfant suivante. Quand on lui demande s'il a éjaculé pendant l'acte de sodomie, il répond par la négative ; il a démarré par cet acte à cause de son attirance pour les fesses des jeunes filles (fétichisme), et que cela a encore accentué son excitation.

« Questionné quant à savoir s'il a ressenti de la douleur en commettant de tels actes sur des personnes aussi jeunes, W. dit que oui, mais que cette souffrance l'a rendu "encore plus ardent", qu'elle l'excite et qu'il a souvent mouillé son pénis avec le sang des fillettes. Il a enfin satisfait son désir le plus cher et le fait de sentir leur chair se déchirer lui a procuré un immense plaisir.

« W. déclare qu'il a exercé une très grande force pour insérer son organe dans les orifices étroits de ses victimes. Après les avoir violentées et inspectées, il leur a parlé, mais elles ne lui ont pas répondu (le remords du masochiste). Il a remis en place leurs sous-vêtements, s'est essuyé le pénis avec un mouchoir avant de remonter son pantalon. Il a aligné avec soin les chaussures des enfants (exhibitionnisme, remords masochiste) pour que les gens pensent que les fillettes ont été soigneuses jusqu'à leur dernier souffle. W. s'est agenouillé devant chacune des victimes pour réciter une prière. Il a insisté pour me la répéter dans son intégralité : "Dieu s'il vous plaît sauvez l'âme de cette enfant et sauvez aussi mon âme. Pardonnez-moi pour mes offenses." Lorsqu'on lui demande s'il se rendait compte de la portée de ses actes, il prétend que oui et que c'est la raison pour laquelle il prie.

« Après avoir commis son forfait, W. veut allumer un feu mais il devient très nerveux lorsqu'il se rend compte qu'il ne lui reste plus qu'une seule allumette. Il ramasse des feuilles et des brindilles et parvient à démarrer les flammes. Il brûle le mouchoir utilisé pour s'essuyer le pénis des taches de sperme et de sang. Puis il s'assure que le feu est bien éteint pour ne pas déclencher un incendie dans le parc. Il tremble et se sent nerveux en quittant le ravin, avant de rentrer chez lui. Mais il se déclare aussi plus léger et satisfait sexuellement ; il a enfin accompli son plus cher désir et il doit se montrer rusé pour éviter de se faire prendre. Il ajoute que pendant qu'il violente les fillettes, il a l'impression d'être quelqu'un de très puissant et qu'elles sont ses esclaves (complexe sadique).

« Lorsqu'on lui demande s'il a bien mangé et dormi la nuit qui suit son crime, W. répond par l'affirmative. Le lendemain matin, il a lu les journaux et s'est senti très excité par ce qu'il a fait, en étant assez malin pour ne pas se faire prendre.

« La nuit suivante, il boit plusieurs verres de vin avant de faire l'amour avec sa femme. Questionné sur son état d'esprit à ce moment-là, il affirme qu'il pense au meurtre des fillettes et à ce qu'il leur a fait subir. Cela entraîne chez lui un accroissement énorme de son plaisir sexuel. Il ajoute qu'à chaque fois qu'il entretient des rapports sexuels avec sa femme, il pense toujours à une fillette qu'il a pu croiser par le passé. Lorsqu'on lui demande laquelle des trois victimes lui a procuré le plus de plaisir, W. répond que c'est S. (elle était probablement la plus développée à cause de son âge).

« L'auteur demande à W. si le fait qu'il y ait eu

trois enfants est une coïncidence, ou s'il aurait pu en prendre un ou deux ? Il affirme en avoir toujours voulu au moins trois et qu'il s'est préparé en conséquence, mais qu'il en aurait pris quatre si l'occasion s'était présentée.

Analyse et conclusion

« Le sujet peut être considéré comme sain d'esprit et il prémédite son crime. Il fait preuve d'intelligence dans la préparation du kidnapping et de son forfait. J'attire votre attention sur le fait qu'il garde la cordelette au fond de sa poche jusqu'au moment où il va s'en servir sur chacune des victimes. Cela prouve qu'il différencie le bien du mal, et que si les enfants voient cette corde, elles risquent d'être effrayées. Il brûle aussi le mouchoir avec lequel il s'essuit le pénis, car il se rend compte que si on le trouve sur lui, il sera immédiatement suspecté d'être l'assassin des fillettes. W. admet avoir connu une grande excitation en voyant ses victimes mourir, et que la vue et l'odeur de leur sang ont satisfait sa libido.

« Le lendemain du crime, il se sent ivre de sa propre puissance car il a trompé son monde. Il garde un album rempli de coupures de presse qui relatent son forfait, il les a collées avec soin, page après page. C'est une preuve de son égocentrisme, marqué par un exhibitionnisme extrême. Il est content de souffrir (le côté masochiste de sa nature). Il est désolé et pleure aisément, d'après ce qu'il dit. Il est l'exemple type d'un sadomasochiste lâche, à la fois spectaculaire et hystérique dans son comportement. Il sait différencier le Bien du Mal, mais il manque de sincérité dans ses sentiments. Il a été capable d'endormir la méfiance de trois fillettes âgées de 7, 8 et 9 ans, en les convainquant de son honnêteté et de sa franchise, alors que leurs parents respectifs les avaient averties du danger d'être approchées par des inconnus. Il n'éprouve aucun remords quand il raconte en détail ses meurtres. Dans le bureau du "district attorney", W. se trouve mal à plusieurs reprises, mais il ne perd jamais connaissance, comme j'ai pu l'observer. Son pouls est toujours régulier. Il cherche seulement à se mettre en vedette et à attirer la sympathie de son auditoire, ce qui correspond tout à fait à sa nature sado-masochiste. »

Le 9 juillet 1937, les trois médecins rendent des conclusions identiques : « Dyer est un dégénéré sadique, un faible d'esprit au quotient intellectuel de 65, mais il est légalement sain d'esprit. » Il a le cerveau d'un enfant de 10 ans. Dans l'attente de son procès, il passe son temps en cellule à lire la Bible et à fumer à la chaîne. Il déclare à son avocat qu'il espère être bientôt libéré : « Je suis prêt à rendre visite tous les mois à un officier de probation. J'aimerais m'engager dans la Marine. Je suis sûr que ça ferait de moi un homme. »

LE PROCÈS

Le procès d'Albert Dyer débute le 6 août 1937. Cinq cents personnes se pressent devant les portes de la salle d'audience qui ne peut en contenir que cent cinquante. Les deux avocats de la défense se rendent compte de l'impossibilité de leur tâche. Lorsqu'un reporter leur demande quelle sera leur stratégie, ils répondent : « À dire vrai, nous ne le savons même pas nous-mêmes. » Les témoignages à charge sont redoutables et la confession détaillée de Dyer qui s'échelonne sur 48 pages n'épargne aucun détail des actes du tueur.

Un psychiatre, le docteur Glenn Meyers, donne les résultats des tests psychologiques d'Albert Dyer « qui sont ceux d'un garçon illettré de 9 ou 10 ans ». Quand on lui demande la définition de certains mots, voici les réponses de l'assassin :

« Un cil : C'est quelque chose qui repose sur votre œil.
La hâte : Quand on n'aime pas quelqu'un.
La particularité : Aimer n'importe qui.
Inestimable : Quand on n'a pas de fierté.
Disproportionné : Ardent, ou quelque chose comme ça.
Rusé : Quand un type se trompe et qu'il est méchant.
Lotus : Si quelqu'un est fou.
Philanthropie : Si l'on donne n'importe quoi.
Ocre : Si l'on choque une personne ou qu'on étrangle n'importe qui. »

Le jeudi 26 août 1937, à 10 h 50 du matin, le jury déclare Albert Dyer coupable à trois reprises de meurtre au premier degré. Les jurés ne font aucune recommandation quant à la sentence, ce qui entraîne de manière automatique la peine capitale. Lorsqu'on fait évacuer la salle, Albert Dyer demande au greffier Cecil Luskin : « Je vais pas avoir de problème pour obtenir une libération conditionnelle maintenant, non ? Et qu'est-ce que premier degré veut dire ? »

Albert Dyer est emprisonné dans le Couloir de la mort de San Quentin, et ses avocats épuisent tous les recours possibles lors de l'année suivante. Mais leurs efforts sont vains, au regard de l'horreur du crime.

Le matin du 16 septembre 1938, Dyer prend son ultime repas, du jambon, des œufs, des gâteaux et du café. Jusqu'au bout, le condamné reste un fumeur invétéré : un correspondant du *Los Angeles Times* écrit « qu'il tient une cigarette dans la main gauche, alors même que ses bras sont attachés et qu'on lui enfile une cagoule noire sur la tête ». Il bascule dans la trappe à 10 h 03 précises. Il est déclaré mort treize minutes plus tard. Plus de cent spectateurs assistent à l'une des dernières pendaisons de l'État de Californie. Parmi les badauds, l'expert de police scientifique Don J. Oliver, oncle des sœurs Everett, qui déclare à son voisin : « Il a eu ce qu'il méritait. »

« Murder Mack » : l'autoroute de l'horreur

MARCHANDS DE MORT

Une cour banale, un jour de 1989. Environ dix mètres sur vingt. Des mouettes survolent les lieux. Une dalle de béton, avec une douche découverte d'un côté, des haltères de l'autre. Une table métallique est fixée au sol. Quatre hommes jouent aux cartes. Une partie de bridge. Autour d'eux, d'autres sont allongés à même le sol, plongés dans des jeux de toutes sortes. On parie de l'argent. Pour le bridge, c'est dix cents le point. Les joueurs échangent à peine quelques mots, si ce n'est pour se moquer du moins intelligent d'entre eux qui finit souvent par perdre patience et par jeter ses cartes violemment sur table pour s'exclamer : « Ras le bol ! J'en ai marre ! Tout ça, c'est de l'histoire ancienne. » Trois des hommes sont moustachus. On se croirait presque dans un remake de la fameuse partie de cartes de Marcel Pagnol. Parfois, l'un d'eux lève la tête vers le mur d'enceinte où des gardiens armés de mitraillette font le guet.

Nous sommes dans un lieu mythique. La prison de San Quentin. La cour n° 4. C'est là que sont parqués les solitaires, ceux qui ne peuvent pas s'intégrer dans le milieu carcéral, les violents et les violeurs d'enfants qui risquent leur existence, s'ils ne sont pas isolés des autres. Les quatre joueurs sont en sursis. Ils sont tous condamnés à mort pour des crimes abominables et les exécutions capitales qui ont été suspendues en Californie depuis vingt-deux ans ont repris en 1991. La porte verte de la salle d'exécution va bientôt s'ouvrir à nouveau...

Un ex-routier, William Bonin, est le plus colérique des quatre joueurs. Il a été surnommé le « Freeway Killer » (le tueur des autoroutes) par la presse pour les quatorze assassinats d'adolescents qu'il a commis entre 1979 et 1980 le long des autoroutes de Los Angeles avec, quelquefois, l'aide d'un complice. Bonin a été exécuté par injection létale en février 1996.

Autre tueur homosexuel, Randy Kraft a écumé les mêmes routes que Bonin, au point que les enquêteurs ont longtemps cru avoir affaire au même serial killer, même si Kraft a probablement tué pour la première fois en 1971, avant d'être arrêté douze ans plus tard. Jugé pour trente-sept crimes, Kraft est retrouvé en possession d'une liste codée comportant soixante et un prénoms de victimes. Spécialiste en informatique et d'une extrême intelligence, Randy Kraft est à l'opposé des clichés habituels du criminel en série : il reconnaît avoir vécu une enfance sans histoires, n'avoir subi aucun sévice et il n'a jamais effectué le moindre séjour en prison avant son arrestation pour meurtre. Kraft est le plus doué des bridgeurs et il déteste Bonin qui le lui rend bien.

Ce dernier a pour partenaire Lawrence Bittaker qui prenait des jeunes auto-stoppeuses dans son van (surnom de son engin : le « Murder Mack »), avec son complice Roy Norris, un détraqué sexuel complet. Les deux hommes se sont jurés de tuer une adolescente pour chaque tranche d'âge entre 13 et 18 ans. Pour revivre ces instants de torture et de mise à mort, Bittaker et Norris enregistrent les cris des victimes. Ces bandes insoutenables, j'ai eu l'occasion de les écouter lors d'une visite à l'Académie du FBI, à Quantico. Je crois que ces hurlements me hanteront jusqu'à la fin de mes jours.

Le partenaire de Randy Kraft est le « Sunset Slayer » (le boucher de Sunset) Douglas Clark qui, à l'âge de 32 ans, rencontre une infirmière divorcée avec deux enfants, Carol Bundy, de cinq ans son aînée, à qui il fait partager ses fantasmes sexuels pervers. En juin 1980, Carol décide de l'aider à kidnapper des prostituées sur Sunset Boulevard pour que les deux amants assouvissent leurs désirs nécrophiles. Certaines des six victimes sont abattues pendant qu'elles font une fellation, d'autres sont décapitées. Ils sont tous deux jugés lors de procès séparés et Douglas Clark, qui se défend lui-même, s'est rendu célèbre en écrivant un article intitulé « Attraction fatale » pour le *Times*. Carol Bundy est âgée de 61 ans et purge une condamnation à 52 ans de prison. Bundy, qui est diabétique, alternait depuis cinq mois les séjours en hôpital et en cellule, où elle a connu de graves problèmes cardiaques et respiratoires, avant de décéder d'une crise cardiaque le 9 décembre 2003 dans la prison de « Central California Women's Facility », à Chowchilla.

UN AGENT ARTISTIQUE DE SERIAL KILLERS

Les pensionnaires du Couloir de la mort de la prison de San Quentin publient un journal, l'*Orange Coast*, où l'on fustige les pratiques mercantiles de nombreux serial killers. Paradoxe, l'auteur de l'article en question n'est pas un tendre puisque Michael Wayne Hunter a été condamné à la peine de mort pour les meurtres de son père et de sa belle-mère en 1984.

Il raconte que pour 50 $ vous pouvez obtenir un autographe du « Night Stalker » (le Prédateur de la nuit) Richard Ramirez, violeur et tueur en série sataniste de 14 personnes dans la région de Los Angeles, ou de Lawrence Bittaker. Ce dernier signe aussi les rapports d'autopsie de ses victimes et il espère pouvoir vendre aux enchères les cinq places que lui autorise l'État de Californie pour sa prochaine exécution. Il y a quelques années, son complice Roy Norris a mis aux enchères sur eBay ses ongles, qui ont été collés au dos d'une carte de vœux, avec un autographe du tueur et l'empreinte de son pouce. Les enchères se sont conclues pour 9.99 $. Bittaker est prêt à emporter des messages dans l'au-delà, contre paiement, bien sûr, lorsque viendra la date de son exécution.

La plupart des détenus de San Quentin considèrent Bonin et Bittaker comme des parias à cause de leur « merchandising » effréné. Pour toute réponse, Bittaker se contente d'un sourire et d'un haussement d'épaules : « Je ne pourrais rien vendre si les honnêtes citoyens ne m'envoyaient pas d'argent. »

D'autres criminels célèbres, tel Charles Manson, gourou de la secte qui a fait assassiner Sharon Tate, vous proposent, pour un tarif plus élevé, leurs chaussettes collées sous forme d'étranges sculptures ou même des mèches de leurs cheveux à l'origine certifiée.

Tous ces souvenirs et bien d'autres encore sont présentés dans le catalogue de « Grindhouse Graphics », une compagnie créée par Rick Staton. Fin connaisseur de films d'horreur et de science-fiction de série B, Staton a pour particularité d'être entrepreneur de pompes funèbres à Baton Rouge, en Louisiane. Par son entremise, vous pouviez aussi obtenir des peintures personnalisées de John Wayne Gacy, serial killer de 33 adolescents à Chicago, qui a été exécuté en 1994.

Moyennant 125 $, vous envoyiez votre photo et, six semaines plus tard, vous receviez votre portrait réalisé par le tueur qui adorait peindre Blanche-Neige et les sept nains ou Pogo le clown.

Lorsque William Bonin apprend l'exécution de son « collègue » mais néanmoins concurrent John Wayne Gacy, tous les prisonniers de San Quentin se souviennent de son explosion de joie, à l'idée qu'un concurrent avait été éliminé.

FIANCÉE AVEC DES TUEURS

Mis à part Rick Staton et ses « peintres », il y a l'agent littéraire Sondra London. Cette femme d'une soixantaine d'années a été, durant son adolescence, la petite amie de Gerard John Schaefer, futur shérif adjoint en Floride et tueur en série de 34 femmes. À l'époque, elle le quitte à cause de ses pratiques sexuelles déviantes : Schaefer est amateur d'urologie et de scatologie. Plus tard, il adore ligoter et pendre ses victimes, avant de les décapiter et de revenir violer les cadavres des semaines plus tard. Vingt ans après l'avoir quitté, Sondra London retrouve Gerard Schaefer dans la prison de Starke, et elle publie les écrits morbides du tueur sous la forme de fanzines chez Media Queen.

Lorsque Schaefer meurt assassiné en 1995, Sondra se tourne vers d'autres sources littéraires comme le cannibale Ottis Toole, Joseph O'Dell ou Danny Rolling, « l'Éventreur de Gainesville », responsable de l'assassinat et de la mutilation de cinq étudiantes d'un campus universitaire de Floride. Elle se fiance avec Danny Rolling qu'elle rêve d'épouser, malgré sa condamnation à mort. Ensemble, ils cosignent l'autobiographie du tueur, *The Making of a Serial Killer*. Depuis, Sondra

London a écrit *Voices from Death Row* et un ouvrage sur d'authentiques tueurs vampires qui a été publié en français chez l'éditeur Camion Noir. Cette égérie des serial killers pousse aussi la chansonnette avec des textes élaborés par Charles Manson ou Gerard Schaefer. Mais certains tueurs ne la portent pas dans leur cœur comme Glen Rogers, le « Casanova Killer », qui dénonce les pratiques mercantiles de Sondra London.

INTERNET : UNE MINE D'OR POUR LES CONDAMNÉS

D'autres tueurs en série se passent des services d'agents pour créer leurs propres sites internet. Charles Manson fait ainsi entendre sa voix et sa vision du monde par l'entremise d'un site écologique animé par d'anciens membres de sa secte meurtrière. David Berkowitz, le « Fils de Sam » qui abat six personnes à New York en 1976-77, et dont Spike Lee relate les macabres exploits dans *Summer of Sam*, possède un site personnel qui offre des interviews audio de lui-même par de célèbres évangélistes américains, ainsi qu'un blog où le tueur donne son avis sur l'homosexualité en prison, le massacre de Columbine ou la capture de Saddam Hussein. Pendant la sanglante série meurtrière du « sniper de Washington », Berkowitz va même offrir ses services à la police et il dresse un profil du tueur. Depuis quelques années, David Berkowitz est devenu l'allié d'une association de victimes à Houston qui combat le « merchandising » effréné du Web autour des tueurs en série.

Internet peut aussi servir à entretenir la mégalomanie de certains serial killers, à l'image de Jack Trawick qui en profite pour harceler les proches de ses victimes en racontant leurs meurtres dans les moindres détails. À Birmingham, en Alabama, Mary Kate Gach croit en avoir fini avec Jack Trawick, lorsqu'il est condamné à mort pour le meurtre de sa fille en 1992. Mais l'assassin de Stephanie continue de la tourmenter, ainsi que d'autres parents, en décrivant sur Internet comment il a frappé à coups de marteau, étranglé et poignardé sa victime, ainsi que d'autres jeunes femmes. Les récits ont été mis en ligne par un correspondant et admirateur du serial killer. Dans un des textes, Trawick, âgé de 56 ans, écrit : « Je recommencerais avec plaisir, même si la mort m'attend au bout. »

« PLUS CONNU QUE MANSON »

Lawrence Sigmund Bittaker se confie un jour à un compagnon de cellule à qui il affirme son désir de devenir « plus connu que Manson ». Il ne tarde guère à lui emboîter le pas et passe plus de la moitié des quarante premières années de son existence derrière les barreaux. Il naît le 27 septembre 1940, à Pittsburgh en Pennsylvanie. George Bittaker et son épouse l'adoptent, avant de lui donner le prénom de Lawrence, peu après sa naissance. La famille bouge beaucoup pour s'adapter aux différents emplois de George qui travaille comme ouvrier spécialisé dans l'aviation : ils quittent la Pennsylvanie pour la Floride, puis l'Ohio, avant de se poser en Californie.

Cette absence de racines semble déteindre sur le jeune Lawrence qui abandonne définitivement ses études à l'âge de 17 ans, après de nombreux problèmes disciplinaires. Il est connu des services de police pour plusieurs vols et agressions. En 1957, il est arrêté à Long Beach pour un vol de voiture accompagné d'un délit de fuite après un accident. Il est condamné à passer deux ans au « California Youth Authority », d'où il ressort à l'âge de 19 ans.

Moins d'une semaine après sa libération, Bittaker est emprisonné en août 1959 par des agents du FBI en Louisiane pour un nouveau vol de voiture qui lui vaut une condamnation à dix-huit mois de prison en Oklahoma. Son comportement agressif lui coûte un transfert vers le « U.S. Medical Center », à Springfield, dans le Missouri, où les médecins le relâchent aux deux tiers de sa peine. On retrouve sa trace en décembre 1960 à Los Angeles où il est arrêté pour un cambriolage. En mai 1961, il écope d'une condamnation indéterminée d'un à quinze ans de réclusion. La même année, une évaluation psychiatrique considère Bittaker comme un manipulateur « doté d'une considérable hostilité cachée ». Qualifié d'une « intelligence supérieure », on le décrit comme une « personnalité psychotique borderline » et « essentiellement paranoïaque ». En 1962, un deuxième psychiatre estime que Bittaker est « incapable de maîtriser ses pulsions ». Malgré ces pronostics, il est libéré fin 1963 après avoir effectué moins d'un sixième du maximum de sa peine.

Deux mois à peine s'écoulent avant un nouveau séjour à l'ombre pour avoir enfreint les obligations de sa libération conditionnelle, car on le soupçonne d'un cambriolage. Une fois libéré, il se retrouve en cellule pour un vol dès octobre 1964. Interrogé par un psychiatre en 1966, Larry Bittaker reconnaît que voler lui donne un sentiment d'importance, mais il précise que ses crimes se déroulent « lors de circonstances qui ne sont pas totalement de ma faute ». Le diagnostic conclut également à une « personnalité psychotique borderline », ce qui n'empêche pas les autorités de le relâcher, pour le récupérer à nouveau en juin 1967.

Un mois plus tard, Bittaker est inculpé pour vol et délit de fuite après avoir provoqué un accident de voiture. Jugé pour ces faits, il écope de cinq ans de prison, mais il est libéré sous conditions en avril 1970. Cette fois-ci, il reste onze mois en liberté, avant d'être arrêté pour un cambriolage en mars 1971. Condamné en octobre, il reçoit une peine supplémentaire indéterminée de six mois à quinze ans, qui s'ajoute à la précédente. Le système pénitentiaire californien est dysfonctionnel à cette époque, et Bittaker se retrouve à nouveau dehors trois ans plus tard, en 1974.

Son crime suivant démarre de façon bénigne lorsque Bittaker vole un steak qu'il cache dans son slip. Un employé le surprend et le poursuit sur le parking du supermarché où Bittaker le poignarde. Avant son procès, il fait l'objet d'un nouvel examen psychiatrique par le docteur Ronald Markman, un expert qui s'est occupé de centaines de criminels en Californie, parmi lesquels des cas aussi célèbres que Charles Watson et Leslie Van Houten, adeptes de la secte de Charles Manson, ou de Richard Chase, le « Vampire de Sacramento ». Le docteur Markman relate sa confrontation avec Larry Bittaker dans son ouvrage *Alone with the Devil – Famous Cases of a Courtroom Psychiatrist* (1989). À ses yeux, son interlocuteur n'est absolument pas un « psychotique borderline », mais un « pur psychopathe ». Bittaker est incapable de suivre des règles et il ne l'apprendra jamais. Le médecin avertit que Bittaker est un individu d'une extrême dangerosité qui présente de gros risques d'escalade dans la gravité de ses crimes : « Il est incapable de contrôler ses pulsions, c'est un homme qui pourrait tuer sans hésitation ni remords. » Il blâme la société et les autres pour ses problèmes judiciaires. Il désigne l'alcool et les tranquillisants comme responsables de ses actes criminels, mais, en même temps, il affirme ne pas abuser de ces substances. Lorsqu'il raconte sa visite au supermarché, c'est pour dire : « Je suis allé dans ce magasin pour acheter du lait. Je me souviens avoir mis la viande dans mon pantalon et, l'instant d'après, des flics me questionnent au commissariat. » Il prétend ne pas se souvenir de la suite des événements. Poussé dans ses derniers retranchements par le docteur Markman, il se contente d'un « je n'arrive pas à éviter les ennuis ».

Les psychiatres que Larry Bittaker rencontre en prison confirment l'évaluation du docteur Markman. En 1977, le diagnostic est sans appel : « Bittaker va très certainement commettre de nouveaux crimes dès qu'il sera remis en liberté. » Un an plus tard, en juillet 1978, un autre psychiatre qualifie Bittaker de « psychopathe sophistiqué ». Et, encore une fois, ces avertissements restent lettre morte lorsque Bittaker est relâché en novembre 1978.

Mais pas avant de s'être fait un nouvel ami.

Un ami vraiment très « spécial »...

« UN HOMME QUI NE REPRÉSENTE PLUS AUCUN DANGER POUR LA SOCIÉTÉ »

Contrairement à Lawrence Bittaker, Roy Lewis Norris ne connaît pas une existence de nomade : il naît à Greeley, dans le Colorado, le 2 février 1948, et il y habite jusqu'à l'âge de 17 ans. Après avoir abandonné ses études, il s'engage dans l'U.S. Navy. Il est basé à San Diego, mais en 1969 Norris passe quatre mois au Vietnam, où il n'est pas engagé dans des combats. Pendant plusieurs semaines, il expérimente l'héroïne, avant de jeter son dévolu sur l'herbe qu'il fume en permanence.

De retour en Californie en novembre 1969, Norris

agresse une femme au volant dans le sud de San Diego. Il s'introduit de force à bord du véhicule pour tenter de la violer. Libéré sous caution dans l'attente de son procès, Norris récidive en février 1970. Il frappe à la porte d'une autre femme et demande à utiliser le téléphone. Lorsque la propriétaire des lieux refuse, Norris pénètre par effraction à l'intérieur, mais il se fait arrêter par la police avant d'avoir attaqué la victime.

À ce stade, l'U.S. Navy se rend compte des ennuis causés par Roy Norris qui est libéré de ses obligations militaires en raison de « problèmes psychologiques ». Les médecins diagnostiquent une « personnalité schizophrène ». Il n'est toujours pas jugé quand il se jette sur une étudiante du campus de San Diego en mai 1970. Il la frappe par-derrière avec une pierre et, une fois à terre, lui cogne le visage contre le trottoir.

Cette fois-ci, l'inculpation est beaucoup plus sérieuse que les précédentes, et Roy Norris se retrouve immédiatement derrière les barreaux. Il est enfermé à l'hôpital psychiatrique d'Atascadero qui abrite en permanence un millier de délinquants sexuels. Au moment où Norris pénètre dans les lieux, un futur tueur en série, Edmund Emil Kemper, quitte l'établissement, considéré comme guéri.

À cette époque de son internement, 20 % des patients traités à Atascadero ne fait aucun progrès et le reste finit par être remis en liberté un jour. Maintenant, si l'on prend en compte l'ensemble de ces malades libérés et donc « guéris », les autorités judiciaires effectuent les constatations suivantes :

– 25 % est totalement réhabilité ;

– 25 % connaît des problèmes, tout en étant capables de maintenir un équilibre dans leur vie quotidienne ;

– 25 % a des difficultés plus sérieuses, mais ils évitent aussi de replonger (du moins, dans les statistiques officielles ; en bref, ils ne vont pas se faire prendre, s'ils ont commis un forfait) ;

– 25 % récidive à leur sortie d'Atascadero.

Comme on peut le constater, un pronostic médical est loin d'être fiable. La difficulté réside dans l'impossibilité de prévoir le potentiel de dangerosité d'un patient relâché. À cette époque, le risque est encore augmenté par des restrictions budgétaires de l'État de Californie, qui font que le suivi médical ou judiciaire est limité à sa plus simple expression. En théorie, un officier de probation doit rencontrer de manière régulière un détenu libéré en conditionnelle. Un problème toujours d'actualité comme on a pu s'en rendre compte lors des diverses libérations de Jeffrey Dahmer, le « Cannibale de Milwaukee », qui est l'objet de « contrôles » fréquents de la part de son agent de probation, avec les résultats que l'on sait, l'assassinat de 17 adolescents.

Tout comme Ed Kemper, Roy Norris passe cinq ans à Atascadero, avant d'être libéré sous conditionnelle. Officiellement, il « ne souffre plus de troubles mentaux (…) il ne représente plus aucun danger pour la société ».

Moins de trois mois plus tard, Norris dément déjà le diagnostic des psychiatres d'Atascadero.

Il se balade à moto à Redondo Beach lorsqu'il aperçoit une jeune femme de 27 ans rentrer à pied chez elle, après une dispute au restaurant avec son petit ami. Norris s'arrête pour lui proposer de la ramener, ce qu'elle refuse. Mais Norris n'est pas homme à se laisser démonter par une telle broutille. Il lui saute dessus et l'étrangle à moitié avec son écharpe. Il la traîne à moitié consciente derrière des buissons pour la violer. La police ne le soupçonne pas car la victime est incapable de donner une description fiable de son agresseur. Un mois plus tard pourtant, la jeune femme croise Norris dans la rue et elle note sa plaque d'immatriculation. Condamné pour viol, Norris est envoyé à la « California Men's Colony » de San Luis Obispo.

C'est là que Roy Norris croise la route d'un autre détenu qui change sa destinée.

D'après ses dires, Lawrence Bittaker lui aurait sauvé la vie à deux reprises. Norris se sent lié à tout jamais à Bittaker, selon le « code d'honneur des prisons ». Une excuse bien commode que Norris ne manque pas de faire valoir par la suite.

En fait, les deux hommes partagent les mêmes fantasmes de viols, de domination et de tortures à l'encontre des femmes. Larry Bittaker indique que la prochaine fois qu'il violera une femme, il la tuera pour ne pas laisser de témoin. Bientôt, ils deviennent inséparables et concoctent un plan « pour s'amuser » : une fois libérés, ils vont kidnapper, violer et tuer des adolescentes californiennes âgées de 13 à 19 ans (au moins une pour chaque tranche d'âge).

Bittaker est libéré sous conditionnelle le 15 novembre 1978 et il retourne à Los Angeles, où il décroche un emploi de machiniste. Le 15 janvier 1979, c'est au tour de Norris d'être relâché. Il s'installe chez sa mère qui vit dans une caravane à Los Angeles, puis travaille comme électricien. Un mois plus tard, Bittaker écrit à Norris et lui donne rendez-vous dans un hôtel bon marché où ils renouent le contact.

Et se remémorent leurs plus noirs désirs.

Pendant les week-ends, les deux hommes se retrouvent pour fumer de l'herbe, picoler, tout en se baladant sur la « Pacific Coast Highway » qui borde les plages de L.A. Ils passent le temps à regarder les jeunes adolescentes qui s'ébattent en bikini sur le sable chaud.

Pour mettre en place leur plan, Larry Bittaker achète un van G.M.C. de couleur argentée. Ce modèle de fourgon présente des avantages, puisqu'il n'a pas de fenêtres sur le côté et, du côté passager, il est doté d'une large portière coulissante. Si les victimes qu'ils choisissent de kidnapper refusent de monter à bord, ils pourront « se rapprocher au plus près, sans avoir à ouvrir la portière en grand », indique Bittaker.

Il baptise le van « Murder Mack ».

Entre février et juin 1979, Norris et Bittaker roulent sur la « Pacific Coast Highway ». Ils s'arrêtent sur des plages pour flirter avec des jeunes filles, leur offrir à boire ou un joint, avant de les prendre en photo. Au domicile de Bittaker, les enquêteurs retrouvent plus tard près de 500 photos de jeunes filles souriantes. Si l'on en croit Roy Norris, ils prennent en stop environ une vingtaine de passagères, sans leur faire le moindre mal. Ils ont encore besoin de trouver un endroit isolé pour disposer de leurs proies en toute tranquillité. Un dimanche de fin avril, Larry Bittaker emmène son compagnon dans les monts de San Gabriel, qui surplombent la cité de Glendora. Il stoppe le véhicule devant un chemin de terre barré par une porte fermée. Bittaker brise le cadenas avec une barre de fer et le remplace par le sien.

À présent, il ne leur reste plus qu'à trouver une fille.

Le dimanche 24 juin 1979 « débute de la plus innocente des manières », si l'on se base sur les aveux de Bittaker. Ce dernier passe la nuit dans le « Murder Mack », qui est garé à côté de la caravane que partagent Roy Norris et sa mère. Le lendemain matin, les deux hommes bricolent à l'arrière du van, où Bittaker installe un lit avec un matelas de grande taille, un mètre au-dessus du plancher. Dans l'espace situé entre le plancher et le sommier, ils rangent des outils, des vêtements de rechange et une glacière. Vers 11 heures, ils décident de partir le long des plages de Pacific Palisades jusqu'à Redondo Beach et Santa Monica : « C'était un chouette dimanche pour zyeuter les plages, boire une bière, fumer un joint et flirter avec les nanas. Rien n'était prévu », explique Bittaker. Quelquefois, ils se garent pour se promener à pied sur une des plages et draguer.

Il est environ 17 heures à Redondo Beach lorsque Bittaker remarque « une mignonne petite blonde », d'après les aveux de Norris. Les deux anciens complices s'accusent par la suite de l'avoir repérée en premier ou non. Cindy Schaeffer, 16 ans, n'est pas sur la plage et elle ne porte pas de bikini. L'adolescente rentre à pied chez sa grand-mère après une réunion de jeunes chrétiens à la « St. Andrew's Presbyterian Church ».

Le « Murder Mack » s'arrête et Norris propose à la jeune fille de la déposer chez elle. Schaeffer refuse et continue son chemin. Le véhicule va se garer un peu plus loin. Norris descend et se dirige en souriant vers la jeune femme pour réitérer son offre. Cindy reste muette, tout en cherchant à contourner Norris pour poursuivre sa route. Mais ce dernier la saisit par-derrière pour l'emmener de force dans le van. Elle crie à trois reprises mais Norris étouffe ses cris avec sa main. À l'intérieur, Bittaker pousse la musique à fond. Norris balance Cindy à l'arrière et referme la porte coulissante. Il la bâillonne avec du ruban adhésif, puis lui attache les poignets et les chevilles. En moins d'une minute, Cindy Schaeffer a disparu de la surface de la terre. Seule trace dérisoire de sa présence : une chaussure sur le trottoir.

« JE PENSE QU'ELLE SAIT CE QUI L'ATTEND »

Dans *The Last Ride* (le dernier voyage), le « roman policier » que Bittaker écrit en prison, il évoque l'attitude de leur prisonnière : « Pendant toute cette expérience, Cindy a fait preuve d'un magnifique self-control. Elle accepte son sort sur lequel elle n'a plus aucune prise. Elle ne pleure pas, n'offre aucune résistance, pas plus qu'elle ne semble concernée par sa sécurité. Je pense qu'elle sait ce qui l'attend. »

Bittaker se dirige vers les monts de San Gabriel et le chemin fermé par une barrière. Une fois garés hors de vue de l'autoroute, les deux hommes commencent par fumer des joints. « Maintenant, on va se faire une petite fiesta ! » annonce Norris. Bittaker défait le bâillon de Cindy et lui pose des questions. Ils apprennent qu'elle habite chez sa grand-mère à Torrance, que sa mère vit au Mexique et qu'elle a un petit ami dans le Wisconsin. Bientôt, Bittaker et Norris en ont assez de parler. Ils ordonnent à Cindy de se déshabiller et se mettent à la caresser.

« Je passe en premier », déclare Norris qui demande à Bittaker de revenir au bout d'une heure. Pendant ce temps, Norris viole la jeune femme et exige une fellation. Puis vient le tour de Bittaker, avant que Norris ne recommence ses sévices sexuels.

D'après leurs aveux, les deux complices se sont ensuite disputés pour savoir si Cindy devait mourir ou non, chacun rejetant sur l'autre la décision fatale. Norris tente de l'étrangler, mais, au bout d'une minute, il ne peut plus affronter le regard angoissé de la jeune fille. Il stoppe ses efforts, sort du van, et part vomir un peu plus loin. Lorsqu'il revient, Larry Bittaker est en train de serrer la gorge de Cindy. Au bout d'un moment, il lâche prise, et Cindy tombe par terre. Norris se rend compte « que son corps bouge encore... elle est encore vivante... elle respire ou tente de respirer ».

Bittaker indique que c'est beaucoup plus difficile d'étrangler quelqu'un que ce que l'on voit à la télévision. Roy Norris aquiesce. Bittaker lui ordonne de prendre un cintre métallique et de le tordre autour du cou de Cindy. Norris s'exécute, mais les deux hommes n'y arrivent pas. Bittaker prend des pinces dans sa trousse à outils dont il plie les extrémités pour former un garrot autour de la gorge de la jeune femme. D'après Norris, Schaeffer « est agitée de soubresauts pendant 15 secondes environ, et c'était fini. Elle est morte ».

Le métal est tellement incrusté dans la chair que Cindy Schaeffer s'est mise à saigner. Pour éviter de tacher le van, ils l'enveloppent dans un rideau de douche en plastique bleu. Norris se met au volant. La nuit est tombée. Bittaker marche devant le « Murder Mack », une lampe-torche à la main pour trouver un endroit où se débarrasser du corps. Lorsqu'ils découvrent un ravin assez profond, ils jettent le cadavre au fond. Bittaker déclare que les animaux sauvages vont faire leur boulot et qu'il n'y aura plus aucune trace pour les coincer.

Roy et Larry repartent en chasse le dimanche 8 juillet 1979. En début d'après-midi, ils aperçoivent une jeune fille à leur goût qui fait de l'auto-stop sur la « Pacific Coast Highway ». Mais le conducteur d'une décapotable blanche les devance. Norris peste contre leur malchance, mais Bittaker lui demande d'être patient. Ils suivent le véhicule pour voir où l'auto-stoppeuse va être déposée. Au bout d'un quart d'heure, le conducteur fait signe qu'il doit emprunter une sortie d'autoroute. La jeune femme descend et dresse son pouce dans l'attente d'un bon samaritain. Pendant ce temps, Roy Norris quitte le siège passager pour se cacher à l'arrière, dans l'espace situé sous le lit. Un homme seul représente moins de danger pour une adolescente sur la route.

Andrea Hall a 18 ans et elle remercie Bittaker qui lui propose une boisson fraîche. Il lui dit d'aller se servir à l'arrière, dans la glacière. Une fois le soda en main, elle s'apprête à retourner s'asseoir lorsque Norris bondit hors de sa cachette pour lui faucher les jambes. Bittaker pousse la musique à fond. Andrea se bat avec l'énergie du désespoir, mais Norris est bien trop fort pour elle. Il lui tord violemment le bras en arrière, la douleur est si forte qu'Andrea s'évanouit à moitié. Roy en profite pour la bâillonner et lui ligoter les membres.

Cette fois-ci, ils ne prennent pas le temps de discuter avec leur proie, qu'ils violent à tour de rôle. En manque de bière, Bittaker envoie son ami en chercher. Pendant ce temps, il charge son appareil Polaroïd, puis emmène Hall sur le chemin de montagne. Lorsque Norris est de retour, son ami est seul. Il l'accueille le sourire aux lèvres, en lui montrant des photos d'Andrea, le visage déformé par la terreur.

« Il m'a déclaré qu'il lui a annoncé qu'il allait la tuer. Il voulait savoir ce qu'elle ferait pour rester en vie. Mais elle n'a pas été très convaincante. »

Fatigué de la torturer par la parole, Bittaker lui enfonce un pic à glace dans l'oreille, puis il recommence avec l'autre oreille. Andrea est toujours en vie. Il décide de l'achever par strangulation, avant de jeter son cadavre dans un ravin.

DEUX D'UN COUP

Deux mois plus tard, le jour de la Fête du travail (« Labor Day »), le 3 septembre, Larry et Roy roulent le long d'Hermosa Beach, lorsqu'ils remarquent deux jeunes filles assises sur un banc près d'un arrêt de bus, au coin de Pier Avenue et « Pacific Coast Highway ». Jackie Gilliam, 15 ans, et Leah Lamp, 13 ans, n'attendent pas le bus mais elles acceptent avec joie la proposition de Bittaker, surtout quand celui-ci leur offre un joint.

Larry l'allume avant de le faire passer et d'indiquer aux deux amies qu'ils vont à la plage. Mais, quelques instants plus tard, elles s'interrogent quand il prend la direction opposée. Il les calme avec des excuses, ajoutant qu'il est juste à la recherche d'un coin tranquille pour « planer ». Les deux adolescentes protestent pendant qu'il gare le van devant un court de tennis. Leah commence à ouvrir la porte coulissante, mais Norris réagit, vif comme l'éclair : il la frappe à la tête avec une batte de base-ball dont le manche est scié. Une lutte féroce s'ensuit. Bittaker se lève pour aider son copain. Les deux hommes parviennent à ligoter les deux jeunes filles.

La tâche achevée, Bittaker se rend compte que plusieurs joueurs de tennis ont assisté à la scène. Dans la crainte que les témoins préviennent la police, Bittaker démarre en trombe en direction des monts San Gabriel. Mais personne ne donne l'alarme. Les parties reprennent leur cours.

Une fois arrivés sur place, les kidnappeurs gardent Jackie Gilliam et Leah Lamp prisonnières pendant deux jours. Ils les violent et les torturent à tour de rôle, en enregistrant avec un magnétophone les différentes séances. À un moment donné, Roy Norris demande à Jackie Gilliam de jouer le rôle de sa cousine qu'il a toujours rêvé de violer.

Fatigués de leur orgie de sexe et de violence, les deux hommes se rendent compte qu'ils vont être en retard pour le boulot. Bittaker enfonce le pic à glace dans les deux oreilles de Gilliam qui hurle de douleur, mais ne meurt pas, le tout sous les yeux terrifiés de son amie. Ensuite, ils l'achèvent en l'étranglant chacun à leur tour. Bittaker maintient ensuite Leah Lamp par le cou, pendant que Norris la frappe à sept reprises à coups de marteau. Ils jettent les corps des deux jeunes filles dans un ravin, le pic à glace toujours enfoncé dans une des oreilles de Jackie Gilliam.

HALLOWEEN 1979 : L'HORREUR ABSOLUE

Le dimanche 30 septembre 1979, Bittaker et Norris sélectionnent Robin Robeck, une habitante de l'Oregon, qui rend visite à son père à Manhattan Beach. Lorsqu'elle refuse leur offre de monter à bord du van, elle se fait asperger avec une bombe à gaz et kidnapper. Les deux hommes la violent chacun à tour de rôle, mais elle profite d'un moment d'inattention pour s'enfuir. Robin Robeck porte plainte auprès de la police, sans être capable d'identifier ses agresseurs et elle ne se souvient pas de la plaque d'immatriculation du van. Au bout d'un certain temps, elle décide de retourner dans l'Oregon. L'affaire semble enterrée.

Durant tout le mois suivant, Bittaker et Norris sont sur les nerfs. Ils s'attendent à être arrêtés à tout moment. Larry va même jusqu'à changer de domicile pour s'installer dans un appartement de Burbank. Au bout de plusieurs semaines de tranquillité, où ils ont stoppé leurs activités criminelles, ils décident de repartir en chasse pendant la nuit d'Halloween, mais en changeant de quartier. Ils abandonnent les plages de « Pacific Coast Highway » pour les rues résidentielles de la « San Fernando Valley », dans les districts de Tijunga et Sunland. C'est là qu'ils repèrent Shirley Ledford, 16 ans, qui fait du stop. Elle accepte de monter à bord.

Elle a moins de deux heures à vivre.

En cinq minutes à peine, Norris la ligote et la bâillonne. Pour cette fois, Bittaker ne prend pas le risque de se rendre jusqu'à leur cachette favorite, dans les « San Gabriel Mountains ». Il est aussi impatient de passer à l'acte. Il demande à Norris de prendre le volant. Larry déclenche le magnétophone, il défait le ruban adhésif des jambes et de la bouche de Shirley Ledford, puis il s'empare d'un marteau et d'une paire de pinces.

Il la sodomise et l'oblige à lui faire une fellation, tout en lui martelant le coude droit avec le marteau pour la faire hurler. Voici la retranscription de cette bande audio, que le patron des profilers du FBI John Douglas m'a fait écouter dans son bureau de Quantico, en novembre 1991 :

– Démarre le van, demande Bittaker.

Il gifle Shirley.

– Pourquoi tu dis rien, salope ?

Il la frappe à nouveau.

– Hein ?

Larry cogne encore plus fort.

– Qu'est-ce que voulez que je dise ? gémit Shirley.

– Ouh, ouh. Bittaker se moque d'elle. Dis quelque chose, fillette.

Puis il la gifle à trois reprises et se moque à nouveau d'elle, sur un ton geignard :

– Ne me frappez pas ! Ouh, ouh !

Shirley pleurniche.

– Dis quelque chose, fillette !

Il insiste.

– Aïe !

Larry frappe à nouveau et elle se met à hurler.

– Dis quelque chose. Cette fois-ci, il se sert du marteau. Allons, tu peux faire mieux que ça ? Tu peux crier plus fort, non ? Il la frappe à deux reprises. Tiens ! Qu'est-ce qu'il y a ? T'aimes pas crier ?

Shirley se met à hurler de plus en plus fort pendant que Larry continue de faire pleuvoir les coups de marteau.

– Oh, non ! s'écrie-t-elle.

– Qu'est-ce qu'il y a, hein ? T'en veux encore, c'est ça ?

– Oh, non ! Ne me touchez pas, non !

– Hein ? T'en veux encore ?

– Oh non, ne me touchez pas, non, ne me touchez pas !

– Hein ? J'ai pas compris. T'en demandes encore, c'est ça ?

– Non, non, non, non, non, non !

– Tourne-toi, salope.

– Non, ne me touchez pas.
Bittaker la gifle de toutes ses forces.
– Tourne-toi.
– Ne me touchez pas.
– Allez, mets-toi au boulot, salope.
– Ne me touchez pas, ne me touchez pas !
– Au boulot, salope.
– Ne me touchez pas.
– Je te demande pas, je te dis de le faire !

Pendant que Shirley se met à pleurer, Bittaker lui ordonne de se retourner.

– Allez, allez, allez.

Il l'oblige à lui faire une fellation, tout en lui demandant de décrire ce qu'elle lui fait. Pendant qu'elle obéit à ses ordres, il la frappe à nouveau :

– Hurle, bébé… si ça fait mal, n'hésite pas à hurler… vas-y, hurle autant que tu veux et hurle… hurle, bébé, hurle encore plus, bébé.

DES PINCES POUR ARRACHER LES TÉTONS

Larry trouve que les cris de Shirley ne sont pas assez forts et il s'empare des pinces. Il lui montre l'outil en la menaçant de l'utiliser. Elle se met à crier de manière convaincante.

Il commence à serrer les bouts de seins de Shirley avec les pinces.

– Le magnéto marche toujours ? demande-t-il à Norris.
– Ouais.

Shirley se met à hurler.

– Non, non, non ! Oh, non !

Puis elle se met à gémir.

– Fais du bruit, petite, demande Norris qui échange

sa place avec Bittaker. Vas-y, te gêne pas pour hurler, ou c'est moi qui vais te faire hurler.

La jeune fille gémit.

– Oh, ouais.

– Oh…

– Hurle !

Norris la frappe au coude à coups de marteau.

Shirley crie :

– Je vais hurler si vous arrêtez de me frapper.

Elle se met à hurler.

– Vas-y, petite.

Shirley hurle.

– Encore !

Shirley continue.

– Plus fort !

Les cris se poursuivent.

– Jusqu'à ce que je te dise t'arrêter !

– Oh, non ! hurle Shirley qui voit Norris s'emparer à nouveau du marteau.

Roy Norris s'acharne sur elle. Une fois, deux fois, trois fois… jusqu'à vingt-cinq fois. Shirley n'est plus qu'une masse de gémissements.

Bittaker lui demande ce qui se passe.

– Je ne faisais que lui taper sur le coude avec ce marteau.

Shirley se met à crier.

– Qu'est-ce que t'as à pleurnicher comme ça ?

Pendant de longues minutes, les bruits sourds du marteau sur la chair et le craquement des os de la jeune fille se mêlent à ses pleurs, qui deviennent de plus en plus faibles.

Shirley est mourante, et c'est Bittaker qui se porte volontaire pour l'achever. Il lui entoure le cou avec un cintre métallique qu'il resserre petit à petit avec les pinces.

Pour s'amuser, Larry décide de balancer le corps torturé de Shirley sur la pelouse d'une propriété de Sunland. Le cadavre est découvert le lendemain matin.

Mais la police ne fait pas le lien avec les disparitions de Cindy, Andrea, Jackie et Leah qui ont pourtant été signalées. Pour eux, il s'agit de simples fugues comme il en existe des dizaines tous les jours en Californie.

Trois semaines plus tard, les événements vont leur donner tort.

LES AVEUX

La découverte du corps mutilé de Shirley Ledford intervient quelques jours à peine après l'arrestation d'un des deux « Hillside Stranglers » (« Les étrangleurs des collines »), Angelo Buono, dont les meurtres font la une de l'actualité depuis plusieurs mois en Californie, au point d'éclipser le cas de Larry Bittaker et Roy Norris.

C'est Norris qui va commettre l'erreur fatale. Il se vante de ses exploits auprès d'un ancien compagnon de cellule. Il lui raconte ce qu'il a fait de plusieurs jeunes filles, ces derniers mois, le long des plages de la « Pacific Coast Highway ». L'ex-détenu n'y prête pas grande attention tout d'abord, avant de changer d'avis, lorsqu'il apprend la découverte du corps de Shirley Ledford. Il est en libération conditionnelle et cette information peut lui être utile pour améliorer sa situation. Il contacte son avocat. Les deux hommes décident de refiler le tuyau au « Los Angeles Police Department » qui le transmet au commissariat d'Hermosa Beach, la juridiction concernée.

L'enquêteur Paul Bynum est chargé de l'affaire Ledford. La mention par l'ancien compagnon de cellule de Norris d'un van argenté lui rappelle le viol de Robin Robeck dont ses services se sont occupés, un mois auparavant. À l'exception des actes de torture et du meurtre de Shirley Ledford, le mode opératoire paraît similaire entre ces deux affaires. Il y a peut-être un lien. Bynum décide d'envoyer un inspecteur en Oregon pour questionner la jeune femme et lui montrer une série de photos d'identité judiciaire. Elle reconnaît tout de suite Bittaker et Norris.

Paul Bynum décide de contacter le « district attorney » Steve Kay, qui a instruit l'affaire de viol de Roy Norris en 1976. Les deux hommes décident d'une stratégie commune : ils doivent agir vite pour ne pas laisser le temps aux deux complices de récidiver. Mais ils doivent être prudents car ils manquent de preuves concrètes pour les inculper d'assassinat.

Le « Hermosa Police Department » décide de faire suivre Roy Norris, qui est toujours en libération conditionnelle. Ils constatent qu'il deale de l'herbe. C'est suffisant pour le faire arrêter. Le même jour, le 20 novembre 1979, la police de Burbank met Bittaker sous les verrous : il est suspecté du kidnapping et du viol de Robin Robeck. Les deux complices sont interrogés séparément et il n'est fait nulle mention des disparitions et des meurtres d'adolescentes.

NORRIS DÉNONCE SON COMPLICE

Pendant plusieurs jours, les interrogatoires ne donnent rien, mais Paul Bynum estime que Norris est le maillon faible du duo. Le 30 novembre, il est déféré devant le « district attorney » Steve Kay, en présence de Paul Bynum. Les deux hommes de loi décident de l'attaquer de front sur les meurtres des jeunes filles. Ils lui disent qu'ils possèdent des informations sur son implication dans les différentes disparitions. Au bout d'un moment, Norris finit par craquer. Il accuse Larry Bittaker de l'avoir entraîné après la conclusion de leur « pacte » en prison. Il affirme avoir été sous l'influence de drogues dures, la plupart du temps. Il propose aux enquêteurs de les mener jusqu'aux corps des victimes et de témoigner contre son ex-partenaire, en échange de la vie sauve.

En février 1980, Norris guide les enquêteurs dans les monts de San Gabriel. L'hypothèse de Bittaker, selon laquelle les animaux sauvages vont effacer toutes traces des cadavres, se révèle exacte pour Cindy Schaeffer et Andrea Hall. Par contre, les squelettes éparpillés de Jackie Gilliam et Leah Lamp sont retrouvés, le pic à glace de Bittaker toujours enfoncé dans le crâne de Gilliam.

Le « district attorney » Steve Kay décide de ne pas demander la peine de mort, ni un emprisonnement à perpétuité, sans possibilité de libération conditionnelle, à l'encontre de Roy Norris. Mais avant que ce « plaider coupable » soit accepté et qu'une peine soit prononcée, l'État de Californie exige qu'un meurtrier soit questionné par un officier de probation, afin que ce dernier puisse effectuer une recommandation auprès de la cour. Dans son rapport, l'officier de probation indique que Norris raconte les cinq meurtres sans le moindre remords, qu'il « apparaît compulsif dans la nécessité et le désir d'infliger de la douleur et des tortures aux femmes. L'accusé reconnaît lui-même que, lorsqu'il commet un viol, ce n'est pas le sexe qui importe, mais la domination de la victime. En constatant le manque total de compassion de l'accusé pour le sort de ses victimes, il doit être considéré comme un sociopathe extrême, dont les comportements grotesques et dépravés ne permettent aucune réhabilitation. L'ampleur et l'énormité du comportement criminel cauchemardesque et haineux de l'accusé est au-delà de toute compréhension pour le signataire de ce rapport ».

Sur la base de ce rapport, Roy Norris se voit infliger une condamnation qui va de 45 années de réclusion à la perpétuité, avec une peine incompressible de 30 ans, avant de pouvoir bénéficier d'une éventuelle libération conditionnelle. En théorie, Norris pourrait être libéré en 2010.

CONDAMNÉ À MORT

Steve Kay est chargé d'obtenir la peine de mort à l'encontre de Larry Bittaker. Pendant les trois semaines d'audiences, il s'effondre en larmes à deux reprises, malgré son expérience des grands procès, tel celui de Charles Manson où il fait partie de l'équipe du procureur Vincent Bugliosi.

Larry Bittaker semble s'amuser de toute cette procédure. Contre l'avis de ses propres avocats, Bittaker écrit ses mémoires sous la forme du roman policier intitulé *The Last Ride*. Il raconte son partenariat avec Roy Norris, qu'il accuse de tous les maux. À le lire, on en arrive à croire qu'il a cherché en vain à sauver la vie des jeunes adolescentes. Certains des chapitres de ce « roman » s'intitulent :

« Destiny with Death » (« Rendez-vous avec la Mort ») ;

« The Beginning of the End » (« Le commencement de la fin ») ;

« Lonely Hearts Club on Wheels » (« Le van du club des cœurs solitaires ») ;

« Two for the Price of One » (« Deux pour le prix d'une »).

Et, touche finale, Larry Bittaker envoie le manuscrit aux enquêteurs, apparemment convaincu que les jurés vont croire sa version des faits.

Le 17 février 1981, Lawrence Sigmund Bittaker est reconnu coupable de 26 chefs d'accusation, dont 5 d'assassinat.

Le 24 mars 1981, Bittaker est condamné à la peine de mort.

Et il attend toujours dans le Couloir de la mort de la prison de San Quentin sous le matricule # C-28400 4-E-108.

Le 11 juin 1990, la Cour suprême de l'État de Californie a rejeté sa demande de nouveau procès.

Quelques mois plus tard, l'acteur Scott Glenn, qui prépare son rôle de profiler dans *Le Silence des agneaux*, rend visite aux bureaux de l'Unité des sciences du comportement de l'Académie nationale du FBI, à Quantico, où le chef du département John Douglas lui fait faire le tour du propriétaire. Lors de ces quelques heures, Douglas lui fait écouter les bandes audio de Bittaker et de Norris. Après le succès planétaire du film, Scott Glenn raconte aux journalistes qu'il a quitté en pleurs le bureau de John Douglas. Farouche opposant à la peine de mort avant cette visite, il est depuis devenu un partisan inconditionnel de son application.

Lorsque Bittaker n'est pas occupé par ses procédures d'appels, il passe son temps à assigner en justice le système pénitentiaire californien. En octobre 1995, il dépose ainsi 40 procédures qui ne lui coûtent rien, puisque l'État de Californie accorde la gratuité totale pour les détenus. L'une d'elles indique qu'il a été victime « d'une punition cruelle et inhabituelle », lorsqu'un garde lui a servi un biscuit brisé sur son plateau de déjeuner. Les autorités ont dû régler une ardoise de 5 000 $ pour rejeter la procédure. L'administration pénitentiaire a dû apporter la preuve que Bittaker pouvait se passer de déjeuner, et survivre grâce à son petit déjeuner et au dîner.

Quand il ne joue pas aux cartes dans la cour de San Quentin, avec un autre partenaire que William Bonin depuis que ce dernier a été exécuté en février 1996, Larry Bittaker s'occupe à répondre aux nombreux courriers de ses fans.

La plupart émanent de jeunes femmes.

Certaines lui font des propositions de mariage.

Quand Lawrence Bittaker leur répond, il signe de son pseudonyme.

« Les pinces. »

David Brown, l'ogre du Montana

6 FÉVRIER 1996, GREAT FALLS, MONTANA

Il fait un froid vif en ce matin du mardi 6 février 1996 à Great Falls, une cité calme de 60 000 habitants de l'État du Montana. À 6 h 30, Zachary Ramsay, qui a 10 ans, se lève pour prendre son petit déjeuner et il se prépare à partir pour l'école.

Entre 7 h et 7 h 15, Michael John McIntire reconnaît Nathaniel Bar-Jonah, un homme de forte corpulence d'une quarantaine d'années, non loin du domicile des Ramsay, dans une ruelle derrière le 420 Fifth Avenue North. Il se souvient s'être demandé ce qu'il pouvait faire si tôt dans un endroit aussi désert.

À 7 h 34, l'enfant quitte l'appartement de sa mère au 414 Fourth Street North. Une voisine, Margareta Richardson, l'aperçoit marcher le long du trottoir.

Au même moment, trois personnes de la famille Henry, Marvin, Melissa et Helen le voient traverser Fifth Street North et Fifth Alley North.

Un autre membre de la famille Henry, Carol, s'inquiète lorsqu'elle se rend compte qu'une voiture de couleur blanche a failli renverser Zachary pendant qu'il franchit le croisement.

Il est environ 7 h 45 quand Patrick Hill distingue

Zachary couper Sixth Street North. Une silhouette masculine suit le garçon à quelques mètres de distance. L'enfant semble pleurer et l'adulte paraît troublé.

À l'école élémentaire de Whittier, des camarades de classe attendent en vain l'arrivée de Zachary. La cloche sonne à 8 h 15 pour annoncer le début des cours.

Zachary Ramsay manque à l'appel. Il est 10 h lorsque le directeur téléphone à sa mère Rachel Howard. Elle quitte son domicile pour parcourir le chemin que son fils emprunte tous les jours.

À 11 h 20, elle prévient la police de la disparition de son fils.

Elle ne le reverra plus jamais.

« C'EST COMME S'IL AVAIT DISPARU DE LA SURFACE DE LA TERRE »

Zachary Ramsay, ce garçon aux cheveux bouclés de couleur noire et aux yeux marron, n'est pas du genre à rater les cours ou à faire des fugues, explique sa mère. Le mois précédent, il lui est arrivé d'être en retard, mais, une heure plus tard, Zachary téléphonait à la maison pour prévenir qu'il était au « Howard's Pizza ».

Il pourrait parler à un étranger qui s'adresse à lui, mais jamais il ne monterait à bord du véhicule d'un inconnu. Il est incapable de se cacher longtemps, car il a trop peur du noir. Il dort toujours avec une lampe de chevet allumée.

Après avoir étudié la personnalité de Zachary, les enquêteurs prennent tout de suite sa disparition au sérieux. Des recherches sont menées le long des bords du fleuve Missouri, qui coupe la ville de Great Falls en deux, et les glacis enneigés du parc Gibson sont sondés.

Les policiers qui effectuent l'enquête de voisinage

demandent aux habitants de vérifier leurs caravanes, le contenu de vieux Frigidaires, ainsi que l'intérieur de cabanes à outils où un enfant pourrait se réfugier. Une brosse à dents de Zachary est donnée à renifler à des chiens spécialisés qui parcourent tout le Lower North Side et les rives du fleuve. On est au cœur de l'hiver, mais il faut vérifier toutes les pistes possibles.

Les jours suivants, des centaines de posters sont imprimés gracieusement par la compagnie « Advanced Litho » avec un portrait de Zachary tout sourire et une description des vêtements qu'il porte le matin de sa disparition : une veste en denim bleu aux manches vertes, un polo de football américain bleu, avec son nom imprimé au dos en lettres dorées, ainsi qu'un blue-jean et des chaussures de tennis noires.

Pendant un temps, la police garde un œil sur la mère, Rachel Howard, car elle s'est débarrassée d'un tapis de grande taille, « trois jours avant la disparition de Zachary », explique-t-elle. Mais leurs soupçons s'envolent lorsqu'ils trouvent le tapis incriminé à quelques pâtés de maisons du domicile familial. Le père, Franz Ramsay, est un sergent de l'U.S. Air Force à la base de Colorado Springs, dans le Colorado.

La famille et les amis proches se regroupent pour des veillées aux chandelles autour de Simone, 5 ans, et Isaac, 2 ans, la sœur et le frère de Zachary. Des « arbres à prières » sont plantés pour implorer le retour sain et sauf du disparu.

Une voyante locale, Vera Gunderson, affirme que Zachary est mort accidentellement sous une maison qui a été récemment déplacée dans le voisinage, mais la police se refuse à chercher et à creuser, en l'absence de preuve.

Ses camarades de classe évoquent un garçon timide, mais toujours affable et souriant, qui aime les sciences et adore dessiner ou peindre. Les parents sont effrayés et la police de Great Falls fouille ses dossiers à la recherche de cas de disparitions d'enfants. En 1980, Stephen Hardrun, 5 ans, disparaît, mais il est retrouvé quelques jours plus tard noyé au fond d'une piscine de jardin. En août 1988, Dolana Clark, 9 ans, fait du vélo près de chez elle, avant qu'on ne la découvre, deux ans plus tard, dans les montagnes de Little Belt.

Tous les jours, le quotidien local, *The Great Falls Tribune*, publie des informations sur l'affaire. Dans l'un d'eux, l'inspecteur Bill Bellusci résume à merveille le sentiment général en déclarant : « C'est comme s'il avait disparu de la surface de la terre. »

1965, UN PRÉDATEUR PRÉCOCE

Lorsque David Paul Brown naît en 1958 dans une ville ouvrière du Massachusetts, son frère et sa sœur ont 9 et 8 ans de plus que lui, et ils ne s'intéressent pas du tout à lui. La famille Brown doit constamment lutter pour survivre. C'est un enfant solitaire qui a peu d'amis proches. On le considère comme une bête curieuse et cette impression est encore accentuée par le fait qu'il a des yeux de couleurs différentes, l'un est marron, l'autre bleu. Grassouillet, il est loin de partager la passion pour le sport de ses camarades d'école, d'autant plus qu'un accident de traîneau lui a ouvert la jambe droite, au point de l'endommager à tout jamais.

Des témoins de l'époque affirment que sa mère Tyra Brown se montre très protectrice vis-à-vis de David qu'elle tente d'épargner face à la stricte discipline du père. Elle représente un point d'ancrage dans l'existence de David qui ne veut jamais rien faire qui puisse faire honte à sa mère. En même temps, leur relation est ambivalente, faite d'un mélange de haine et d'amour réciproques. Vingt ans plus tard, une amie de David, Sherri Deitrich, raconte : « Il ne s'est jamais rendu compte de tout ce que sa mère a pu faire pour lui. Il a toujours eu l'impression que ses parents ne l'ont jamais soutenu, à cause de tous les événements qui lui sont arrivés durant son enfance. »

Son père, Phil Brown, mécanicien et vétéran de la Seconde Guerre mondiale, prend sa retraite à 49 ans, suite à des problèmes cardiaques. Il passe les sept années suivantes presque entièrement confiné à son domicile, avant de décéder en 1974.

L'année suivante, David Brown est arrêté pour la première fois.

Une fois adulte, Brown raconte à des psychiatres qu'il est âgé de 7 ans lorsqu'un esprit contacté lors d'une séance de spiritisme lui ordonne d'aller chez un voisin pour y étrangler leur fille. Selon ses dires, il suit l'ordre et agresse la fillette, et il ne s'arrête que lorsque la mère de sa victime le surprend.

Brown a 9 ans lorsque la famille semble se stabiliser d'un point de vue financier, au point de déménager un peu plus loin, dans une maison plus spacieuse de Bonnette Acres. Plus tard, il revient, dans une lettre, sur les souvenirs qu'il a de ce nouveau quartier : « C'était un coin raciste. Les Noirs n'y restaient jamais très longtemps, et nous avons été menacés parce que nous avions un Noir qui étudiait la Bible et qui habitait à la maison. »

Lorsqu'il grandit à Elaine Street, un quartier tranquille de Lake Webster, qui touche aux limites de la ville de Thompson, dans l'État voisin du Connecticut, David Brown a pour meilleur ami James McDonald. Les deux garçons s'amusent avec des petites voitures de la marque Matchbox qu'ils font rouler sur la table à pique-nique du jardin des Brown. « C'était un garçon timide », se souvient McDonald. « En grandissant, David est devenu de plus en plus bizarre. Un jour, sans la moindre raison, il a tenté de m'écraser avec une tondeuse à gazon. Pour me défendre, je lui ai donné des coups de poing et il a tenté de me prendre à la gorge, mais je ne me suis pas laissé faire. Quelque chose a dû lui arriver, parce qu'il a changé du jour au lendemain. »

Quelques années plus tard, Brown se confie à des psychiatres du Massachusetts pour expliquer que son comportement violent et ses fantasmes de tortures sexuelles sont la cause d'un viol en réunion qu'il a subi lorsqu'il avait 10 ans de la part de garçons de son quartier. Mais il ne parle jamais de cet événement à ses amis de l'époque, pas plus qu'à des membres de sa famille et on ne trouve aucune trace d'une quelconque hospitalisation.

Nous sommes en 1973, David, qui a 15 ans, repère deux frères, Alan et Kevin DuPont, respectivement âgés de 9 et 10 ans, qui habitent à Webster. Plusieurs jours de suite, il écrit des messages à la craie sur le trottoir, devant leur domicile. Puis un jour, il dépose deux enveloppes adressées à leur nom sur le paillasson de la maison. La mère Dolly DuPont ouvre les courriers pour découvrir un étrange message formé par des mots découpés dans un magazine. Le collage indique : « Retrouvez-moi au cimetière de Bakersgrove à 18 h, et quelque chose de bien va vous arriver : je vous donnerai 20 $ à chacun et ne dites rien à votre mère ni à votre père. »

Dolly DuPont prévient la police qui découvre David Brown en attente dans le cimetière du Massachusetts, mais elle décide de ne pas porter plainte.

NOUVELLES TENTATIVES D'ENLÈVEMENTS EN 1974

Le 8 mai 1974, Mary Patrone a 9 ans quand elle est kidnappée au retour d'une visite chez une amie, sur la Route 171, à Woodstock. L'homme se présente comme un ami de son père qui se propose de la ramener à son domicile. « J'ai hésité un moment, mais je me suis dit que si ma mère l'a envoyé, c'est que tout est okay, et je suis montée à bord. »

Le véhicule démarre et l'inconnu ferme la portière du côté passager. Il la frappe ensuite à la tête avec un objet contondant. Patrone pense que son agresseur a dû prendre peur quand elle s'est mise à hurler. Il la pousse hors de la voiture pour repartir sur les chapeaux de roues. « Je crois que j'ai eu de la chance d'être toujours en vie », raconte Mary Patrone.

Vingt-six ans plus tard, Mary Patrone, qui est devenue officier de probation dans le Connecticut, est stupéfaite de reconnaître la photo de son agresseur inconnu d'autrefois dans un quotidien publié en 2000 : « Cela a été un traumatisme. J'ai eu cette réaction physique quand j'ai vu sa photo, un choc que je n'avais pas vécu auparavant. C'est lui. Je vois encore son visage alors qu'il est assis dans cette petite voiture. Il y a quelque chose en lui que je n'oublierai jamais », explique-t-elle au *Hartford Courant*.

En décembre de la même année, David Brown a 17 ans lorsqu'il se déguise en policier pour obliger Richard O'Connor, 8 ans, à monter à bord de sa voiture, sous le prétexte de se rendre au commissariat. Il passe devant le poste de police pour aller au lac Webster où il l'oblige à se déshabiller avant de tenter de l'étrangler à plusieurs reprises avec la ceinture de sécurité. Richard O'Connor le supplie de lui laisser la vie sauve et David Brown finit par accéder à sa demande. L'enfant est blessé à la gorge à cause de la rupture de ses vaisseaux sanguins, au point de nécessiter une hospitalisation de quatre jours. À sa sortie de l'hôpital, Richard O'Connor doit rester deux semaines à la maison pour récupérer complètement. Quelques mois après, O'Connor reconnaît son agresseur dans un fast-food McDonald's où il est employé. Une fois arrêté, et après une négociation avec le juge, Brown écope d'une condamnation d'un an de probation et de suivi psychologique.

Un ou deux ans après les faits, il écrit à la mère de Richard, Therese M. O'Connor, pour lui dire ses regrets et lui expliquer que la religion l'a sauvé : « Il était dans une sorte d'école chrétienne à Scranton, en Pennsylvanie et il m'a écrit pour s'excuser de son geste et des soucis qu'il m'avait causés. D'après sa lettre, il était devenu une autre personne et il m'a envoyé des pamphlets religieux », explique-t-elle au journal *Telegram & Gazette* en janvier 2001. Mais ce courrier ne calme pas les angoisses de la mère, car elle estime que Brown représente toujours une menace.

En 1977, Mme O'Connor se sent soulagée lorsque David Brown est de nouveau arrêté, cette fois-ci pour l'enlèvement de deux adolescents à Shrewsbury. « On m'a dit qu'il serait condamné à perpétuité, et je me suis tout de suite sentie mieux. »

Malheureusement pour elle, elle se trompe.

DES DISPARITIONS SUSPECTES

L'enfance de David Brown est solitaire et marquée par l'amour étouffant de sa mère et la dure discipline de son père. Après le décès de ce dernier en 1974, il est libre d'agir à sa guise, mais son adolescence ne change rien à son caractère d'introverti. Un de ses rares amis de l'époque, Gene Stark, témoigne : « Il était différent de tous les autres. Au fil des ans, il est même devenu de plus en plus bizarre et renfermé. » Ses seuls copains sont aussi des êtres reclus comme lui, bien qu'il s'en défende des années plus tard. « Je ne suis pas le solitaire que l'on dépeint », écrit-il en 2001. « J'avais beaucoup de camarades au collège. Kathy, Joey, Steve, Kenny, George, Bruce, Jay et Jaime, pour ne nommer qu'un certain nombre d'entre eux. »

Il travaille au fast-food McDonald's du coin, puis à la cafétéria de son lycée, le « Bartlett High School », ainsi que dans un labo photo. La photographie est d'ailleurs une de ses passions. Il fait partie du club photo de Webster et plusieurs de ses portraits sont publiés dans l'annuaire scolaire.

En 1975, il obtient un diplôme professionnel et il part poursuivre ses études dans des établissements de Pennsylvanie et de Caroline du Sud, où il passe plusieurs mois à étudier le journalisme et la théologie, avant de retourner vivre chez sa mère. Comme nous l'avons constaté, il affirme par écrit que la religion l'a changé, mais son parcours est toujours marqué par des enlèvements et des agressions sexuelles. Certaines d'entre elles font l'objet d'une mise en examen car l'accusé se fait prendre, mais, tout au long de son existence, il existe des zones d'ombre inquiétantes.

En 2001, Brown est suspecté de l'enlèvement de Janice Pockett, une fillette de 7 ans aux cheveux blonds et aux yeux bleus, qui quitte son domicile de Tolland, dans le Connecticut, le 23 juillet 1973, pour faire du vélo et ne plus jamais revenir. Sa bicyclette est retrouvée le même jour sur Rhoades Road, non loin d'une forêt située à une vingtaine de kilomètres de la maison des Brown, à Webster.

Dans cette affaire, Charles Pierce, un pédophile reconnu, responsable de plusieurs disparitions d'enfants entre les années 1950 et 1970 en Nouvelle-Angleterre, a avoué le meurtre de Janice Pockett. Il affirme l'avoir enterrée à Lawrence, Massachusetts, près du cadavre d'un garçon non identifié. Les autorités pensent qu'il s'agit d'Angelo Puglisi, qui a été kidnappé en 1979, trois ans après Janice Pockett. Mais lorsque les enquêteurs se rendent sur place en compagnie de Pierce, on ne trouve aucune trace des deux enfants malgré des fouilles très poussées. Par la suite, Pierce avoue d'autres forfaits qui ne trouveront jamais de confirmations officielles, même si des aveux sont signés. Charles Pierce décède en prison en 1999 en emportant son secret dans la tombe. Mais pour l'inspecteur Richard Blake, qui, en 1974, travaille sur l'enlèvement de Mary Patrone qui se déroule 10 mois après celui de Janice Pockett, les deux affaires présentent énormément de similitudes : « Dès le départ, nous avions effectué un lien entre les deux kidnappings qui sont d'une exceptionnelle rareté à cette époque. Il y a la proximité des lieux, distants de moins de 30 kilomètres, et la grande ressemblance entre les deux victimes. Elles ont la même silhouette, mince, les yeux bleus et les cheveux blonds. »

Un mois avant que Mary Patrone ne croise la route de son agresseur, Leigh Francis Savoie disparaît. Né le 5 octobre 1963, il a 8 ans, les cheveux châtain clair et les yeux marrons, lorsqu'il se rend aux champs de courses de Suffolk Downs à Revere, dans le comté de Suffolk, Massachusetts, où il a l'habitude de cirer les chaussures pour gagner de l'argent de poche. Des témoins le reconnaissent à son T-shirt qui porte l'inscription « Try it, you'll like it » (Essayez et vous aimerez). Le 15 avril 2001, Albert Paskell, le compagnon de la mère du disparu, affirme sa certitude que Brown est responsable du kidnapping de l'enfant lors d'un entretien avec un journaliste du *Boston Globe*.

À l'époque des faits, David Brown n'est pas suspecté des disparitions de Janice Pockett et de Leigh Savoie, pas plus que pour la tentative de kidnapping à l'encontre de Mary Patrone. Pendant les deux années suivantes, il quitte sa région natale du Massachusetts pour poursuivre ses études, avant de réintégrer le giron familial courant 1977, où les choses ne vont pas tarder à se gâter.

Un soir de septembre 1977, David Brown a revêtu des habits qui le font ressembler à un policier de la route. Au volant d'un véhicule, il aborde deux adolescents, Billy Benoît, 13 ans, et Alan Enrikatis, 14 ans, devant un cinéma de Shrewsbury, Massachusetts. Il leur présente une plaque de police pour les faire monter à bord afin de les conduire au commissariat. Sous la menace d'un couteau, il leur passe des menottes et les emmène dans la forêt de Charlton où il a préalablement établi un campement avec une tente.

Dans ses aveux, Brown écrit : « J'ai pris le plus costaud des deux garçons avec moi dans les bois. J'ai commencé à l'étrangler, principalement parce qu'il pouvait m'identifier, et parce que je voulais le tuer. »

Enrikatis fait le mort. Lorsque David Brown se relève pour retourner chercher son ami Billy, celui-ci s'enfuit en courant.

Prévenue, la police arrive sur les lieux et découvre Brown en compagnie de Benoît qui est dans le coffre de la voiture. Il a le nez ensanglanté et tout son visage est boursouflé, car Brown a tenté de l'étrangler. Moins de deux mois après avoir signé des aveux, Brown plaide coupable pour deux chefs d'accusation de kidnapping et de tentative de meurtre. Il est condamné à une peine de 18 à 20 ans d'enfermement à « Walton State Prison ». Il purge 22 mois en prison et presque 11 ans derrière les barreaux d'un établissement psychiatrique, le « Massachusetts Treatment Center », à Bridgewater, avant d'être libéré le 28 juin 1991.

Curieusement, l'un des deux garçons victime de Brown, Alan Enrikatis, se retrouve à 38 ans à nouveau sous les feux de l'actualité, le 7 janvier 2003. De victime, il est devenu bourreau lorsqu'il est mis en examen pour viol et coups et blessures sur la personne de sa petite amie, à Shrewsbury, la ville même où il a été kidnappé par David Brown.

BRIDGEWATER : UNE HISTOIRE DE FOUS

Lorsqu'il est transféré de la prison à Bridgewater, David Brown est régulièrement examiné par les psychiatres de l'établissement. À chaque fois, la conclusion est presque toujours identique : il est considéré comme « un risque majeur vis-à-vis de la société ». Lorsque l'avocat de Brown consulte le responsable du programme des délinquants sexuels de l'État du Connecticut en 1978, le docteur Nicholas Groth affirme qu'il représente un tel danger pour les enfants que « même 20 ans de prison ne suffiraient pas à diminuer de manière substantielle ce risque ». Il recommande une incarcération à vie pour l'agresseur.

Pendant qu'il est interné à Bridgewater, David obtient l'accès à un ordinateur qu'il utilise pour signer une chronique où il indique comment retrouver les enfants disparus. À cause des nombreuses disparitions d'enfants dans le Connecticut et au Massachusetts qui pourraient être reliées à David Brown, les enquêteurs tenteront de retrouver ces écrits en 2001, mais ils avaient été effacés depuis longtemps du disque dur de l'ordinateur.

Chaque année, tous les pensionnaires de Bridgewater sont évalués par une commission de psychiatres, le « Restrictive Integration Review Board », et, lors de son ultime apparition – la onzième – David Brown est jugé ainsi : « Il nécessite la poursuite de son traitement afin que le risque de récidive puisse être diminué. La commission estime que les problèmes psychologiques qui ont contribué à la concrétisation de ses actes sont toujours présents, avec une fusion de sexe et d'agressivité. Il éprouve des sentiments incontrôlables de rage au regard d'une sociabilité minime. » Cette conclusion est consignée dans son dossier deux semaines avant sa libération. On y apprend aussi qu'il assiste très rarement aux différents groupes de thérapie et, lorsqu'il est présent, il ne participe presque jamais.

Un psychiatre indique qu'il lui relate « des fantasmes liés à la dissection et au cannibalisme » et qu'il « exprime de la curiosité au sujet du goût de la chair humaine ». Un autre psychiatre, le docteur Robert Levy, écrit en 1983 qu'il s'intéresse aux instruments de torture et qu'il parle sans cesse de meurtre et de fantasmes sexuels violents : « Ses fantasmes de violence sont apparemment la source prédominante de son excitation sexuelle. Il se rend parfaitement bien compte de sa colère intérieure et des fantasmes qu'il nourrit en lui. »

Le docteur Malcolm Sills abonde dans le sens de ses confrères lorsqu'il demande à David Brown pourquoi il a agressé les deux adolescents de Shrewsbury, ce dernier lui répond que l'événement s'est déroulé pendant un des nombreux trous noirs qu'il connaît de temps en temps. « Pour conclure, affirme le docteur Sills, je dirais qu'il doit être considéré comme dangereux et qu'il est toujours sujet à de tels épisodes qui pourraient se concrétiser par des meurtres. »

Dans le rapport final de juin 1991, David Paul Brown

est devenu Nathaniel Benjamin Levy Bar-Jonah, car il a décidé de changer légalement d'identité en 1990. Il indique à des amis qu'il a opté pour un nom à consonance juive parce qu'il veut éprouver le sentiment de discrimination des personnes qui sont persécutées. Par contre, il reste toujours profondément catholique et sa religion est un élément clé dans l'incompréhensible décision de lui ouvrir les portes de Bridgewater.

BRIDGEWATER RELÂCHE DE DANGEREUX CRIMINELS

À la fin des années 80 et jusqu'au début des années 90, de nombreux criminels sexuels extrêmement dangereux ont été remis en liberté, malgré les avis défavorables de nombreux psychiatres du « Massachusetts Treatment Center » de Bridgewater alors que celui-ci est dirigé par le révérend Donald Turlick, un prêtre de Cape Cod.

Une fois libérés, entre 1989 et 1992, près d'une dizaine de ces agresseurs a violé et tué, comme vient de le démontrer en 2003 une enquête du quotidien le *Boston Herald* qui a eu accès à des documents confidentiels.

Michael Kelley est un violeur en série condamné lorsque Bridgewater le laisse sortir en 1991, parce qu'un psychologue affirme qu'il n'a plus besoin de traitement, même si, quelques semaines avant ce jugement, il est trouvé en possession d'un couteau de 30 centimètres de long et d'une corde. Suite à sa libération, Kelley assassine deux femmes et il enterre une des deux victimes dans le jardin d'une maison qu'il s'est achetée pendant qu'il se trouve encore à Bridgewater.

Lors des dernières années où elle est employée dans le centre, la thérapeute Paula Erickson estime que 26 criminels sexuels dangereux n'auraient jamais dû être libérés : « J'ai essayé de prévenir les autorités, mais personne n'a voulu m'écouter. Je n'ai jamais pu trouver quelqu'un pour ouvrir une enquête. » Résultat : elle est renvoyée. Depuis, Paula Erickson a obtenu des dommages et intérêts.

Sur les 35 criminels sexuels de Bridgewater enregistrés en 1991, 15 sont en liberté à l'heure actuelle, et aucun ne figure sur le fichier actuel des délinquants sexuels de l'État du Massachusetts. En fait, les autorités de cet État ont perdu la trace d'un tiers de leurs criminels sexuels fichés comme dangereux. Plus de 8 000 d'entre eux ne sont même pas enregistrés par le « Sex Offender Registry Board », un registre des délinquants sexuels.

Pendant plusieurs années, de nombreux pensionnaires de Bridgewater peuvent quitter une maison de transition qui se situe sur le campus de l'établissement, sans supervision pendant la journée, selon le « Authorized Absence Program ». « Ceux qui fréquentaient cette maison de transition allaient et venaient à leur guise, ils faisaient comme bon leur semblait, raconte la thérapeute Paula Erickson. Il n'y avait plus aucun contrôle. »

Pour obtenir son bon de sortie de Bridgewater, un détenu a le droit, une fois par an, de présenter une requête devant un juge. Afin d'empêcher une libération, l'État concerné a la charge de prouver, sans le moindre doute possible, que le détenu est toujours sexuellement dangereux.

À Bridgewater, ce n'est un secret pour personne que de savoir qu'il faut trouver un psychologue compatissant. Nathaniel Bar-Jonah, alias David Paul Brown, qui fait partie d'un groupe chrétien au sein de l'institution, se lie avec deux thérapeutes qui se considèrent comme des psychologues chrétiens, Richard Ober et Eric Sweitzer.

Aux yeux de Paula Erickson, ce groupe interne de pratiquants « attire surtout les pédophiles. Ils s'en servent comme un substitut pour la thérapie ».

Sweitzer et Ober transmettent au juge des évaluations qui concluent que Bar-Jonah « n'est plus sexuellement dangereux ». Interrogé quelques années plus tard, le docteur Eric Sweitzer déclare : « Nous avons été nombreux à être trompés par Nathaniel Bar-Jonah. Je n'étais pas au courant de certaines de ses affirmations au sujet de ses fantasmes de violence. Si cela avait été le cas, je n'aurais probablement pas recommandé sa remise en liberté. Mais j'ai la conscience tranquille devant Dieu. »

Pour Bar-Jonah, c'est Dieu qui permet sa libération comme il l'explique dix ans plus tard dans une lettre adressée au *Great Falls Tribune* en 2001 : « J'ai vu Dieu s'occuper d'une situation désespérée où toutes les portes de sortie s'étaient refermées, et je n'aurais jamais pensé pouvoir être relâché un jour. Et pourtant Dieu m'a dit que je le serais et je l'ai cru, même si cela paraissait impossible. Et puis, brusquement, j'ai eu deux – oui, deux – psychiatres chrétiens qui m'ont entendu. C'était déjà un miracle en soi de trouver deux Chrétiens parmi cette profession dans le Massachusetts. L'État avait beaucoup de preuves contre moi, et pourtant le juge s'est rangé dans mon camp. »

Lorsqu'il lit le rapport des deux psychiatres, Richard Ober et Eric Sweitzer, le juge Walter Steele décide que l'État du Massachusetts n'a pas prouvé de manière indiscutable que Nathaniel Bar-Jonah représente un risque majeur pour la société. Il est libéré de Bridgewater le 28 juin 1991, sept ans avant le terme de sa condamnation maximum.

1991-1999 : UNE PSEUDO-RÉHABILITATION À GREAT FALLS, MONTANA

Quarante-trois jours après sa libération de Bridgewater, Bar-Jonah est à nouveau arrêté, cette fois-ci pour avoir tenté de molester Michael Surprise, 7 ans, devant le bureau de poste d'Oxford, Massachusetts. Une mère de famille a laissé son fils, qui est pieds nus dans la voiture, le moteur en marche, le temps d'aller dans le bureau de poste pour faire affranchir une lettre. Lorsqu'elle revient, Bar-Jonah est installé dans le véhicule, assis sur son fils.

Le département psychiatrique de l'État fait appel auprès du juge d'instruction John Conte pour l'aider à demander au juge-Steele de changer la décision de remise en liberté de Bar-Jonah.

Au lieu de cela, Conte se rend chez un autre juge avec une offre de la défense, émise par la mère de Bar-Jonah, en échange d'un plaider coupable, où il évite la prison, pour se retrouver sous la tutelle de sa mère à Great Falls, dans le Montana. Pour John Towns, l'avocat de la partie civile qui représente Michael Surprise, la police et le procureur paraissent plus enclins à clore rapidement l'affaire qu'à s'assurer que Bar-Jonah retourne en prison : « Il leur suffit de le ramener devant le juge Steele, de lui montrer le dossier d'arrestation et d'exiger qu'il soit incarcéré à nouveau, et le tour est joué. Mais cela n'a pas été fait. » Nathaniel Bar-Jonah obtient l'autorisation de s'installer chez sa mère et son frère, à Great Falls, dans le Montana, où il reste sous le coup d'une probation de deux ans.

En janvier 2001, lors d'une conférence de presse, John Conte se défend face aux accusations de la presse. Il estime que la mise en examen de Bar-Jonah est faible et qu'il aurait eu beaucoup de mal à le faire condamner pour la tentative de kidnapping de Michael Surprise. Il affirme, non sans raison, que c'est son bureau qui a mis Bar-Jonah derrière les barreaux en 1977 et qu'il n'est absolument pas responsable de sa libération de Bridgewater.

Rétrospectivement, les autorités du Montana exprimeront leur fureur que le Massachusetts n'ait jamais jugé bon de les prévenir qu'un dangereux criminel sexuel était envoyé dans leur État. Ils ne le découvriront que 8 ans plus tard, en décembre 1999, lorsque Bar-Jonah est interpellé près d'une école élémentaire de Great Falls.

Lorsqu'il déménage dans le Montana, il s'installe tout d'abord chez son frère et sa belle-sœur, Bob et Jill Brown, avant de vivre chez sa mère à partir de 1994. Jusqu'en décembre 1999, Bar-Jonah connaît quatre domiciles différents.

Son rêve d'ouvrir un magasin d'alimentation générale s'envole rapidement et il recommence à travailler dans des fast-foods, comme il le faisait déjà avant son arrestation en 1977.

Il ne garde jamais un emploi très longtemps, car il a du mal à s'entendre avec les autres employés. Après les McDo, il trouve du boulot au restaurant de fruits de mer « Skipper's » sur 10th Avenue South. Pendant son séjour de 8 ans à Great Falls, il collectionne les métiers, passant de balayage à la tonte des gazons ou à la vente de jouets dans son garage.

Afin de concrétiser son amour pour les jouets, il loue un emplacement à l'« American Antique Mall » sur 10th Avenue South entre août 1997 et fin 1998, où il vend, entre autres choses, des trains électriques et des bandes dessinées.

« Il avait 40 ans et il ne s'était jamais marié »,

explique Sherri Deitrich, une amie de Bar-Jonah. « Il était désespérément à la recherche d'un style de vie normal. Il voulait se marier et avoir des enfants. »

Âgé de 40 ans, Bar-Jonah collectionne des jouets – des poupées, des comic books, des trains miniatures et des peluches – mais il aime plus spécialement tout ce qui a trait à *La Guerre des étoiles*. Le premier *Star Wars* est sorti l'année où il est emprisonné pour le kidnapping et la tentative d'étranglement à l'encontre des adolescents du Massachusetts.

D'après ses amis, sa collection la plus prisée est celle de Teddy bears, des ours en peluche anciens, peut-être parce que sa mère l'affuble du surnom de Teddy. Au fil des années, Bar-Jonah perd de nombreuses pièces, certaines sont volées et d'autres sont vendues pour régler ses dettes.

Son amie dépeint le garage de Bar-Jonah comme un paradis pour les enfants, rempli de jouets pour les puces du week-end. Grâce à ces ventes et à ses fréquentes visites à l'église où il participe activement, il rencontre beaucoup d'enfants.

« Les enfants l'adoraient et il les aimait en retour, surtout les plus jeunes, affirme Sherri Deitrich. Il me disait souvent que, s'il était marié et avait des enfants, il les élèverait jusqu'à l'adolescence, pour ensuite leur accorder la majorité légale avant l'âge, parce qu'ils deviennent emmerdants au bout d'un moment. »

Du 18 septembre au 3 décembre 1999, il est engagé pour vendre des cookies aux enfants pour la chaîne de magasins « Fuddruckers », avant de partir parce qu'on lui a réduit ses heures de présence. Le propriétaire, Dan Binstock, explique que Bar-Jonah travaille mal et qu'il n'est guère apprécié par les autres salariés : « Il était bizarre. C'était un solitaire qui parlait peu. Il rendait nerveux tout le monde parce qu'il restait parfois assis un long moment à les observer en silence. » Juste avant son arrestation, Bar-Jonah effectue aussi un bref remplacement sur la base aérienne de l'U.S. Air Force au « Club Malmstrom ».

Julie Watkins, dont le fils sera un des accusateurs de Bar-Jonah un peu plus tard, fréquente la même église que lui. Elle fait sa connaissance grâce à des amis communs. Au début, elle a du mal à surmonter un certain malaise : « Il a une allure étrange. Il n'est pas dans la norme. Il ne montre jamais beaucoup d'émotion. Il ne se met pas en colère et ne sourit pas, il est juste entre les deux. Cela paraissait un peu bizarre. » Par la suite, Bar-Jonah conduit le fils de Julie au catéchisme et il fait parfois office de baby-sitter.

Une ancienne voisine, Sharon Freeman, qui partage une arrière-cour avec Bar-Jonah à la fin des années 90, laisse son garçon de 10 ans jouer au football américain et aux échecs avec cet adulte qu'elle a croisé aux diverses activités de l'église. Ils vont ensemble à des lectures de la Bible, à des concerts paroissiaux ou à la messe de minuit. À plusieurs reprises, Sharon et son fils vont acheter des cartes à l'effigie de joueurs de base-ball lors de ventes organisées dans le garage de Bar-Jonah.

Sa famille pense qu'il a changé suite aux 11 années qu'il a passées à Bridgewater. Son attitude violente paraît avoir disparu. C'est apparemment un homme différent qui se joint à ses proches pour participer aux réunions de la « Central Assembly of God Church », une association paroissiale de Great Falls. Le pasteur Alan Warneke indique que Bar-Jonah assiste aux services pendant trois semaines d'affilée, avant de ne plus venir pendant un mois. Il est très inconstant tout au long des 5 à 6 ans où il fréquente l'église.

Il demande à diriger le groupe des jeunes de la

paroisse, les « Royal Rangers », mais un officier de police découvre son passé criminel et prévient discrètement les autorités religieuses. D'après le pasteur Warneke, Bar-Jonah est malgré tout autorisé à participer aux activités des « Royal Rangers », mais il ne les dirige jamais, pas plus qu'il n'est laissé seul en leur compagnie : « Nous étions au courant, mais nous n'avons jamais rien remarqué dans son attitude qui pouvait nous laisser croire qu'il poursuivait un tel comportement. »

Bar-Jonah fréquente aussi la paroisse de « Mount Olive Christian Fellowship Church ». Bien que presque toujours à court d'argent, au point d'avoir de nombreux chèques refusés par sa banque, Bar-Jonah effectue beaucoup de dons à l'église pour ses missionnaires, grâce aux ventes de jouets durant les week-ends.

Il confie souvent à Sherri Deitrich son inquiétude quant à une damnation éternelle. À ses yeux, elle est un interlocuteur privilégié, car la mère de Deitrich est une personnalité en vue de la communauté religieuse de Great Falls. Il lui demande si Dieu pardonne tous les péchés, y compris le meurtre : « Il était rempli de remords. Il m'a questionnée pour savoir si Dieu accorde parfois une seconde chance aux pécheurs, quels que soient les actes qu'ils aient pu commettre. »

En août 1997, Deitrich s'installe chez Bar-Jonah, dont elle vient de faire la connaissance. En provenance du Colorado, elle est au volant d'un camion qui tombe en panne à Great Falls, faute d'argent pour faire le plein. Elle rencontre Bar-Jonah dans un marché aux puces où elle s'est rendue pour vendre certaines de ses affaires. Sa mère vient juste de quitter son duplex au 1216 1st Avenue South, et il lui propose de s'y installer.

Au début, Bar-Jonah est un hôte exemplaire, il prépare le dîner et lui prête sa voiture, tout en se comportant en parfait gentleman. Mais l'automne suivant, la mère de Nathaniel revient du Massachusetts et son attitude change : « Dès la première semaine, je l'ai vu s'assombrir. Il piquait des colères pour un rien. Il n'avait plus de garde-fou pour lui permettre de garder le contrôle. En l'espace de quelques jours, sa personnalité s'est complètement altérée. » Bar-Jonah prévient même Deitrich qu'il peut devenir violent. « Il craignait beaucoup d'être contraint à commettre des actes de brutalité. »

Nathaniel Bar-Jonah devient même enragé, au point de lui lancer des objets à la tête. Elle a tellement peur qu'elle se rend à la police pour leur raconter un récit décousu qui mêle son hôte, un camion de déménagement et un enlèvement d'enfant. Inutile de dire que son témoignage confus ne convainc pas les policiers qui n'agissent pas. Bar-Jonah met Deitrich à la porte, lui expliquant que deux caméras l'ont filmée en train de fouiller sa chambre, et elle quitte rapidement la ville.

« La colère commençait à bouillonner en lui. J'ai pu constater son effet dévastateur pendant deux semaines. J'ai préféré partir afin de me protéger. »

1999 : UN PÉDOPHILE SOUS LES VERROUS

En décembre 1999, Nathaniel Bar-Jonah effectue de nombreux va-et-vient devant une école, la « Lincoln Elementary School » de Great Falls, au point d'attirer l'attention d'un membre du personnel qui prévient la police. Une voiture de patrouille est envoyée sur les lieux et il est arrêté pour avoir grillé un stop et s'être déguisé en officier de police.

Bar-Jonah est habillé d'un blouson bleu en nylon et il possède toute la panoplie nécessaire au rôle qu'il veut jouer : une matraque, un revolver en plastique, des plaques de détective, un aérosol d'autodéfense et des épaulettes adéquates. Lorsqu'il est emmené au commissariat, une enquête fait apparaître le passé criminel de Bar-Jonah, qui est totalement inconnu des services de police locaux, puisque l'État du Massachusetts n'a pas jugé bon de transmettre les informations aux autorités du Montana. Quant à l'officier de probation de Great Falls qui rencontre régulièrement Bar-Jonah, il se contente de le superviser dans ses activités quotidiennes.

Les enquêteurs se rendent compte que Bar-Jonah est également sous le coup d'une autre plainte datant de 1997 après qu'une habitante de Great Falls l'a accusé de s'être rendu chez elle habillé en policier pour lui demander l'autorisation d'emmener son fils au commissariat.

Au vu de son passé, un mandat de perquisition est ordonné pour son domicile du 2527 11th Avenue South. C'est à partir des résultats de cette fouille de 1999 que l'affaire Bar-Jonah se déclenche réellement.

Parmi un énorme fatras, on trouve des almanachs annuels de diverses écoles de Great Falls qui ont été découpés, environ 14 000 photos d'enfants dont les portraits ont été collés dans des cahiers et journaux intimes de Bar-Jonah, ainsi que tout l'attirail du parfait policier – matraques, plaques, casquettes et menottes. Un permis de conduire daté de la Saint-Valentin 1996 montre Bar-Jonah le crâne rasé et les moustaches coupées avec soin, sans doute pour coller au plus près à l'image du policier modèle, une méthode qu'il avait déjà utilisée lors de ses kidnappings au Massachusetts. Plus inquiétant encore, des centaines de photos de garçons nus sont arrangées avec soin dans deux classeurs, comme le ferait un collectionneur de cartes Panini, par exemple. Certains clichés montrent des gros plans des parties génitales de Bar-Jonah.

Deux appareils photo jetables sont saisis dont les enquêteurs font développer les clichés. On y voit Bar-

Jonah dans son appartement en compagnie de trois garçons, ainsi que des portraits des trois mêmes enfants. Une enquête de voisinage permet de retrouver la trace des trois garçons qui sont deux frères et un cousin qui habitent avec leur mère d'origine américano-indienne dans l'appartement situé juste au-dessus de celui de Bar-Jonah. Interrogée, elle se déclare très surprise de l'arrestation de son voisin qui s'est souvent occupé de ses trois garçons. Lorsqu'elle les questionne au sujet de leur relation avec Bar-Jonah, ils affirment que rien d'anormal ne s'est passé.

Quelques mois plus tard, lorsque les policiers de Great Falls et les agents du FBI ont fini de dépouiller les 28 volumineux cartons de papiers saisis chez Bar-Jonah, le 17 décembre 1999, de nouvelles découvertes les amènent à retourner chez cette mère de famille. Cette fois-ci, les enquêteurs décident d'interroger directement les trois garçons qui reconnaissent avoir été abusés par Nathaniel Bar-Jonah.

L'ENQUÊTE RÉVÈLE DES ABUS SUR TROIS GARÇONS

Lorsqu'il fait la connaissance des trois garçons de 5, 8 et 13 ans, Bar-Jonah les invite au restaurant et au cinéma. À son domicile, il leur offre des séances payantes de films, tout en les nourrissant de chips et de hot-dogs ; par contre il ignore totalement leurs jeunes sœurs qui ne bénéficient d'aucune invitation. Quelquefois, Bar-Jonah les accueille uniquement vêtu d'un slip. Au bout d'un certain temps, il obtient l'autorisation de la mère pour qu'ils restent dormir chez lui.

Un de ces soirs-là, Bar-Jonah s'enferme à clef dans sa chambre à coucher avec l'aîné, âgé de 13 ans. Il lui ordonne de baisser sa culotte et le garçon obéit par peur. Il touche son pénis et commence à le caresser, avant de retirer son slip et de demander à l'adolescent de le toucher. Bar-Jonah lui frotte aussi les fesses. « Il a touché mes fesses et mon pénis », raconte le garçon aux enquêteurs.

Une autre fois, c'est le cousin de 8 ans qui est installé sur le divan de Bar-Jonah lorsque celui-ci l'agresse sexuellement. Plusieurs semaines après, Bar-Jonah annonce à l'enfant qu'ils vont jouer à la corde. Il l'emmène à la cuisine et lui passe un nœud coulant autour du cou. Il attache la corde à un crochet du plafond et « il a commencé à m'étrangler en le soulevant de terre », explique la victime.

Les déclarations des enfants sont prises au sérieux par les enquêteurs qui trouvent un crochet fixé au plafond de la cuisine, ainsi que la corde qui a servi à Bar-Jonah. Par ailleurs, l'accusé possède de nombreux articles sur l'autoérotisme et sur l'importance de l'asphyxie pour renforcer l'orgasme. Il possède aussi plusieurs planches à dessin sur la manière de nouer des nœuds compliqués pour le bondage. Parmi les clichés retrouvés chez lui, on distingue les garçons photographiés en train de dormir torse nu sur son divan ou de jouer sur le lit de sa chambre à coucher.

Au fur et à mesure que les policiers interrogent les voisins ou des fréquentations de Nathaniel Bar-Jonah, sa sinistre personnalité se dévoile petit à petit. « Si jamais ils le laissaient sortir de prison, je ne donne pas cher de sa peau », explique Dave Comer, un dentiste dont les fenêtres du cabinet donnent sur le garage du pédophile. « Je le tuerai moi-même. Trois jours par semaine, il vendait des poupées, des peluches et plein d'autres jouets à des enfants qui se pressaient par dizaines dans le garage. Les clients étaient si nombreux que j'ai dû demander à Bar-Jonah de dire à ses clients de ne pas se garer devant mon cabinet, car ils empêchaient mes propres visiteurs de venir. Mais il a refusé et les choses se sont envenimées. Il pèse plus de 120 kilos et il en a profité pour me bousculer violemment. Par la suite, je me baladais avec un gourdin irlandais sur moi, au cas où. Je m'étais juré de lui casser la clavicule s'il recommençait. »

L'enquête révèle que lorsque Bar-Jonah quitte en 1999 l'immeuble qui appartient à son frère pour s'installer dans un autre appartement, il prend soin, avant de partir, de faire changer toute la tuyauterie, « parce qu'elle se bouchait tout le temps », explique Bob Brown, le frère de Bar-Jonah. Ce n'est pas l'unique souvenir qu'il laisse de son passage, car, l'été suivant, les policiers y feront une macabre découverte.

2000 : LES PREUVES S'ACCUMULENT

Une fois installé à son nouveau domicile en 1999, et cela quelques mois avant son arrestation pour s'être déguisé en policier, Bar-Jonah a toujours autant de mal à se faire des amis auprès de ses nouveaux voisins. Lorsque Kerri Winn emménage dans un appartement loué 300 $ par mois dans le même immeuble, Bar-Jonah envoie un ballon à son fils de 8 ans dans le hall d'entrée. Au lieu de s'en emparer, le garçon file voir sa mère pour lui demander : « Maman, un type bizarre m'a envoyé une balle, qu'est-ce que je dois faire ? » Son père lui conseille de « renvoyer la balle et de rentrer à la maison ». Winn ajoute qu'« il y avait quelque chose d'étrange en lui, il était pourtant gentil, poli, mais je ne voulais pas qu'il – mon fils – reste seul en sa compagnie ».

Lorsque Bar-Jonah est sous les verrous, son appartement, qui a été vidé par les policiers, est remis en location. Quand Mark le nouveau locataire emménage, il ne connaît pas l'histoire du précédent occupant. Il l'apprend en lisant le journal et il se rend dans la cuisine où il aperçoit la marque laissée au plafond par le crochet où la jeune victime a été suspendue. Il pose le quotidien et vomit sous le coup de l'émotion. Son voisin le plus proche, Doug McGiboney, confirme l'émotion partagée par tous les habitants de Great Falls : « Mark a emménagé avec un chaton qui a toujours refusé de pénétrer dans l'appartement. L'animal sait que l'endroit est maudit. » Pour tenter de remédier à cette atmosphère oppressante, Mark a demandé et obtenu qu'un pasteur vienne purifier les lieux. Mais le chat ne veut toujours pas franchir le seuil et il vit maintenant chez McGiboney.

Les enquêteurs commencent à soupçonner Bar-Jonah d'avoir enlevé le petit Zachary Ramsay, le 5 février 1996. Lorsqu'ils questionnent l'entourage du pédophile, les preuves indirectes s'accumulent. Dans la semaine qui précède le kidnapping, il téléphone à son amie de plume Teresa Sizemore-Bourisaw qui se souvient distinctement qu'il lui parle de ses liens d'amitié avec « le petit Zach » et qu'il veut l'emmener à Billings. Il raconte à son ex-fiancée que Zach a été découpé en morceaux et que les restes ont été éparpillés dans une forêt. Bar-Jonah connaît aussi des événements de la vie de Zach qui n'ont jamais été rendus publics, notamment que la mère de l'enfant, Rachel Howard, s'est disputée avec son compagnon qui quitte les lieux le jour qui précède l'enlèvement.

Début février 1996, Bar-Jonah travaille pour le gérant des « Bitterroot Apartments », à tondre le gazon et à retirer la neige des trottoirs. Ce pâté de maisons se situe sur le chemin qu'emprunte tous les jours l'enfant pour se rendre à l'école. L'un de ses voisins, Michael John McIntire, déclare à la police qu'il voit Bar-Jonah dans le quartier quelques jours avant la disparition et qu'il lui dit bonjour le jour fatal.

Pendant plusieurs mois, les enquêteurs effectuent de minutieux recoupements et ils accumulent des preuves indirectes de l'implication de Nathaniel Bar-Jonah dans la disparition de Zachary Ramsay. Sous l'égide du détective Tim Theisen et de l'agent du FBI James Wilson, un rapport de synthèse de 83 pages est présenté au procureur du comté de Cascade, Brant Light, qui décide d'inculper l'accusé d'enlèvement et de meurtre. Cette accusation est étayée par les points suivants.

Bar-Jonah connaît Zachary

Ils fréquentent le même groupe religieux à l'église de « Mount Olive Christian Fellowship » et Bar-Jonah s'occupe du groupe jeunesse des « Royal Rangers » de la « Central Assembly of God » dont Zachary fait partie à Fairfield.

Son ancienne colocataire, Sherri Deitrich, se rappelle que Bar-Jonah parle très souvent de la disparition du gosse de Great Falls et que seul un policier aurait pu inspirer confiance à l'enfant, au point de le suivre de son plein gré. Il lui indique à un moment donné qu'il a parlé au « petit Zach » lors d'une de ses ventes à son garage.

Bar-Jonah est obsédé par les jeunes garçons

Quelques jours après la disparition de Zachary, Bar-Jonah se fait photographier et les clichés le montrent les cheveux ras, la barbe a disparu et la moustache est rasée, afin de ressembler à un officier de police. La fouille de son appartement met à jour des factures et bons de commande pour des menottes, un arc électrique d'autodéfense d'une puissance de 200 000 volts, diverses plaques de police et des bombes incapacitantes qui ont été achetés quelques semaines avant le jour fatidique où Zachary s'évanouit dans la nature.

Bar-Jonah a une préférence marquée pour les enfants à la peau mate, ce qui est le cas de la plupart des clichés que l'on retrouve chez lui. Ses trois victimes, qui habitent à l'étage au-dessus, ont la peau sombre puisqu'ils sont américano-indiens d'origine. En 1996, Bar-Jonah se lie d'amitié avec le fils de son voisin qui a la peau sombre et le même âge que Zachary. Coïncidence ou fait troublant ? Zachary Ramsay a également la peau mate.

À son domicile, les policiers trouvent de nombreuses coupures de journaux relatant la disparition de l'enfant, que ce soit dans *The Great Falls Tribune* ou *The Billings Gazette*.

Le mode opératoire du kidnapping

À partir de plusieurs indices, les enquêteurs élaborent un scénario pour le rapt de l'enfant. Sachant que Zachary emprunte toujours le même chemin, le long de 5th Alley North, les policiers estiment que Bar-Jonah l'attend ce matin-là. Sherri Deitrich raconte que Bar-Jonah a admis avoir aperçu Zachary au bout de l'allée et qu'il lui a fait un signe de la main.

Il aurait emprunté la voiture de sa mère, comme il le fait au Massachusetts, et qu'il a failli heurter Zachary vers 7 h 45 – témoignage de Carol Henry qui indique avoir vu un véhicule blanc – lorsque l'enfant fait le tour du pâté de maisons. Avec sa fausse plaque de police, Bar-Jonah le fait monter à bord de la Toyota Corolla blanche pour l'emmener chez lui, dans son garage, afin de le tuer à l'abri des regards. Mais les événements ne se déroulent pas de la manière espérée, car Zachary se débat et, dans la lutte qui s'ensuit, il déchire la fermeture Eclair du blouson de Bar-Jonah. Ce dernier tente de le menotter, mais il se tord un doigt et il saigne peut-être sur son blouson. L'ex-fiancée de Bar-Jonah, Pamela Clark, indique aux policiers que Deitrich lui a dit qu'il se vante d'avoir kidnappé l'enfant, de l'avoir attaché sur une planche en contreplaqué, pour le garder vivant quelque temps et le violer, avant de l'assassiner et de le découper en morceaux. Lors de la perquisition en décembre 1999, on découvre une telle planche derrière le lit de Bar-Jonah. Il y a une tache sombre en son milieu qui apparaît toujours malgré de nombreux lessivages à l'eau de javel. Des analyses en laboratoire ne permettent pas de dire s'il s'agit de sang, mais le contreplaqué a été violemment frappé à de nombreuses reprises avec un instrument très pointu qui pourrait s'apparenter à la pointe d'un couteau. Pour sa défense, l'accusé prétend qu'il a voulu faire de l'humour noir pour effrayer ses interlocuteurs.

L'après-midi de la disparition de Zachary, le 6 février 1996, à 14 h 20, Bar-Jonah rend visite à un médecin du « Doctors Convenience Center », au 1216 1st Avenue, pour se plaindre qu'il a mal à un doigt et à sa jambe endommagée lors d'un accident de luge pendant son enfance. En 1995, un de ses conseillers consigne dans un rapport que lorsque Bar-Jonah souffre de sa jambe, « il perd tout contrôle de lui-même et se comporte de manière violente ».

Les jours qui suivent le 6 février, Bar-Jonah évite

ses connaissances et sa fiancée Pamela Clark remarque son attitude étrange ; il lui explique qu'il préfère rester seul. Des dates de chèques pour régler plusieurs trajets en taxi sont altérées pour barrer le 7 février et le remplacer par le 6, comme s'il cherchait à éviter toute implication avec la voiture de sa mère. Les jours suivants, il continue de se déplacer en taxi, peut-être parce qu'il garde Zachary dans la Toyota Corolla ou pour ne pas être aperçu au volant du véhicule. Mis à part ses journaux intimes ou les classeurs contenant des photos de garçons, Bar-Jonah ne garde aucun vieux papier de sa vie courante et, pourtant, il conserve soigneusement les chèques falsifiés pendant quatre ans, comme s'il avait cherché à se créer un alibi.

Le blouson bleu qu'il porte le 6 février est nettoyé et la fermeture Eclair est réparée. Autre fait troublant, Bar-Jonah ne travaille pas les 4, 5 et 6 février, comme le confirme son employeur « Hardees » sur la 10e Avenue. Le jour qui précède l'enlèvement, Bar-Jonah dépose 82 $ à une agence de la « Norwest Bank », à trois pâtés de maisons du domicile de Zachary. La police pense qu'il a été payé pour avoir retiré la neige des trottoirs devant les « Bitterroot Apartments » qui se trouvent sur le chemin de l'école de l'enfant. Les bulletins météo indiquent qu'il a neigé pendant les trois jours du 2 au 4 février.

Trois membres de la famille Henry aperçoivent un homme suivre Zachary le matin du kidnapping. Carol Henry précise qu'elle a vu un véhicule blanc manquer de peu heurter l'enfant quand il traverse la rue. La mère de l'accusé possède une Toyota Corolla blanche qu'elle a confiée à son fils pendant son absence de Great Falls.

LE COMPORTEMENT DE BAR-JONAH

Au moment de la disparition de Zachary, l'accusé est soumis à un stress considérable à la suite de plusieurs événements. Un membre de sa famille, auquel il tient beaucoup, vient de décéder. Pamela Clark, qui était sa fiancée, le quitte et son ancien compagnon s'installe à nouveau chez elle, sans que Bar-Jonah ne soit prévenu. Pour lui, les rêves d'une vie de famille « normalisée » avec des enfants s'envolent définitivement, même si l'on est en droit de penser qu'il s'auto-illusionne. La police de Great Falls a saisi sa voiture, car il a enfreint plusieurs règles du code de la route. Il est aussi en attente d'un procès pour des accusations d'agression sexuelle qui datent de 1994. De plus, sa mère Tyra Brown, qu'il hait et qu'il adore en même temps, est en voyage depuis trois semaines, une absence qui le prive d'un élément stabilisateur de son existence.

Bien qu'il ait la libre utilisation de la Corolla de sa mère, Bar-Jonah loue une voiture, alors qu'il est toujours à court d'argent. Il est endetté et pourtant il dépense 175 $ en frais de location. En quelques jours, il parcourt près de 800 kilomètres. Il rend le véhicule le 5 février à 15 h 30, juste après l'heure de sortie des écoles. Les enquêteurs croient qu'il a observé Zachary ou d'autres enfants de la « Whittier Elementary School » avec la voiture de location, avant d'utiliser la Toyota pour le kidnapping. Ensuite, il a recours à des taxis pour ne pas attirer l'attention sur l'automobile de sa mère.

Au moment où Zachary disparaît, Bar-Jonah vit seul dans l'appartement et il rejette toutes les invitations de ses amis ou de son ex-fiancée. Il indique à Deitrich qu'un policier, un ami de son ami Keith Bauman, passe de plus en plus de temps avec Zachary et qu'il a probablement kidnappé l'enfant. Mais Bauman affirme qu'il n'a jamais eu d'ami policier. Lorsqu'il parle de Zachary à Deitrich, Bar-Jonah emploie toujours le passé et des tournures de phrase spécifiques, comme si le garçon était déjà mort, et pas seulement disparu.

Il pourrait y avoir eu une lutte entre l'enfant et son kidnappeur, car le lendemain de la disparition, Bar-Jonah donne son blouson à réparer et à nettoyer. La fermeture Eclair est remplacée, mais les enquêteurs trouvent une tache de sang sur la manche. Après analyse de l'ADN, il est établi qu'il n'appartient ni à Zachary ni à Bar-Jonah. Le 6 février à 14 h 20, il rend visite à un médecin pour se faire soigner un doigt, l'index de la main gauche, qui est disloqué. Aux yeux des policiers, c'est une blessure fréquente lorsqu'un agent cherche à menotter un suspect qui se débat.

Quand la colocataire Sherri Deitrich, qui ne vit pas encore à Great Falls le 6 février, nettoie l'appartement de Bar-Jonah, elle trouve des vêtements sales roulés en boule dans un sac plastique au fond d'un placard. Il y a un blouson bleu aux manches vertes, un jean, un caleçon, des chaussettes et une paire de tennis noires. Leur taille est celle d'un enfant et ils ne peuvent appartenir à Bar-Jonah qui pèse dans les 120 kilos. Ces habits sont tout à fait compatibles avec ceux que portent Zachary le 6 février 1996, lorsqu'il se rend à l'école.

Deitrich ajoute que Bar-Jonah possède une paire de gants en caoutchouc très épais qu'il garde dans le même placard. Elle les qualifie de « gants de boucher ». Un jour, elle aurait montré à Pamela Clark une paire de gants couverts de sang ainsi qu'une corde. Une fouille de la Corolla permet de découvrir des gants en caoutchouc placés sous le pneu de rechange, mais ils ne sont pas ensanglantés. On trouve aussi toute une série de couteaux professionnels, dont plusieurs couteaux de boucher à désosser et à la lame recourbée.

Mais ce qui frappe par-dessus tout les amis et colocataires qui fréquentent l'appartement de Bar-Jonah, c'est son odeur épouvantable. Ils ont beau nettoyer à fond, comme le fait Sherri Deitrich, cette odeur qui soulève le cœur reste omniprésente. Comme si quelque chose avait pourri ou s'était décomposé ?

Ou quelqu'un... ?

UN APPÉTIT MORBIDE

Pendant que Nathaniel Bar-Jonah reste en attente de son procès pour les agressions sexuelles sur les trois enfants de sa voisine, il passe de longues heures en solitaire dans sa cellule de la prison du comté de Cascade, selon ses dires, « à compiler 9 454 questions sans importance sur les pubs TV, les bonbons, le folklore, les lois et la nature ».

Les policiers ne restent pas inactifs et ils épluchent avec soin les milliers de pages, de découpages et de collages, de journaux intimes ou d'écrits les plus divers du pédophile. Cet amas de papiers a rempli l'essentiel des 28 gros cartons emportés lors de la fouille de son appartement. On y trouve notamment une liste de 27 noms qui porte comme en-tête « Webster Lake » (son lieu de résidence au Massachusetts). Les noms sont inscrits par ordre chronologique de 1963 à 1977 et on y retrouve les identités des trois victimes connues de David Brown, alias Bar-Jonah. Les enfants qui figurent sur la liste ont entre 5 et 17 ans. En face de chacun des 27 noms de la liste « Webster Lake », on lit le symbole « = » et 27 noms supplémentaires qui comportent beaucoup de fautes d'orthographe. « Cette liste signifie quelque chose », explique le sergent John Cameron de la police de Great Falls. « Nous essayons d'identifier les noms qui s'y trouvent. Peut-être s'agit-il d'autres victimes ? » Le FBI a été informé de cette liste, de même que d'autres forces de police. Outre les noms qui y figurent, cette liste est révélatrice de la personnalité de Bar-Jonah au travers de son écriture, car il n'y a aucun espace entre les mots ; d'après sa fiancée, Pamela Clark, il écrit ainsi lorsqu'il est en colère.

John Bolduc, de la police du Massachusetts, notifie aux enquêteurs de Great Falls qu'il a pu retrouver 13 personnes sur les 27 qui sont toutes encore vivantes. Comme elles sont mineures à l'époque, les dossiers restent toujours secrets à l'heure actuelle et l'on ignore si elles ont été victimes d'abus sexuels de la part de « David Brown ». Pour le sergent Norman Brodeur, de la police de Southbridge (Massachusetts), il pourrait avoir molesté plusieurs garçons dans leur ville et être le responsable du meurtre non résolu d'un garçon en 1968, même s'il est âgé de 10 ans à l'époque. Par un curieux hasard, Brodeur et Bar-Jonah fréquentent les mêmes classes à la « Bay Path Regional Vocational High School ».

« Au milieu des années 90, il traverse à plusieurs reprises la frontière canadienne », déclare le sergent John Cameron. « Nous savons qu'il était au Saskatchewan et dans l'Alberta et nous travaillons en collaboration avec nos collègues de la Police montée. » Les enquêteurs parviennent à établir que l'accusé s'est rendu dans l'Arkansas, au Colorado, en Floride, dans le Michigan et dans l'État de Washington.

Dans plusieurs rapports de psychiatres écrits lorsqu'il est interné à Bridgewater, il est fait état de « sa curiosité concernant le goût que peut avoir la chair humaine ». Parmi les écrits qui sont saisis à son appartement du

2527 11th Avenue South, en décembre 1999, on trouve d'innombrables références au cannibalisme. Bar-Jonah affirme que les homosexuels sont sa nourriture favorite et qu'il adore préparer un barbecue de « bee sum young guy ». Des textes codés sont nettement plus explicites sur la manière de cuisiner les différentes parties d'un corps humain. Divers menus et recettes sont édifiants : « Barbecue de gamin », « Sexe à la carte », « Mon dessert de petit garçon », « Ragoût de petit garçon », « Tourte au petit gosse » et « Dîner de Noël pour deux » font référence à des repas que prépare Bar-Jonah pour Debby Cotes, une femme qu'il rencontre en 1996, après qu'elle a perdu sa maison dans un incendie. Elle se souvient qu'il lui apporte pour le réveillon, à son fils et à elle, un menu avec des spaghettis au ragoût de viande, un chili et une tourte, le tout apprêté avec « une viande au goût étrange ». Malgré son odeur très prononcée, Debby mange les mets pour faire plaisir à son invité. Bar-Jonah déclare qu'il a lui-même tué, découpé et assaisonné la viande.

Or, Nathaniel Bar-Jonah ne possède aucune arme à feu ou fusil en état de fonctionner, toutes celles qu'il a sont factices, et il n'a pas de permis de chasse. Son frère confirme qu'il ne l'a jamais vu chasser, ni même accompagner des amis chasseurs.

« Le déjeuner est servi sur le patio avec un rôti de garçon » : il s'agit d'un repas cuisiné par Bar-Jonah à l'intention de son ami Keith « Doc » Bauman. Ce dernier fait la connaissance de Bar-Jonah en août 1993 dans la prison du comté de Cascade, suite à une arrestation pour agressions sexuelles sur des mineurs. Bar-Jonah est en attente d'être libéré sous caution pour une inculpation d'atteinte sur mineur à l'encontre d'un garçon de 8 ans qui date de 1993. Lors des fouilles, la police découvre une lettre de Bauman qui remercie son hôte pour le hamburger de « chevreuil » qui semble être une de ses spécialités culinaires.

Avant le kidnapping de Zachary en février 1996, Bar-Jonah achète très fréquemment de la nourriture comme le confirment ses relevés bancaires et ses talons de chèques. Mais, pendant le mois qui suit la disparition de l'enfant, son seul achat de nourriture consiste en un sandwich garni.

L'ensemble de ces découvertes oblige les enquêteurs à mener des recherches encore plus poussées. Du phosphore est appliqué sur les murs de l'appartement et cette méthode fait apparaître une curieuse inscription, avec le prénom Tina écrit en vert foncé. À ce jour, « Tina » demeure toujours une énigme, comme l'écrasante majorité des 10 000 noms et prénoms retrouvés parmi les papiers de Bar-Jonah.

Le garage de sa résidence précédente au 1216 1st Avenue South, où il organise ses ventes du week-end, est démantelé à deux reprises par une équipe spécialisée. Lorsque les ouvriers creusent le sol, ils trouvent 21 fragments d'os humains qui y ont été enfouis. Ils paraissent avoir été tranchés ou fracassés. Le plus grand de ces morceaux mesure un peu moins de 4 cm de long. Une analyse ADN démontre que les ossements n'appartiennent pas à Zachary, mais qu'ils sont ceux d'un garçon inconnu âgé de 8 à 13 ans. Il n'y a aucune explication logique pour que ces os soient enterrés à cet endroit, d'autant plus qu'ils ont été enfouis sous 15 cm de terre fraîchement retournée, sous la table à jouets de Bar-Jonah. Mélangé à ces fragments, on découvre un morceau de papier à en-tête personnalisé au nom du pédophile.

Dans la cuisine de l'accusé, un hachoir à viande est démonté avec soin par les policiers qui récupèrent un cheveu appartenant à une personne inconnue de race noire. Les ADN de la tache de sang du blouson de Bar-

Jonah, du cheveu du hachoir à viande et des ossements sont tous d'origine différente et aucun d'entre eux n'a pu être identifié à ce jour. En mars 2001, l'ADN de Katherine, la mère de Janice Pockett qui a disparu en 1976, est comparé à celui des ossements : là encore, le résultat se révèle négatif.

Les interrogatoires de Bar-Jonah n'apportent aucun élément concret, car il nie avec la plus grande fermeté les accusations à son encontre. L'enquête sur le kidnapping de Zachary Ramsay piétine au fur et à mesure que les mois s'écoulent, car les policiers ne disposent que de preuves indirectes. En attendant de nouveaux éléments, ils décident de concentrer tous leurs efforts sur les agressions sexuelles commises par Bar-Jonah depuis qu'il s'est installé à Great Falls. Mais dans ce dossier également, Nathaniel Bar-Jonah va bientôt marquer des points.

HISTOIRES DE CANNIBALES

Même si le cannibalisme est un phénomène rare dans l'histoire de la criminalité américaine, il existe un certain nombre de cas qui peuvent nous éclairer sur la psychologie de ce type de tueurs déviants. Mais qu'est-ce qui pousse un individu à de tels actes ? Le docteur Clancy McKenzie, professeur de psychologie à l'université de Capital, à Washington, qui a interrogé plusieurs criminels anthropophages, estime que la réponse se situe dans la petite enfance. Pendant le second semestre de la première année du bébé, lorsque les enfants sont sevrés, ils fantasment à l'idée de dévorer dans son entier leur mère. La régression jusqu'à ce stade du développement peut être provoquée par un traumatisme ultérieur, surtout si le bébé a connu un trauma à ce moment-là, qui est une période critique. Aux yeux du bébé – ou de l'adulte qui régresse – la séparation avec la mère entraîne un sentiment d'impuissance absolue et de panique.

Le docteur Park Dietz, qui a témoigné lors du procès du « Cannibale de Milwaukee » Jeffrey Dahmer, affirme qu'il ne faut pas trop s'attarder à l'enfance de ces criminels. Des millions de personnes connaissent des épisodes traumatiques durant leur plus jeune âge et ils n'en deviennent pas pour autant des tueurs en série. De même, tous les pédophiles ne concrétisent pas leurs fantasmes par des actes criminels. Pour le docteur Dietz, l'élément déclencheur est souvent un stress inattendu et très violent. Jeffrey Dahmer assassine sa première victime après que sa mère et son frère quittent la demeure familiale et que son père y installe sa nouvelle compagne. De la même manière, la mère de Bar-Jonah part en voyage pendant plusieurs semaines juste avant l'enlèvement de Zachary Ramsay.

Pour un acte de cannibalisme, le mobile peut aussi être un moyen pratique de se débarrasser du corps, tandis que le fait de servir à d'autres de la chair humaine est, à la fois, une manière d'humilier encore plus la victime, tout en tourmentant les survivants. « Vous vous vengez des autres, tout en savourant le fait que vous les avez eus, explique le docteur Dietz. La plaisanterie est des plus extrêmes. »

Quant au docteur Ashok Bedi, directeur de l'unité psychiatrique de l'hôpital de Milwaukee, il voit Bar-Jonah comme un prisonnier dans la forteresse de sa mère, et qui cherche à s'évader. En tuant un garçon de 10 ans, le prédateur montre sa volonté de tuer la part d'enfant qu'il a en lui, afin de devenir un homme : « Il ne s'agit pas tant de sexualité que d'un attachement pathologique aux parents. »

Une autre motivation pour le cannibalisme peut être

le désir de commettre « le » crime extrême, de briser un dernier tabou de la société, « l'inimaginable – l'ultime frontière du méchant garçon », conclut le docteur Park Dietz.

Touche macabre, un article du *Great Falls Tribune* de la journaliste Kim Skornogoski se termine par l'appel suivant : « Les personnes qui pensent avoir mangé de la nourriture suspecte préparée par Bar-Jonah doivent se mettre en contact avec le détective John Cameron au 771-1180. »

2002, LE PROCÈS

Pendant que Bar-Jonah croupit dans sa cellule dans l'attente d'un procès, il entre en contact avec la plus âgée de ses trois victimes qui est maintenant devenu un adolescent. Celui-ci rend visite à Bar-Jonah dans la prison du comté de Cascade et lui adresse même un courrier – à la demande de l'accusé – que l'avocat, Gregory Jackson, s'empresse de verser au dossier. En voici l'extrait le plus significatif : « Nathan, tu m'as toujours bien traité. Tu ne m'as jamais fait aucun mal. Tu me manques vraiment, mon mec. Pour moi, tu as été comme le père que je n'ai jamais eu. »

Avec cette lettre, la tactique de la défense se met en place. Pour Maître Jackson, ce sont les policiers et le FBI qui ont poussé les trois enfants à faire des aveux impliquant son client. Car, lorsqu'ils rencontrent la mère et les garçons pour la première fois pendant une enquête de voisinage, aucun des membres de la famille ne fait état d'une quelconque maltraitance.

Fin septembre 2000, une fouille de routine de sa cellule met à jour plusieurs lettres de suicide, un testament et une corde fabriquée de bric et de broc. Les différents objets sont saisis et Nathaniel Bar-Jonah est mis sous surveillance permanente (« Suicide Watch »), afin d'éviter tout dérapage à l'approche du procès qui est fixé pour début 2002. L'accusé est sous le coup d'une caution de 1,25 million de dollars et il n'est toujours pas mis en examen pour l'enlèvement et l'assassinat du petit Zachary Ramsay, car les autorités manquent toujours de preuves concrètes.

Suite à une demande de la défense, le procès, initialement fixé au 10 septembre 2000, pour les agressions sexuelles sur les trois mineurs, est reporté une première fois. Les avocats estiment que les débats ne peuvent pas se dérouler avec la sérénité voulue au palais de justice de Great Falls. Un expert, le docteur Alan J. Cohen, est mandaté pour étudier la question. Il est vrai que depuis l'arrestation du pédophile, tous les médias se sont précipités sur les aspects les plus sensationnels de l'affaire : un enlèvement d'enfant, un pédophile multirécidiviste, la polémique de l'État du Montana qui reproche au Massachusetts de s'être débarrassé d'un criminel dangereux sans les prévenir et, bien sûr, les accusations de cannibalisme. Plusieurs reportages sont diffusés avant le procès : « Unsolved Mysteries », « America's Most Wanted », « Prime Time » de la chaîne ABC, « Dateline » du network NBC, pour ne citer que les plus importants. Bar-Jonah est présenté comme coupable de pédophilie, de meurtre et de cannibalisme, et cette situation ne prédispose pas à un jugement serein. Avec sagesse, les autorités décident de reporter le procès de quelques mois et de le délocaliser dans un autre tribunal du Montana, à Butte. La date de début des débats est fixée au 12 février 2002.

Le procureur Brant Light annonce qu'il espère, dans la foulée, tenir un autre procès pour kidnapping, meurtre et actes de cannibalisme, au mois de mai 2002, à

Missoula, qui est la capitale de l'État du Montana. Le tribunal du « Butte-Silver Bow County Courthouse » se prépare à affronter la meute médiatique et à prévenir tous risques d'agression vis-à-vis de l'accusé. Plusieurs antichambres temporaires sont édifiées devant les portes d'entrée de la salle d'audience, avec des détecteurs de métaux, afin d'augmenter la sécurité. L'endroit où Bar-Jonah est gardé pendant les débats demeure un secret très bien protégé. Les autorités judiciaires estiment que le procès va durer entre deux et trois semaines.

Les jurés vont être sélectionnés parmi un échantillon de 200 personnes et, pendant que le choix s'effectue, chacun des candidats potentiels reçoit 12 $. Une fois triés, les jurés perçoivent 25 $ de défraiement quotidien. Le processus de sélection est extrêmement long, comme c'est souvent le cas dans les procès américains. Au bout du cinquième jour, premier coup de théâtre lorsque les deux avocats de Bar-Jonah, Greg Jackson et Don Vernay, demandent que le procès soit ajourné, afin qu'il se déroule après celui de mai qui est prévu à Missoula pour l'enlèvement et le meurtre de Zachary Ramsay. Par ailleurs, ils exigent à nouveau un changement de juridiction en estimant que des débats sereins ne peuvent pas avoir lieu dans l'État du Montana. Mais le juge Kenneth Neill, visiblement irrité par la démarche des avocats, s'y refuse de façon catégorique : « Votre demande de déménagement est irréaliste, car j'ignore où un tel procès pourrait se tenir. Il faudrait vivre dans une grotte pour ne pas avoir entendu parler de cette affaire. »

Le moment clé du procès est le témoignage des trois enfants et des experts mandatés, à la fois par l'accusation et la défense, pour savoir si les victimes ont pu être influencées pendant leurs interrogatoires par la police de Great Falls. Le sixième jour, les trois garçons s'adressent au tribunal. Quand Nathaniel Bar-Jonah place une corde autour du cou de l'enfant de 8 ans dans la cuisine, ce dernier pense qu'il s'agit d'abord d'un jeu, mais il se rend rapidement compte que l'adulte n'est pas d'humeur à plaisanter. « Il me l'a mise autour du cou. La corde était enroulée sur une poulie. Et il a commencé à tirer. J'étouffais et je suis monté en l'air, mes pieds ne touchaient plus le plancher. J'ai eu peur de mourir. »

Le plus âgé du trio, qui souffre de légères déficiences mentales et qui, à 17 ans, est lycéen, éprouve beaucoup de difficultés à s'exprimer. Le juge tente de l'aider en lui posant des questions, mais les réponses viennent avec peine et se résument en général à un mot. Son cousin et lui passent la nuit chez l'accusé lorsque Bar-Jonah l'emmène dans sa chambre, avant de fermer la porte à clef et de lui demander de baisser son pantalon.

À cet instant de son témoignage, il reste silencieux et s'effondre en larmes, avant de poursuivre son récit. Bar-Jonah lui tripote les fesses et le pénis en lui demandant la pareille. Mais son cousin qui frappe à la porte interrompt l'agression et Bar-Jonah lui permet de quitter la chambre.

Âgé de 7 ans, le plus jeune des garçons affirme que Bar-Jonah lui a caressé les fesses. Son témoignage a apporté une gaieté bienvenue à l'audience, qui éclate plusieurs fois de rire devant la malice de l'enfant ; en effet, celui-ci est stupéfait par le son de sa propre voix dans le micro, et il ne comprend pas la différence entre la vérité et les mensonges lorsque le juge lui pose une question à ce sujet. Même Bar-Jonah rit à pleines dents quand le garçon déclare que ce serait « la vérité si un policier dit qu'il a les cheveux roses ». Mis à part cet intermède de fraîcheur, l'enfant n'a pas pu éclairer le tribunal comme ont pu le faire les deux autres garçons. Au bout de quelques minutes, on l'autorise à quitter la barre.

Lorsqu'un premier policier commence son témoignage, Nathaniel Bar-Jonah éprouve des douleurs à la poitrine et le juge interrompt l'audience. L'heure de la pause repas se prolonge pendant deux heures sans que les jurés qui attendent dans une pièce à l'étage ne soient prévenus. Par mesure de précaution, Bar-Jonah est emmené à l'hôpital pour une prise de sang et des analyses qui démontrent qu'il ne souffre pas d'une crise cardiaque. Il revient dans la salle quelque peu décoiffé et le teint écarlate. « Ça va bien », murmure-t-il à un de ses avocats.

« Il a un problème cardiaque, explique Don Vernay. Il prend des pilules pour se soigner. Cela a l'air d'aller, d'après ce que je vois. Il est là. Et il n'est pas mort. »

Pendant ces deux années à la prison du comté de Cascade, Bar-Jonah, dont le père est décédé encore jeune d'une crise cardiaque, s'est constamment plaint de douleurs à la poitrine, après que des agents de sécurité lui auraient fait porter un gilet pare-balles en vue des préparatifs du procès.

Alors que l'inspecteur Tim Theisen de la police de Great Falls vient de débuter son témoignage, Bar-Jonah fait à nouveau stopper les débats en demandant de la nourriture. Lorsqu'ils reprennent, Theisen explique que toutes les preuves découvertes dans l'appartement de l'accusé confortent les témoignages des enfants. Il montre aux jurés quatre photos du plafond de la cuisine avec une ouverture replâtrée où la poulie devait être fixée. Theisen leur fait passer plusieurs documents et revues appartenant à Bar-Jonah, avec un article, « Les bonnes cordes, les meilleurs nœuds », ainsi qu'un pamphlet sur les bénéfices sexuels de la strangulation intitulé « L'asphyxie autoérotique ».

Ensuite, c'est au tour d'Adam Kingsland, un ami de la colocataire de Bar-Jonah au moment des agressions, de venir à la barre pour montrer son étonnement quant à la tenue de l'accusé qui est vêtu d'un simple slip lorsqu'il ouvre la porte de son appartement : « J'ai toujours trouvé ça bizarre de faire entrer les enfants dans une telle tenue. »

Questionné par la défense, Kingsland doit admettre que les garçons semblent apprécier Bar-Jonah et qu'ils ne donnent jamais l'impression d'avoir peur de lui.

Deux experts du Colorado et du Wyoming viennent témoigner au nom de l'accusation quant à la validité des interrogatoires des trois garçons. Kimberly Poyer, une psychologue employée par le FBI pour apprendre aux officiers de police comment questionner les enfants, paraît tout d'abord accréditer la thèse de la défense qui affirme que les victimes ont subi l'influence des enquêteurs de Great Falls. Poyer explique que les policiers ont commis des erreurs en se mettant au niveau des enfants et en portant des jugements de valeur à l'encontre de Bar-Jonah. En effet, celui-ci est qualifié d'« effrayant » et « méchant », tandis qu'ils mentent aux victimes avec la promesse que leur témoignage restera un secret. Poyer admet que les avocats ont raison lorsqu'ils affirment que des enfants, surtout s'ils ont moins de 6 ans, peuvent inventer des histoires et être influencés par la police, des parents ou une quelconque personne faisant figure d'autorité, pour leur raconter ce qu'ils ont envie d'entendre.

À cet instant du procès, il est indéniable que la défense a marqué des points et elle tente de concrétiser son avantage. L'avocat Greg Jackson demande au témoin si le fait que le plus âgé des trois soit légèrement handicapé d'un point de vue mental a pu le rendre plus vulnérable à une suggestion quelconque. La réponse de Kimberly Poyer est catégorique. Bien que la police n'ait pas posé assez de questions ouvertes, celles-ci ont, malgré tout, le mérite d'être directes et, surtout, dénuées de toute suggestion. L'entretien avec le plus âgé des trois victimes démontre que « les erreurs des policiers sont minimes et qu'il n'y a aucun doute possible sur la validité du témoignage en question ».

Le deuxième garçon, qui a 11 ans au moment du procès, est questionné à deux reprises par suite d'un problème de son de l'enregistreur, lors de son premier interrogatoire. La mère est présente lors de ce second entretien, ce qui est une erreur aux yeux de l'expert du FBI. Pour Poyer, pas de doute possible, l'enfant dit la vérité, car les détails sont d'une grande richesse comme, par exemple, lorsqu'il décrit comment ses doigts tentent de se glisser sous la corde pour éviter l'étranglement.

Quant au plus jeune des trois, il se contente de répondre par l'affirmative à quasiment toutes les questions qui lui sont posées et à jouer avec le micro pendant son témoignage lors du procès. Lorsqu'il est questionné pour la première fois par les enquêteurs, Poyer indique qu'il ne comprend pas vraiment ce qui est en jeu et qu'il aurait dû faire l'objet d'un recadrage.

Le second expert, Philip Rector, est un psychologue clinicien qui exerce au sein de la réserve indienne de « Wyoming Wind River ». À son avis, il convient d'écarter l'entretien avec le plus jeune des garçons car il est difficile de savoir s'il a réellement été molesté par Bar-Jonah. Par contre, Rector est affirmatif sur un point : les enfants ne se sont pas laissé influencer par la police. Ils sont capables de répondre par la négative à plusieurs questions et les détails qu'ils fournissent rendent leur récit crédible et « sincère d'un point de vue émotionnel ».

Le plus âgé « avait besoin de parler, affirme Rector. Il n'était pas obligé de le faire. Cela faisait un an qu'il gardait cette information en lui et il avait besoin d'en parler à quelqu'un. » Le fait de rester en contact avec son abuseur est commun chez les victimes, surtout lorsqu'il s'agit d'un ami qui est bien vu par les parents, comme Bar-Jonah l'était, explique Rector. Le fait d'appartenir à la nation indienne amplifie encore ce phénomène aux yeux du psychologue de la réserve, car les enfants s'inquiètent de savoir ce que les parents ressentent vis-à-vis d'une personne, surtout dans le cas d'un abus sexuel.

« Il est habituel pour des enfants (indiens) d'être confiés à des membres, même éloignés, de la famille, quelquefois pendant une période assez longue. Et il est tout aussi normal pour ces enfants de passer beaucoup de temps avec des adultes. La culture indienne ne fait pas de différence entre le monde des adultes et celui des enfants, ajoute le psychologue. Notre culture donne plus d'importance à la notion de groupe par rapport à l'individu. Tout ce qui arrive à un membre de la famille ou de la tribu – y compris un abus sexuel – est ressenti de manière collective. La crainte de couvrir de honte l'ensemble de la famille et la tribu est un facteur très important qui peut expliquer pourquoi les enfants ont gardé le silence pendant près d'un an. »

L'avocat de Bar-Jonah tente de déstabiliser Philip Rector en l'accusant d'appartenir à une association qui travaille pour les enfants abusés et que trois policiers blancs ont forcément intimidé les garçons. Mais le psychologue campe avec fermeté sur ses positions : « Il faut se poser la question de fond ? Quel intérêt auraient eu ces garçons à mentir ? Pourquoi inventer un tel mensonge ? Je n'ai rien vu de tel chez eux. »

Une psychologue du « Eastern Montana Mental Health Center » de Plentywood, Anita Plann, qui s'est occupée du plus âgé des garçons, témoigne des signes évidents de dépression et de désordres post-traumatiques qui résultent de l'abus sexuel de Bar-Jonah. La victime a des épisodes de flash-backs et des cauchemars récurrents au sujet de l'événement. Don Vernay tente de contrecarrer l'affirmation de Plann en citant un conseiller scolaire qui fait passer des tests d'aptitude à l'enfant sans remarquer aucun symptôme. Anita Plann répond que le conseiller ignore tout de l'agression subie et qu'en conséquence, il ne peut pas poser de questions à ce sujet, d'autant plus que l'adolescent a enfoui ce souvenir au plus profond de lui-même, avant de le revivre suite aux conversations avec les policiers.

Après cinq jours consacrés à la sélection du jury et quatre journées de témoignages, c'est au tour de la défense de présenter un seul et unique témoin le lundi matin en la personne d'un psychologue de Phoenix, le docteur Phillip Esplin. À son avis, les trois policiers, par le ton de leur voix et leurs questions, ont amené les trois garçons à croire que Bar-Jonah les a abusés. Le docteur Esplin affirme qu'il est plutôt inhabituel pour des enfants de 13 et 8 ans de subir une telle influence, mais il l'explique par le fait qu'ils souffrent tous les deux de légères déficiences mentales : « Ils ne sont pas assez mûrs pour soutenir une telle pression policière. Je pense que les erreurs qui ont été commises ont sérieusement compromis la validité des informations recueillies. »

Mais le procureur Brant Light ne se laisse pas démonter par le témoignage de Phillip Esplin. Il lui pose une question au sujet d'un auteur renommé dans le domaine de la suggestibilité, l'écrivain même auquel Esplin fait référence dans bon nombre de ses articles parus dans des revues spécialisées en psychologie.

Esplin s'appuie sur un article de 31 pages de l'homme de science sur les témoignages des enfants pour illustrer son propos, avant que Light ne l'interrompe en annonçant que l'article en question a été retrouvé dans l'appartement de Bar-Jonah en décembre 1999.

« Qu'est-ce que cela signifie, mesdames et messieurs ? s'exclame le procureur. Que toute la défense de l'accusé s'effondre comme un château de cartes ! Il leur a inculqué l'idée de ne pas parler, mais si jamais ils finissaient par témoigner, il était prêt ! »

Brant Light débute sa plaidoirie par des citations des garçons : « Il m'a tripoté les fesses et le pénis » ; « J'étouffais et je suis monté en l'air » ; « Il m'a dit de baisser mon pantalon ». « La défense veut nous faire croire qu'il est un bon samaritain. Mais avez-vous déjà vu un bon samaritain se balader en slip devant des enfants ? Il leur a donné une leçon, c'est sûr, mais pas en maths ou en lecture. Il leur a donné une leçon en abus pour tout le reste de leur existence. » Afin de croire à la thèse de la défense, les jurés doivent se persuader que tous les témoins mentent et que le désespoir et les larmes d'un adolescent de 17 ans ont été causés par la police, déclare Light.

Lorsque Don Vernay prend la parole, il explique que la défense ne s'en prend ni aux garçons ni à la police, mais qu'elle est préoccupée par l'atmosphère et la manière dont les interrogatoires ont été menés. Les enfants n'ont montré aucun signe de dépression ou de traumatisme jusqu'au moment où ils parlent aux enquêteurs.

« Ces enfants ne sont pas des menteurs. Ils sont effrayés et confus parce que la seule personne qui leur ait jamais montré de l'affection et qui se soit occupée d'eux a été arrêtée et mise en examen pour un crime atroce. »

Vernay effectue alors une pause en serrant les mains pour demander aux jurés de juger Bar-Jonah sur les preuves – ou plutôt leur absence – et non pas sur sa prétendue responsabilité dans l'enlèvement d'un garçon de 10 ans, le 6 février 1996. Il ajoute que les photos dépeignent une affection réciproque entre les enfants et Bar-Jonah, et que le fait de trouver une corde dans un appartement en désordre n'est pas un indice suffisant pour le condamner à la prison à vie.

Pour enfoncer le clou, Vernay indique que si Bar-Jonah est bien le terrifiant prédateur sexuel décrit par l'accusation, il convient de se demander pourquoi il n'a abusé d'eux qu'une seule fois : « Vous allez vous retirer pour délibérer en vous disant que peut-être il l'a fait ou peut-être pas. Mais, si tel est le cas, vous ne pourrez que le déclarer non coupable. »

Au bout de six heures d'attente, le jury de Butte revient dans la salle du tribunal vers 21 h 45. Pendant ces longues heures, le procureur Brant Light arpente nerveusement la salle d'audience, les mains derrière le dos, tandis que l'inspecteur de police Tim Theisen reste prostré sur un banc le visage entre ses mains, comme s'il était plongé dans des prières.

Nathaniel Bar-Jonah est déclaré coupable d'abus sexuels à l'encontre des garçons de 17 et 11 ans, mais il est jugé innocent pour ce qui concerne l'enfant de 7 ans, faute de preuves. À l'énoncé du verdict, la douzaine de policiers, leurs amis et les proches des victimes s'embrassent et se serrent la main, certains ont même les larmes aux yeux. « J'avais une totale confiance dans ces trois jeunes garçons, déclare le procureur Brant Light. J'étais sûr que le jury les croirait. Nous espérions qu'il soit jugé coupable pour tous les chefs d'accusation, mais sa culpabilité a été prononcée pour ceux où nous avions les preuves les plus fortes. »

Sans amis ni proches parents pour le soutenir, Bar-Jonah reste assis, passif, les mains posées à plat sur ses cuisses pendant la lecture du verdict. Ce n'est que lorsque les dix hommes et les deux femmes quittent les lieux qu'il se penche pour parler à ses avocats. Ces derniers promettent de faire appel du jugement auprès de la Cour suprême du Montana, précisant que leur client n'a pas pu échapper à l'emprise du fantôme de Zachary Ramsay que Bar-Jonah est accusé d'avoir tué, dépecé et donné en pâture à des amis et à des voisins.

« Il est humainement impossible de faire abstraction des accusations d'infanticide et de cannibalisme, concède Greg Jackson. Naturellement, nous sommes déçus. S'il n'y avait pas eu toute cette contre-publicité, nous sommes sûrs que nous aurions obtenu un acquittement en bonne et due forme. »

« Je crois qu'il est effondré en ce moment », déclare Don Vernay. Sa culpabilité acquise, le jugement doit être prononcé lors d'une prochaine audience le 9 avril. Si Bar-Jonah avait été déclaré coupable des cinq chefs d'accusation, il risquait jusqu'à 330 années de prison ; la culpabilité pour les trois accusations de séquestration et d'agressions sexuelles peuvent lui valoir entre 2 et 130 années de prison.

Pendant le déroulement du procès, le procureur Brant Light ne pouvait, en aucun cas, faire état des précédentes condamnations de Bar-Jonah, pas plus que de l'enquête concernant la disparition de Zachary Ramsay. Par contre, lors de la phase du jugement le 9 avril, il aura tout loisir de le faire. Des victimes de l'époque où l'accusé se nomme David Paul Brown seront convoquées pour témoigner des abus qu'elles ont subis. « Nous ferons état du parcours judiciaire de l'accusé pour faire en sorte que ce type reste enfermé jusqu'à la fin de ses jours », martèle Brant Light.

Une fois la condamnation prononcée, le procureur souhaite se consacrer au volet Zachary Ramsay du dossier dont le procès est prévu le 13 mai, à Missoula. Mais la date paraît trop rapprochée pour une affaire d'une telle envergure.

LE COUP DE THÉÂTRE

Dans les semaines qui suivent le verdict de culpabilité de fin février 2002, il paraît de plus en plus certain que le procès de Missoula du 13 mai 2002 ne pourra pas avoir lieu à la date initialement prévue. Une fois la condamnation pour les agressions sexuelles sur les mineurs d'abord annoncée le 9 avril, puis repoussée au 23 mai, le procureur pourra se servir de celle-ci pour négocier avec les avocats de la défense, une procédure usitée en droit américain.

Chaque camp possède des atouts dans sa manche. Brant Light dispose des deux mises en examen de Nathaniel Bar-Jonah pour s'être déguisé en officier de police qui n'ont toujours pas été jugées. Il a également besoin de temps afin que les enquêteurs puissent identifier l'appartenance des 21 ossements retrouvés dans le garage du pédophile.

Dans un courrier adressé au sergent John Cameron de la police de Great Falls, Nathaniel Bar-Jonah, qui maintient son innocence pour toutes les accusations formulées à son encontre, se porte volontaire pour un enfermement dans l'établissement psychiatrique de l'État du Montana, à Warm Springs, au lieu de la prison. Ses avocats affirment que les jurés ont été influencés par tout le battage médiatique qui a entouré l'affaire et qu'ils se préparent à faire appel du jugement.

Brant Light rétorque qu'il n'est pas inquiet d'un quelconque appel, mais qu'il a peur du temps et du coût énorme pour les contribuables que représentent ces différentes procédures.

Le 23 mai 2002, le juge Kenneth Neill condamne Nathaniel Bar-Jonah à la peine maximum autorisée par la loi, soit 130 ans de prison. Dans la foulée, le procès pour la disparition de Zachary est repoussé au 8 octobre 2002.

Entre-temps, Bar-Jonah reçoit un soutien inattendu en la personne de Rachel Howard, la propre mère de Zachary Ramsay !

En 1997, le sergent John Cameron, qui est un des principaux enquêteurs, reçoit une information sur un garçon qui vit en Italie et qui ressemble comme deux gouttes d'eau à l'enfant disparu. La famille de l'enfant travaille pour l'armée et la police de Great Falls demande aux militaires de filmer l'adolescent. Lorsqu'ils réceptionnent la vidéo du garçon qui est filmé en classe, les enquêteurs sont stupéfaits. « Nous pensions avoir retrouvé Zachary, explique Cameron. Nous en étions même persuadés. Tout le monde croyait que c'était Zachary et que nous allions pouvoir le ramener chez lui. » Ils demandent une comparaison des fiches dentaires de Zachary avec l'enfant en Italie. Elles ne correspondent pas.

Les autorités préviennent Rachel Howard qu'il ne s'agit pas de son fils. Mais une autre cassette du même garçon fait surface quelque temps après. La mère de Zachary en obtient une copie et elle est à présent convaincue que c'est son fils que l'on voit sur les images. La police ignore qu'elle possède cette VHS et personne ne prévient John Cameron que l'enfant est le même que celui qu'il a vu sur la cassette précédente.

L'adolescent vit maintenant en Californie et les autorités de Great Falls sont entrés à plusieurs reprises en contact avec lui et sa famille. Ses empreintes digitales sont relevées et elles ne correspondent absolument pas à celles de Zachary Ramsay. Mais Rachel Howard n'est pas satisfaite. D'après son avocate, Sunday Rossberg, « ma cliente ne croit pas les policiers. Elle ne leur fait aucunement confiance, d'autant plus qu'ils refusent de lui faire rencontrer l'enfant ». Pour John Cameron, « la ressemblance est incroyable, c'est une coïncidence très étrange. Mais nous essayons de protéger ce garçon et sa famille. Nous ne voulons pas le déstabiliser ». Outre cette ressemblance étonnante, Rachel Howard est convaincue par le fait que le garçon se prénomme Zack, qu'il est né le même jour que son fils, le 18 décembre 1985, à Butte, la ville du Montana où s'est tenu le procès de Bar-Jonah.

Le 1er octobre 2002, à une semaine de la date prévue pour le procès de Bar-Jonah, le procureur Brant Light annonce qu'il renonce aux mises en accusation de meurtre et de kidnapping. La frustration est de mise car Rachel Howard se dit prête à témoigner que son fils Zachary est toujours vivant et que Bar-Jonah est innocent des charges dont on l'accuse. Pour le procureur, faire condamner l'accusé devient dès lors une mission quasi impossible. « Je ne veux pas que Bar-Jonah soit condamné pour un crime que j'estime qu'il n'a pas commis. Il n'existe aucune preuve concrète que Zachary ait été tué par Bar-Jonah. Depuis le début, je crois que mon fils est toujours vivant. Les policiers connaissent ma position depuis le début », explique Rachel Howard.

Pour les autorités et le procureur Brant Light, le

coup est sévère, même si Nathaniel Bar-Jonah reste condamné à 130 années de prison. Light rencontre Rachel Howard qui campe sur sa décision de témoigner si un procès doit se tenir. Elle confirme ses intentions dans une lettre adressée au procureur. « Elle nous a frappée au cœur, concède-t-il. Il est clair qu'elle ne cautionne pas nos accusations. » Rachel Howard se dit prête à indiquer qu'elle a été victime de menaces de la part de la police de Great Falls qui veut faire obstacle à un éventuel témoignage de sa part. Mais le sergent John Cameron nie qu'une telle menace ait pu émaner de leurs services.

Même si les autorités du Montana restent sur leur faim dans le volet cannibalistique de l'affaire, Brant Light déclare : « Les contribuables ont le droit d'être en colère et ils peuvent se poser des questions, mais ils pourront se satisfaire à l'idée que Bar-Jonah va passer le reste de son existence derrière les barreaux. Sur le long terme, je pense que nous sommes parvenus à atteindre le but que nous nous étions fixés en faisant en sorte que ce prédateur soit mis à l'écart de la société. »

Le 19 janvier 2004, les avocats de Bar-Jonah annoncent qu'ils ont déposé un recours devant la Cour suprême du Montana afin d'annuler la condamnation de l'accusé. À leurs yeux, les enquêteurs et le système judiciaire ont commis une longue série d'erreurs qui ont porté préjudice à leur client. Le procès n'aurait jamais dû se tenir à Butte, après avoir déjà été délocalisé de Great Falls, à cause de l'énorme publicité médiatique qui a entouré l'affaire. En effet, Butte tout comme Great Falls appartiennent à l'État du Montana où les faits – supposés – les plus graves de Nathaniel Bar-Jonah se sont déroulés.

En décembre 1999, quand une patrouille de police

arrête Bar-Jonah près de l'école élémentaire, les procédures autorisées n'auraient pas été suivies, à tel point que les deux avocats, Don Vernay et Gregory Jackson, affirment que les objets saisis à son domicile n'auraient jamais dû figurer au dossier. La police indique que Bar-Jonah est soupçonné d'une activité criminelle lors de son interpellation devant l'établissement scolaire, mais la défense rétorque qu'aucun fait ne vient étayer cette accusation. Bar-Jonah est emprisonné puis fouillé après qu'il a reconnu posséder un pistolet de défense. Il est ensuite interrogé et relâché. La fouille révèle une bombe de défense, une plaque de policier et une arme de poing factice. Deux jours plus tard, un détective de la police de Great Falls demande et obtient auprès d'un juge un mandat de perquisition pour le domicile de Bar-Jonah. 48 heures s'écoulent et le procureur Brant Light requiert un nouveau mandat pour de nouvelles recherches dans l'appartement de l'accusé. Pour les avocats, ces fouilles ne sont qu'un prétexte pour trouver des indices concernant la disparition de Zachary Ramsay.

Bar-Jonah est mis en examen pour agression sexuelle, tentative d'agression au moyen d'une arme et kidnapping aggravé, sur la base de saisies effectuées à son domicile à la suite, expliquent-ils, d'une simple infraction au code de la route, près de l'école de Great Falls. Les preuves prêtent à discussion, car les albums photos qui contiennent des centaines de photos d'enfants ne concernent qu'un ou deux clichés de prétendues victimes. De la même manière, la possession d'un manuel sur les nœuds ou d'un pamphlet sur l'autoasphyxie n'impliquent en aucune manière la culpabilité d'un individu.

Le 23 mai 2002, lorsque la condamnation de Bar-Jonah doit être prononcée, un enquêteur du Montana montre une vidéo sur le témoignage d'une ancienne victime de Bar-Jonah, un crime pour lequel l'accusé a déjà purgé sa peine dans le Massachusetts. Cet enregistrement est diffusé malgré les objections de la défense. De la même façon, les avocats s'élèvent contre le témoignage à la barre d'une prétendue victime de Bar-Jonah en 1977, alors que leur client n'a jamais été inculpé pour ce crime. La Cour a autorisé la prise de parole de ce témoin, faisant fi des droits de la défense.

Parmi les autres griefs avancés par Don Vernay et Gregory Jackson, le témoignage d'un officier de probation qui a préparé un rapport sur Bar-Jonah préalablement à sa condamnation. Selon les avocats, un tel rapport se doit d'être objectif, comme le requiert la loi, mais son auteur n'a jamais cherché à entrer en contact avec aucun des proches ou membres de la famille de Bar-Jonah. Lorsque l'officier témoigne au procès, elle affirme que son travail consiste aussi à servir d'avocat pour les victimes. Les défenseurs ont demandé le rejet de ce rapport, ce que le juge leur a refusé.

Toutes ces objections soulevées avec finesse par les avocats de Bar-Jonah vont faire l'objet d'un examen par la Cour suprême de l'État du Montana et il va très certainement s'écouler de nombreux mois avant qu'une décision ne soit prononcée. En toute logique, celle-ci devrait confirmer le jugement antérieur et la condamnation à 130 années de prison de ce dangereux prédateur. On peut penser que les défenseurs de l'accusé feront ensuite appel à une instance judiciaire supérieure pour essayer de casser la sentence.

En ce qui concerne les accusations de cannibalisme de Bar-Jonah et face au mutisme du condamné, il faut espérer que les enquêteurs pourront, un jour, élucider l'enlèvement du petit Zachary Ramsay, ainsi que d'autres disparitions non élucidées d'enfants dans l'entourage ou le voisinage géographique du pédophile. L'alimentation des bases de données informatiques en matière d'ADN des enfants disparus aux États-Unis permettra peut-être de donner une réponse à ce mystère : à qui appartiennent les 21 ossements retrouvés dans le garage de Nathaniel Bar-Jonah ?

Malheureusement, toute la procédure judiciaire s'éteint le 13 avril 2008, avec le décès d'une crise cardiaque de Nathaniel Bar-Jonah, à la prison de Deer Lodge, dans le Montana. Jusqu'au dernier jour, le suspect, âgé de 51 ans, aura nié avoir commis un quelconque meurtre ou acte de cannibalisme.

Les crimes de la Belle Époque

Les criminels peints par eux-mêmes : Peugnez, Menesclou et Soleilland

Le texte qui suit est extrait du remarquable ouvrage *Les Criminels peints par eux-mêmes* de Raymond Hesse, publié par Grasset en 1919.

LE DOUBLE ASSASSINAT DE CHARENTON, 1898.

Dans de nombreux cas, nous avons vu le jeune homme de bonne famille poussé au crime par ses besoins et ses vices. Le spectacle change avec Peugnez. L'influence du milieu a certainement contribué au développement de ses mauvais instincts. Une jeunesse orageuse dans un ménage désuni, des fugues, des tentatives de suicide qui échouent, des bouffées de violence alternant avec d'assez bons sentiments, enfin de l'orgueil et des besoins d'argent qui aboutissent à cet horrible crime du 4 juin 1898 encore présent à toutes les mémoires. Ce jour-là, Peugnez travaillait chez sa voisine, Mme Bertrand. Tandis qu'elle était en train de repasser, l'assassin lui porta un violent coup de marteau. Elle tomba. Peugnez gagnant alors la salle voisine où le neveu de Mme Bertrand, le jeune Dautt, âgé de 7 ans, était en train de recopier le « Pater », se mit à fouiller l'armoire pour y prendre l'argent. L'enfant voulut aller prévenir sa tante. Peugnez le menaça. L'enfant tomba à genoux les mains jointes. La brute l'assomma à coups de marteau, puis, retournant près de sa première victime qui râlait encore, il lui trancha la gorge avec un rasoir.

Détail émouvant. Le jeune Dautt au moment du crime écrivait la phrase suivante qui resta inachevée : « Pardonne-nous nos offenses comme nous pardonnons à ceux qui nous ont off... ».

Nous verrons plus loin le récit de l'arrestation et de l'exécution de Peugnez. Ouvrons maintenant ses cahiers de mémoires qui auraient dû paraître, suivant la pensée de l'auteur, dans toutes les bibliothèques pénitentiaires.

LES MÉMOIRES DE PEUGNEZ

L'enfance

Dès l'âge de six ans, Peugnez nous raconte qu'il était malheureux. « En lisant l'histoire de ma vie, bien des gens diront de moi, écrit-il : il est à blâmer, mais encore plus à plaindre. »

Lorsqu'il avait deux ans et demi, sa mère se maria pour régulariser une situation, mais, ajoute Peugnez, « j'ai tout lieu de croire, sans en avoir de preuves suffisantes, que celui dont je porte le nom n'est pas mon père ».

Il brosse alors le portrait suivant de celui qu'il appelle son beau-père : « Mon beau-père est un homme doué d'une force herculéenne. Il est grand et a une physionomie très dure dénotant un caractère violent, brutal et ivrogne. Son air est naturellement très méchant. Ne croyez pas que ce croquis soit exagéré. Il est plutôt en dessous de la vérité. Mais la seule chose qu'on ne peut lui retirer, c'est d'être un homme honnête et travailleur. »

Sa mère, « bonne et douce pour ses enfants », eut beaucoup à souffrir d'une telle union et s'aperçut, la veille de son mariage, qu'elle s'était donné un maître au lieu d'un mari.

Nous assistons alors à la description de scènes, trop fréquentes, hélas ! dans les ménages ouvriers où le mari s'adonne à la boisson, scènes dont la petite maison de Charenton fut fréquemment le théâtre.

« J'ai vu de mes yeux vu, écrit l'auteur des Mémoires, ma mère rouée de coups et traînée par les cheveux. »

L'école

Peugnez atteint ainsi l'âge de six ans, va chez les sœurs, puis chez le curé de la paroisse. Il avoue n'avoir rien appris. L'enfant ne pensait qu'au jeu, faisait l'école buissonnière et était dissipé : aussi était-il employé par le directeur de l'école à « cirer les chaussures, laver la vaisselle, faire le ménage et la cuisine, si bien qu'en fait d'école, je n'étais que marmiton ». Un jour, en train de nettoyer la chambre, il vole des boîtes de plumes, pour une valeur de trente francs. Les parents remboursent le préjudice occasionné. Il reçoit une correction sévère et quitte M. le curé pour entrer à l'école communale de Saint-Maurice. Ici se place une anecdote fréquente dans l'enfance des criminels et nous retrouverons un récit analogue dans les mémoires de Soleilland. Pour se plaindre de son élève, le professeur faisait porter des lettres aux parents de Peugnez par un de ses camarades de classe. Ces lettres ne parvenaient jamais à destination. « Comme je sortais toujours avant mon camarade, je l'attendais et le sommais de me donner la lettre que je déchirais. Ce n'était pas sans peine mais comme j'étais toujours le plus fort, je finissais par avoir fatalement le dessus. »

Un jour, le maître d'école lui donne un coup de règle à la suite d'un manquement à la discipline. Peugnez, violent et furieux, bondit sur lui.

« Certainement, si l'on ne m'avait séparé de lui, j'aurais commis une mauvaise action. On m'enferma dans une chambre, l'écume à la bouche. Je fis sauter la serrure et pris la fuite. »

L'apprentissage. Les tentatives de suicide

Sur cette scène prennent fin les années d'école. Peugnez a 12 ans. Il se place alors comme ouvrier. Il fait différentes places, est victime de deux accidents de travail qui l'anémient et l'affaiblissent et il nous raconte que dans un moment de dépression, il essaya de se suicider avec de l'oxyde de carbone.

Peugnez vit toujours dans cette atmosphère de discorde et de coups. Chez ses parents, les scènes de ménage deviennent de plus en plus fréquentes. Un jour, dans une discussion violente et qui semble avoir laissé au jeune homme une vive impression, son père lança sur sa mère sa canne à épée. Une autre fois, pour défendre sa mère menacée d'un coup de couteau, Peugnez reçut de son beau-père un violent coup sur la tête. « Il choisissait de préférence cet endroit pour me frapper. »

Nous voyons donc les mauvais instincts de Peugnez éclore librement dans cette atmosphère troublée. « Un jour, dit le narrateur, je travaillais à nettoyer une cuve de vin. Je fus pris à la gorge par le gaz et me sentis complètement fris. Très malade, on me renvoya à la maison, mais au lieu de me soigner et de me faire coucher, je reçus au contraire une correction à laquelle je ne m'attendais pas. La fureur me prit et je devins comme un fou. Donc je tenais tête à ma mère, lorsque voyant mon beau-père rentrer à la maison, je me précipitai dans la cuisine où je me jetai par la fenêtre. Je tombai sur la terrasse dans un état pitoyable. Je ressautai de nouveau par un vasistas qui donne dans l'escalier et de là, je courus vers la Marne. En arrivant sur le bord de l'eau, je me suis jeté à l'eau pour me noyer.

« Quoique sachant un peu nager, je cherchais au contraire à couler au fond de l'eau. Mon beau-père qui était derrière moi, voyant le danger que je courais, se jeta à mon secours pour pouvoir me retirer de l'eau, mais il n'est pas moins vrai que sitôt ramené hors de l'eau, je reçus à nouveau une correction qui m'excita de plus en plus à perdre la tête. »

Cette scène ne donne pas l'impression de la sincérité comme tout ce qui précède, nous explique Raymond Hesse. Evidemment, elle est truquée, arrangée, dramatisée. Nous y voyons cependant une nouvelle marque du caractère violent et impulsif de Peugnez.

Les voyages

Abandonnant son travail, Peugnez cherche alors à s'engager, mais en vain. Comme la vie de famille devient intenable, Peugnez loue une chambre et va habiter seul. Il a 18 ans. Une seconde tentative de suicide échoue. Les voisins, inquiétés par l'odeur du charbon, enfoncent sa porte et le ramènent à la vie. Il quitte à ce moment Saint-Maurice et commence un voyage à travers la France. Il traverse Villeneuve, Montgeron et se dirige vers Melun, en passant par la forêt de Sénart « où le courrier de Lyon fut assassiné ».

Son récit de voyage est rempli d'anecdotes insignifiantes et de souvenirs peu dignes d'intérêt : coups de tête, fugues à bicyclette, scènes d'ivresse et indélicatesses commises. Peugnez arrive ainsi à Clermont-Ferrand ; à Valence où il fréquente une bande de malfaiteurs. À Marseille, il s'embarque pour Alger, y séjourne onze jours, revient à Valence où il s'associe avec un saltimbanque pour chanter de commune en commune. Un vol de chemises, qu'il impute à son compagnon de voyage, le fait condamner à un mois de prison. Las de cette vie d'aventures, il rentre au domicile de ses parents. Nous sommes en 1896. Peugnez retourne au travail et emploie ses premiers gains à « faire réparer un parapluie donné par un camarade à qui appartenait le rasoir qui m'a servi à trancher la gorge de Mme Bertrand ».

La maison paternelle n'a pas changé pendant son absence. Peugnez quitte « cette demeure maudite » en emportant le revolver de son beau-père. Il écrit une lettre d'adieux à une cousine, qui est en même temps sa maîtresse, et se tire un coup de revolver dans le jardin des Tuileries. Troisième tentative de suicide qui échoue, elle aussi. À cette époque se place une anecdote dont nous ne pouvons pas vérifier l'authenticité. La voici racontée par Peugnez : « J'avais rendez-vous au bois de Vincennes avec un de mes camarades, lorsque sur le bord d'une route, je fus dérangé par des cris : Au secours, à l'assassin ! Je prête l'oreille et finis par découvrir l'endroit où l'on étranglait une jeune femme. Je la vois couchée derrière un buisson, entre les mains d'un lâche qui l'avait bâillonnée, et d'un autre qui cherchait à la violer. Sans perdre une minute, je m'élance sur ses agresseurs, et se voyant surpris à l'improviste, j'ai été vite maître de ces deux terribles bandits, qui cherchaient à fuir en sortant leurs couteaux de leur poche. Je mis mes doigts dans ma bouche et je me mis à siffler, et croyant que j'étais plusieurs, ils avaient hâte de se sauver. »

Que deviennent les agresseurs ? Nous l'ignorons. Peugnez nous donne le nom de la jeune personne sauvée par lui, une demoiselle F… fille d'un garde du bois de Vincennes. Il fut chaleureusement félicité, mais un nouveau malheur lui arrive quelques mois après, car : « il est né au mois de février, sous une mauvaise étoile ».

Les délits

Nouvelle scène avec son beau-père. Nouvelle tentative de suicide à l'oxyde de carbone, avortée elle aussi. Cette fois, c'est son frère qui entre plus tôt que de coutume et le sauve d'une mort certaine.

Arrêté pour complicité d'un vol, Peugnez proteste de son innocence et se pose en éternelle victime. « Un lâche commissaire me fait signer une fausse déposition et je suis condamné à treize mois de prison, sans preuves et sans témoins. »

Son complice, un nommé Durand « le seul coupable » déclare que Peugnez avait formé le projet d'assassiner, pour la voler, une laitière du quartier.

Le futur criminel subit sa peine à Poissy et en sort le 30 janvier 1898. Sur l'intervention de Mme Bertrand, il est repris par son beau-père et sa bienfaitrice lui procure un peu de travail. Peugnez a appris en prison le métier de rempailleur de chaises et peut se livrer à divers travaux domestiques. Au mois de mars, il quitte à nouveau ses parents sous le prétexte que « son beau-père lui a refusé du pain à table ».

Plusieurs feuillets manquent au manuscrit. Ces pages contiennent le récit du crime. Nous aurions ignoré l'impression causée par son acte sur le criminel, si nous n'avions eu la bonne fortune de retrouver la lettre écrite par Peugnez, le lendemain de son attentat, au commissaire de police de Charenton. Cette lettre est pleine de cynisme et d'insensibilité. La voici :

« 8 juin 1898.

« Monsieur le Commissaire,

« J'ai l'honneur de vous informer que tout ce qui a été dit sur les journaux est un faux, car je ne mérite pas cela. On dit que mon frère Paul est pour avoir une médaille. C'est moi qui devrais l'avoir, car j'ai plusieurs actes de dévouement. Maintenant, on me traite de malfaiteur dangereux. Je suis plus brave que vous. J'ai toujours été un homme de sang-froid et dévoué pour mes semblables. Du reste, je vous attends de pied ferme. J'ai commis un crime, mais c'est une vengeance et puis, ce n'est pas fini, j'ai encore des ennemis. Je vous préviens que vous ne me tenez pas encore, car j'ai encore à me venger. Mais si toutefois vous m'arrêtez, eh bien, je me défendrai car j'ai juré de me défendre jusqu'à la gauche… Vous m'aviez condamné à treize mois de prison et j'étais innocent. Eh bien ! je me venge de la société et puis encore bien d'autres.

« Maintenant, pour la scène du crime, voilà ce qui s'est passé : J'ai eu une discussion avec Mme Bertrand et j'ai pris mon marteau et d'un seul coup je l'ai tuée. Elle est tombée. Alors le gosse est venu. Je l'ai tué, mais j'ai eu du mal. Je l'avais raté du premier coup, alors il a crié. Alors pour étouffer ses cris, j'ai chanté. Après, je lui ai porté deux coups, et puis je l'ai transporté sur son lit. Après j'ai été trouver la bonne femme et je lui ai tranché la gorge. J'ai été prendre son porte-monnaie. Elle avait 500 francs en or et 5 francs de pièces de vingt centimes. Tout ça, a demandé huit minutes. J'avais du sang-froid comme j'en ai maintenant et j'en aurai jusqu'à la gauche. Je n'ai pas tué Mme Bertrand pour la voler, mais je l'ai tuée et je suis coupable. Maintenant, recevez mes salutations empressées. Je suis votre serviteur dévoué et qui vous servira tous bien, vous et votre personnel autant que vous êtes.

« Peugnez Alfred.

« P.-S. Maintenant, vous tâcherez de me faire mes antécédents mieux qu'ils le sont ; Je suis brave et travailleur. Je suis très dévoué pour mes semblables. J'attends cette copie pour demain, qu'elle paraisse sur les journaux, car je vais suivre ces bavardages avec précaution. Je vous dirai que je n'ai pas de complice. C'est moi l'auteur seul.

« P. A »

Cette lettre est écrite au moment où Peugnez se cache, mène une vie errante et sauvage dans les bois jusqu'au jour de son arrestation. Il se défend avec acharnement et, sur le point d'être pris, se tire un coup de revolver. Le récit de sa capture, cueilli dans ses mémoires, est une véritable perle. « Après bien des hésitations, les agents, comme des bêtes brutes, vinrent me ramasser et me mettre la chaîne aux mains. Je fus transporté au commissariat de Charenton au milieu de cris : À mort ! à l'eau mais je fus protégé par l'excellent magistrat Cuvillier. Je fus pansé et reconduit à la Sûreté avec les égards dus à mon rang... »

Evidemment, Peugnez ne plaisante pas. C'est sérieusement qu'il a écrit cette phrase. Il a commis un crime.

Il est quelqu'un. La presse va s'occuper de lui. C'est tout un monde que ces quelques mots nous dévoilent. De regrets ? Point !

Voici comment se terminent les mémoires de Peugnez : « Bien des personnes diront de moi : il a fait la noce. Non, ce n'est pas vrai. On dira que j'ai tué pour voler. C'est encore faux. M. et Mme Bertrand partaient le matin et rentraient le soir. Octave Dautt était en garde chez mes parents et ma mère avait la chef du logement. Je n'avais qu'à la prendre et à y aller. Tant qu'à la vérité qui m'a poussé à commettre mon crime, je l'avoue avec la plus grande sincérité. Je demande pardon à M. Bertrand de la peine que je lui cause.

« À Peugnez. »

L'exécution

Le crime était tellement atroce que Peugnez fut condamné à mort et exécuté en février 1899. Pendant son incarcération, Peugnez comme Soleilland se convertit au protestantisme. Ayant le préjugé qu'on est payé pour changer de religion, il espère ainsi intéresser à son sort le pasteur qui aura eu sa conversion sans bourse délier.

Son orgueil ne l'abandonnera pas devant la guillotine ; Au moment où Deibler échancre la chemise, Peugnez crie : « C'est froid ! » et aussitôt craignant d'être pris pour un poltron : « Couvrez-moi les épaules car je ne tiens pas à attraper une fluxion de poitrine. »

Arrivé à vingt mètres de l'échafaud, Peugnez crie : « Portez armes ! » Instinctivement tous les soldats lui présentèrent les armes.

Il mourut courageusement.

MENESCLOU ET SOLEILLAND, TUEURS DE FILLETTES

Affaire Menesclou ! Affaire Soleilland ! À 27 ans d'intervalle les mêmes émotions sont suscitées ; les mêmes questions se posent et les experts consultés répondent que les accusés sont responsables de leurs actes. Le jury les condamne à mort. Soleilland, plus heureux que Menesclou, voit sa peine commuée par la clémence présidentielle en celle des travaux forcés à perpétuité. L'autopsie de Menesclou, exécuté le 7 septembre 1880, sur la place de la Roquette, révéla des adhérences des méninges.

Deux crimes analogues commis dans les mêmes conditions. En 1880, dans la vaste cité ouvrière où habite Menesclou, l'assassin attire dans sa chambre la fillette d'un de ses voisins, la petite Deu, âgée de 4 ans. Il viole l'enfant, la tue et la dépèce pour faire disparaître plus facilement les traces de son forfait. Après avoir découpé avec un calme extraordinaire le corps de sa victime en trente-cinq morceaux, Menesclou les brûle dans le poêle de sa chambre. L'odeur attire les voisins et c'est ainsi que l'attentat fut découvert.

Soleilland porta à la consigne de la gare le corps de la petite Marthe Erbelding après l'avoir violée et tuée.

Les mêmes mauvais instincts, la même jeunesse orageuse se retrouvent chez les deux criminels.

Menesclou nous a laissé un cahier qu'il avait acheté pour écrire ses souvenirs et ses idées. Les vers qu'il couche sur le papier sont des plus mauvais. Citons cependant la strophe suivante qui est curieuse, car elle a été écrite le 16 avril 1880, le lendemain du jour qui suivit la mort de la petite Deu et avant que Menesclou procédât au dépeçage :

« Je l'ai vue, je l'ai prise.
Je m'en veux maintenant ;
Mais la fureur vous grise
Et le bonheur n'a qu'un instant.
Dans ma fureur aveugle,
Je ne voyais pas ce que je faisais... »

La physionomie de Menesclou est assez curieuse. Voici le portrait qu'en trace le journaliste Albert Bataille : « Figurez-vous une sorte d'avorton croûté et ridé, au teint terreux, aux yeux de fouine, au visage rongé par les scrofules, à l'air sournois, rageur et cruel. Le front est bas, la barbe rare et sale, les cheveux noirs et rejetés en arrière poussent presque entre les épaules. » La méchanceté de Menesclou éclate dans tous ses actes et dans tous ses écrits, jusque dans cette lettre écrite à son père après le crime pour lui demander son pardon : « D'après le malheur qui vous a frappé, je ne suis pas étonné de ne pas avoir reçu de vos nouvelles. Ma mère ne doit pas être bien-portante, mais je la plains plus que moi. Pourtant, je mérite plus la pitié que le blâme. Pardonnez-moi et venez me voir, car si vous ne veniez pas, je suis décidé à en finir. J'ai donné la mort, eh bien ! j'aurai le courage de me la donner moi-même. Le jour où la justice me frappera, j'aurai le cœur plus léger. Je déteste tout le monde, vous le savez. Il n'y a qu'à Dieu que je demande pardon de ma faute et mon repentir me rachète aux yeux de Dieu. » La lettre se termine du reste par une demande d'argent.

Nous possédons fort peu d'œuvres intéressantes émanant de Menesclou. Plus actif et plus cultivé, Soleilland a écrit ses mémoires. N'était-ce pas un criminel intelligent, cet homme qui trouva dans une conversion habile un adoucissement à sa captivité ? Il avait ainsi réussi à intéresser à son sort une fort brave femme, dévote et prosélyte, discutait avec elle les versets de la Bible, les commentait par écrit et substituait à l'ordinaire frugal de la prison l'abondance plus nutritive de la cantine et du restaurant.

Le crime de Soleilland est encore présent à toutes les mémoires. La petite Marthe venait chercher la femme de Soleilland pour aller au théâtre du Bataclan. Le satyre se trouvant seul avec l'enfant commit son horrible attentat, fit disparaître le cadavre puis pendant plusieurs jours dirigea lui-même les recherches jusqu'au jour où son crime fut découvert et où il fut arrêté.

Ouvrons maintenant les mémoires de Soleilland qu'il serait curieux de comparer à ceux de Peugnez.

LES MÉMOIRES
par Albert Soleilland

L'enfance

De sa toute première enfance, Soleilland n'a conservé que des souvenirs vagues et peu dignes d'intérêt. À deux reprises, ses parents lui auraient fait boire de l'alcool camphré au lieu d'eau de fleur d'oranger et il se souvient en outre avoir eu un abcès à la tête « dont il conserve encore un trou comme cicatrice ».

À partir de six ans et demi, l'enfant commence avec les années d'école les années de vagabondage.

« Vers six ans et demi, je fus mis à l'école de la rue du Marché-Popincourt. J'avais déjà à ce moment des idées à courir, et c'est ainsi qu'au lieu d'aller en classe, j'allais en compagnie d'un ou deux camarades passer mon temps à jouer sur les bateaux du canal Saint-Martin ou encore à se mettre derrière les fiacres et les camions et à se faire traîner. Les lettres d'absence ne manquaient point d'arriver chaque fois que je manquais l'école. Aussi, j'attendais toujours celui qui était porteur de la lettre et la lui prenais afin que les parents ne s'aperçoivent de ce que je faisais. Mes parents l'ont appris par une visite du maître. J'ai été battu, privé de dessert et de sortie. Rien ne m'a fait. C'est alors que les parents se sont décidés à me mettre à Igny (Seine-et-Oise) chez les frères de Saint-Nicolas. J'y suis resté cinq ans (de 1889 à 1894). Les parents me retirent de cette pension où je n'apprenais que des prières, mais rien dans l'instruction, pour me mettre à l'école communale afin d'obtenir mon certificat d'études où j'avais échoué à ma dernière année de pension. »

Jusqu'ici, rien de terrible. Soleilland mène l'existence de beaucoup d'enfants poussés sur le pavé de Paris. Une anecdote dénote cependant une violence et une perversité précoces : le fait de battre son camarade pour lui dérober la lettre d'absence destinée à ses parents. Chose curieuse, le même incident est consigné par Peugnez dans ses mémoires.

À treize ans, Soleilland quitte l'école. Sous prétexte de partir à la piscine, il fugue et va demander de l'argent à ses oncles, qui habitent Nevers et Bourges. Après trois jours d'absence, il revient à Paris. Ses parents, très inquiets, avaient fait faire des fouilles dans l'établissement de bains.

Ces fugues sont du reste classiques dans l'enfance de la majorité des criminels et s'expliquent fort bien par leur caractère indomptable et violent joint au manque de surveillance ou d'autorité de leurs familles. Le vagabondage est le pire de tous les maux, car il les engendre tous. Soleilland nous raconte sa fuite sans aucun remords et ajoute inconsciemment « qu'il ne se rendait pas compte de l'inquiétude des siens ».

L'adolescence

C'est à l'âge de 13 ans que Soleilland a pour la première fois des relations avec une femme. Ses instincts sexuels s'étaient du reste éveillés bien auparavant, avec force abus qui contribuaient à énerver son tempérament déjà irritable. L'initiatrice fut une pierreuse des boulevards. « J'étais allé passer la journée à Igny. Le soir, je revenais à Paris, et trouvant que j'étais garçon, il me prit le désir de savoir ce que c'était que la femme. J'étais novice à ce moment et n'osais m'approcher d'elle quand j'en voyais une à ma convenance. Après m'être promené sur les rues et les boulevards jusqu'à une heure assez avancée de la nuit, je fus abordé par une femme qui me demanda si je ne voulais pas aller chez elle. Je ne lui répondis pas, et pourtant l'envie était chez moi de plus en plus forte. Je continuai mon chemin tout en pensant à l'occasion qui s'offrait. Je retournai donc sur mes pas pour tâcher de trouver la femme qui m'avait fait son offre. Je la revis, et pour la seconde fois, elle me renouvela sa demande. Me voyant hésitant, elle m'emmena dans son "chez elle" qui était le premier hôtel trouvé sur notre chemin. J'ignorais qu'il fallait payer la chambre et encore bien mieux la femme. »

Le jeune homme, toujours employé chez les siens, commet de menus larcins en dérobant quelques pièces de deux francs dans la caisse paternelle. Après de nouvelles fugues, il se met définitivement en ménage avec celle qu'il épousera plus tard. Soleilland a 14 ans et demi à ce moment et il avoue avoir déjà usé et abusé de la vie. Malgré les rigueurs de Vénus, il continuait son existence de débauches, se soignait avec beaucoup de négligences et faisait beaucoup d'excès de boisson. « Ma boisson favorite était de l'amer citron. Je me rappelle un jour en avoir pris quinze dans l'espace de deux heures. Je pourrais vous dire aussi qu'un jour, en compagnie d'un camarade, j'ai bu un litre de rhum. Ce camarade, qui était employé chez mon père, est tombé fou par la boisson et cependant je buvais la même chose que lui. »

C'est avec cet ami et dès l'âge de 13 ans qu'il fréquente les brasseries de femmes où ses rapports étaient « grands et sans nombre ». Il continue ses vols chez ses parents et un jour, dans un accès de colère, donne un coup de poignard à sa femme.

Le jeune Soleilland est impulsif, sexuel et violent. Voyons maintenant comment il fit connaissance avec la famille Erbelding, parents de sa future victime, et comment le loup s'introduisit dans la bergerie.

Mes relations avec la famille Erbelding

« Je les ai connus à peu près au moment de la naissance de Marthe. J'avais une chambre dans la même maison. Je montais souvent chez eux pour leur tenir compagnie. À la naissance de sa petite sœur Maria, les Erbelding m'avaient choisi comme parrain. Mais s'étant ravisés, ils choisirent le fils de leur concierge. Il est vrai qu'à ce moment, je leur avais refusé l'invitation, car je n'étais pas dans des dispositions à dépenser de l'argent. J'en avais trop besoin pour moi. »

En effet, Soleilland déménageait fréquemment, d'où de nombreux frais. En compagnie de sa maîtresse, il change trente-deux fois d'hôtel en l'espace de quelques mois. Il dérobe un jour cent francs à ses parents. Cependant ses relations avec la famille Erbelding deviennent presque journalières et c'est avec un calme effrayant que l'assassin se rappelle les jours passés au milieu d'eux. « Nous avons toujours été très bien depuis notre connaissance jusqu'à ce jour (le jour du crime). Les enfants que ma femme et moi avons vus tout petits ont grandi sous nos regards. Marthe appelait ma femme sa tante Julienne et me disait tout court : Albert. Les enfants me tutoyaient tous et paraissaient avoir de l'affection pour moi. »

À sa favorite aussi, la petite Deu, Menesclou donnait des fleurs et des bonbons !

L'âge du service militaire arrive et Soleilland part à la gare. Seul, Nicolas Erbelding l'y accompagnera.

Le régiment

C'est pendant que Soleilland est au régiment que sa maîtresse accouche d'un fils qu'il reconnaît. Cette naissance n'interrompt en rien sa vie de fêtes et de plaisirs : « Pendant mon séjour au régiment mes rapports avec les femmes étaient fréquents. Les maisons de tolérance ne manquent pas à Verdun. Il y a une rue exprès pour des maisons et qui s'appelle la rue de Californie. Pour 1 fr. 10, dont 0 fr. 50 pour la femme. C'est le tarif du soldat. J'ai toujours eu une bonne conduite au régiment et quand je sortais en ville, jamais il ne m'est arrivé de dire quoi que ce soit aux femmes qui sont pour la plupart les femmes ou les maîtresses des officiers.

« Le 23 septembre 1905, j'étais libéré. J'étais content, car je songeais à me faire une position, et depuis que j'avais mon fils, je me disais que j'allais travailler maintenant pour lui et aider sa pauvre mère qui avait eu tant de mal à l'élever. Comme je me trompais à ce moment et combien je regrette de n'être pas toujours au régiment. Je n'avais pas au moins de ces pensées mauvaises et il a fallu en un seul jour que tous mes beaux rêves tombent et que le bonheur des miens se trouve à jamais compromis. »

À sa sortie du régiment, Soleilland s'installe avec sa femme, 133, rue de Charonne. « Je ne suis resté qu'une année dans cette maison, écrit-il. Peut-être y serais-je resté plus longtemps s'il n'était arrivé ce malheur. Je peux appeler cette maison la maison du malheur, car depuis le jour où j'y ai mis les pieds, mon fils eut la coqueluche, ce fut ensuite les changements de mes places et ce qui est arrivé avec ma belle-sœur Julia et enfin cette journée maudite du 31 janvier dont j'ai toujours en souvenir devant mes yeux, le cadavre de cette pauvre petite Marthe.

« Je continuais à voir souvent les Erbelding. Les enfants ne manquaient jamais de courir après moi quand ils me voyaient et m'embrassaient.

« Je leur rendais leurs caresses et leur donnais quelquefois 0 fr. 05 à chacune pour acheter des bonbons et m'en allais ensuite. » Soleilland raconte ensuite à sa façon l'attentat qu'il commit sur sa belle-sœur et cherche à l'expliquer et à se justifier. « Je recevais également la visite de ma belle-mère et de ma belle-sœur, qui, demeurant près de notre domicile, venaient tous les soirs, en compagnie de l'amant de ma belle-sœur. Nous allions chercher de la bière et l'on passait la soirée à chanter ou jouer à d'autres jeux. C'est donc à ces jeux, et voyant qu'elle me cherchait, qu'est partie de moi l'idée de la posséder, mais je n'ai jamais eu l'intention de lui faire du mal. En lui mettant ma main sur la bouche, je l'ai égratignée un peu à la joue.

« C'est alors que j'ai lavé ces égratignures avec de l'arnica. Elle m'a demandé de l'eau pour boire. J'ai été lui en chercher de la fraîche et elle a profité de ce moment pour se sauver.

« Elle est restée environ trois semaines sans me parler ni monter me voir. Elle y est revenue après avec sa mère et nous avons recommencé nos chants et nos mêmes jeux jusqu'au jour de mon mariage (6 octobre 1906). Mais elle a paru contrariée de ce que je n'avais pas invité à ma noce son amant et a recommencé sa bouderie jusqu'au jour où je fus arrêté. »

Les rapports sexuels de Soleilland étaient sans nombre depuis son retour du régiment, et le satyre explique ainsi ses tendances : « C'était une chose plus forte que mon caractère, j'y pensais sans cesse et il m'en fallait ! »

C'est à ce moment et alors que Soleilland était dans ces dispositions physiques que survint le meurtre de la petite Marthe. On se rappelle toutes les circonstances de ce drame sur lequel Soleilland est très bref comme la majorité des criminels. C'est un souvenir pénible, c'est un malheur qui lui est arrivé.

Soleilland est allé chercher la petite Erbelding chez elle pour aller au concert avec sa femme. Cette dernière était absente. « J'ai voulu alors, raconte Soleilland, remplacer ma femme et aller au concert avec Marthe, afin que son dérangement ne soit pas nul. Marthe ne voulut rien savoir et me disait que c'était avec Julienne seulement qu'elle voulait y aller. Marthe paraissait contrariée de ce contretemps. Je la prenais sur mes genoux pour la consoler et j'ai perdu la tête.

« Je n'écris pas la suite, m'épargnant ainsi de douloureux souvenirs.

« A. SOLEILLAND.

« 6 mai 1907 »

Dans une lettre de reproches adressée à un de ses parents et où il lui dit, entre autres paroles blessantes : « Tes dignes amis n'avaient même pas 0 fr. 05 pour s'offrir un verre de coco comme rafraîchissement. »

Soleilland parle ainsi de son crime : « Respecte donc le malheur que j'ai fait dans un moment de folie. Il pourra arriver un jour où tu en feras une plus grande que celle que j'ai faite. »

Dans une autre lettre, adressée à sa famille, Soleilland est encore plus explicite. Il nous narre un peu plus longuement son attentat, avec une absence complète de remords. À la consigne de la gare, à l'ouverture du sinistre colis, Soleilland était, nous raconte un témoin de la scène, d'un calme déconcertant. « J'étais devenu honnête et travailleur et je ne demandais qu'à continuer s'il ne m'était arrivé ce jour maudit où j'aurais mieux fait de me casser les reins que d'aller chercher cette petite chez ses parents pour la faire aller au concert avec ma femme. Je suis bien coupable de l'acte que j'ai commis, mais vous qui m'avez mis au monde et me connaissez depuis ce jour, vous savez que dans les vingt-six ans de mon existence je n'ai jamais eu de méchanceté dans ma personne et contre personne.

« Je ne peux donc croire que je sois devenu un assassin, et pourtant c'est de cela que l'on m'accuse. Je ne peux croire non plus que je sois en prison. C'est seulement quand je lève les yeux et que je vois les murs de ma cellule que je me rends à l'évidence. On m'accuse aussi d'avoir violé cette enfant et de lui avoir porté un coup de couteau.

« Je suis certain et sûr que je n'ai pas violé le corps de cette enfant. Quant au coup de couteau, je ne me souviens pas d'avoir fait usage d'un couteau pour en frapper cette petite, et la preuve, c'est que j'ai continué à manger avec ce couteau jusqu'à la veille de mon arrestation. Si j'avais frappé Marthe avec ce couteau, croyez-vous que j'aurais pu manger avec comme je l'ai fait.

« Vous dire, chers parents, l'effet qu'a produit en

moi de voir cette petite ne remuant plus n'est pas croyable ; et c'est alors, pour ne plus voir le cadavre, que je l'ai mené au lieu où on l'a trouvé. J'avais été chercher cette enfant chez ses parents ; qu'allaient-ils dire quand ils ne reverraient plus leur fille ? C'est alors que j'ai raconté l'histoire que tout le monde sait et que je faisais les recherches avec les parents de la petite le soir même.

« Je ne faisais que pleurer en pensant à ce que j'avais fait, et Julienne, à qui j'avais caché la vérité, me consolait de son mieux et me disait qu'elle allait revenir.

« Malheureusement, elle ne devait plus reparaître et je gardais pour moi mon horrible secret.

« Si j'ai été lâche de ne pas avoir avoué mon crime tout de suite, c'est que je pensais à vous, à ma femme, à mon enfant.

« Dites-moi que vous me pardonnez de tout cœur le chagrin que je vous ai fait et les pleurs que vous versez depuis trois mois pour moi. J'ai voulu avoir une vie honnête et j'avais commencé pour cela, mais j'ai été arrêté par la folie de ce jour que j'ai eue et qui m'a rendu ce que je suis maintenant. Pensez toujours à moi, comme moi je pense à vous tous les jours et séchez vos yeux qui ont tant pleuré. »

Et Soleilland conclut par ces mots assez frappants qui indiquent la façon dont le châtiment est envisagé par le coupable. C'est un marché qu'il passe avec la société. Il a enfreint ses lois, il subit une répression. Donc ils sont quittes. Si la sanction est plus sévère qu'il ne croit le mériter, le criminel se considère comme une victime et voue à la société des sentiments de vengeance et de représailles qui retombent souvent sur des innocents. « J'ai été coupable, donc je subirai ma peine et ce sera assez pour moi de souffrir sans que vous souffriez encore à cause de moi. Celui qui est en prison et qui vous aime de tout son cœur. »

Crime subit et non prémédité, accompli par un homme que ses antécédents et ses vices prédisposaient à ces attentats, voilà ce que nous révèlent les mémoires de Soleilland. La débauche, les excès, l'alcoolisme et la violence naturelle ont été favorisés par de malheureuses circonstances. Combien d'actes immoraux et de meurtres d'enfants sont commis dans de semblables conditions et par des criminels analogues. L'affaire Soleilland, on ne sait trop pourquoi, a frappé davantage l'opinion publique. Peut-être la découverte dramatique de la victime à la consigne d'une gare ? Peut-être les recherches dirigées pendant plusieurs jours par le coupable lui-même ? Peut-être la période des vacances où se localisa ce crime qui remplit les colonnes vides des journaux a-t-elle contribué à cette célébrité.

Le nom du coupable est resté pendant longtemps nom commun et s'emploie encore dans la presse. Un Soleilland signifie un satyre, comme un Collignon un cocher grossier et vindicatif.

Voilà pourquoi j'ai recherché un peu longuement les mobiles de ce crime et les tendances de son auteur.

« Le portrait de Soleilland complète cette galerie d'anormaux, dont l'étude relève plus de la médecine mentale que de la criminologie », conclut Raymond Hesse.

Antoine Léger : autopsie d'un vampire cannibale

Le compte rendu de ce procès hors normes est relaté par *Le journal des débats* en novembre 1824 : « Antoine Léger, âgé de 29 ans, ancien militaire, est traduit devant la cour d'assises de Versailles, le 23 novembre 1824, accusé 1° de soustraction frauduleuse de légumes faite la nuit dans un jardin ; 2° d'attentat à la pudeur avec violence, sur la personne de la jeune Debully, âgée de 12 ans et demi ; 3° d'avoir commis volontairement, avec préméditation et de guet-apens, un homicide sur la personne de ladite Debully ; 4° d'avoir caché le cadavre de cette enfant. »

Voici un extrait de l'acte d'accusation :

« Léger, dès sa jeunesse, a toujours paru sombre et farouche ; il recherche habituellement la solitude, et fuit la société des femmes et des jeunes garçons de son âge. Le 20 juin 1823, il quitte la maison paternelle, sous prétexte de chercher une place de domestique, n'emportant avec lui qu'une somme de 50 francs et les habits qu'il porte sur lui. Au lieu de rentrer chez lui, il gagne un bois, distant de plusieurs lieues, le parcourt pendant huit jours pour y chercher une retraite, et au bout de ce temps découvre une grotte au milieu des rochers, de laquelle il fait sa demeure ; un peu de foin compose son lit. Pendant les 15 premiers jours, il dit avoir vécu de racines, de pois, d'épis de blé, de groseilles et d'autres fruits qu'il cueille à la lisière des bois ; une nuit il vole des artichauts ; ayant un jour pris un lapin sur une roche, il le tue et le mange cru sur-le-champ ; mais pressé par la faim, il se rend plusieurs fois à un village voisin pour y acheter quelques livres de pain et du fromage de Gruyère.

« Cependant, au milieu de la solitude, de violentes passions l'agitent ; il éprouve en même temps l'horrible besoin de manger de la chair humaine, de s'abreuver de sang (c'est toujours ce monstre qui parle). Le 10 août, il aperçoit près de la lisière du bois une petite fille, il court à elle, lui passe un mouchoir autour du cou, la charge sur son dos, et s'enfonce à pas précipités dans le bois ; fatigué de sa course, et s'apercevant que la jeune fille est sans mouvement, il la jette sur l'herbe. L'horrible projet que ce cannibale avait conçu, le forfait qu'il avait médité s'exécutent. La jeune D. est sans vie ; le tigre a eu soif de son sang ; ici notre plume s'arrête, le cœur saigne, l'imagination s'épouvante devant une série de crimes que pour la première fois la barbarie, la férocité, ont enfanté : le soleil n'a pas été témoin d'un pareil forfait, c'est le festin d'Atrée (ici l'acte d'accusation retrace les détails relatifs au viol, à la mutilation des organes génitaux et à l'arrachement du cœur, détails que ne rapportent point les journaux). Léger emporte ensuite le corps de sa victime et l'enterre dans sa grotte.

« Léger est arrêté trois jours après avoir commis le crime. Aussitôt il déclare son nom, le lien de son domicile, dit qu'il a quitté par un coup de tête son pays et sa famille, et que depuis un jour et demi il se promène dans le bois, ne sachant où il porte ses pas, et allant où son désespoir le conduit. Amené devant l'adjoint de la commune, il se donne pour un forçat évadé, raconte comment il prétend avoir rompu sa chaîne de Brest, et s'être enfui par-dessus les remparts. Ses récits sont contradictoires et remplis d'invraisemblance ; on le livre à la gendarmerie. Dans la prison, il dit comment il a vécu dans les bois et dans le creux des rochers, ne mangeant que des pois, des artichauts, du blé, etc. ; des indices semblent le désigner comme l'auteur du crime ; il nie d'abord, plusieurs interrogatoires sont sans résultat. Mais au moment où il est confronté avec le cadavre, un médecin qui est présent, apercevant que Léger est pâle, décoloré, et que sa contenance dément ses dénégations, lui dit : Malheureux, vous avez mangé le cœur de cette infortunée, nous en avons la preuve ; avouez la vérité. Il répond alors en tremblant : oui, je l'ai mangé, mais pas tout à fait ; il ajoute que l'enfant était morte de suite. Dès lors, il ne cherche plus à rien faire, il reprend tout son sang-froid, et déroule lui-même la série des crimes dont il s'est rendu coupable ; il en révèle jusqu'aux moindres circonstances ; il en produit les preuves, il indique à la justice et le théâtre du forfait et la manière dont il a été consommé ; le juge n'a plus besoin d'interroger ; c'est le criminel qui parle.

« Depuis le jour où il a tout avoué, Léger a conservé un sang-froid épouvantable ; on lui a rappelé toutes les circonstances du crime ; et un oui, prononcé avec indifférence, a été sa seule réponse à toutes les questions qu'on lui a adressées. Arrivé à l'audience, on remarque que ses traits présentent l'apparence du calme et de la douceur, ses regards sont hébétés, ses yeux fixes, sa contenance immobile ; il conserve la plus profonde impassibilité ; seulement un air de gaieté et de satisfaction règne constamment sur son visage. Pendant la lecture de l'acte d'accusation, Léger a conservé un maintien dont il est impossible d'exprimer l'imperturbable tranquillité ; un sourire stupide, qui n'est qu'un mouvement convulsif, erre sur ses lèvres ; ses yeux, presque continuellement baissés, se portent de temps à autre sur les vêtements de sa victime, sur le bâton et sur le couteau qui lui ont servi à commettre le crime ; pendant cet épouvantable récit, la figure de Léger, loin de manifester la moindre émotion, semble encore s'épanouir davantage. »

Voici un certain nombre des réponses de Léger.

– Pourquoi avez-vous quitté vos parents ?

– Parce que j'étais malade ; j'avais un rhume, et j'étais attaqué de la pierre ; je n'avais plus la tête à moi ; cette maladie mentale provenait d'un rhume qui m'avait donné la pierre.

Le président fait remarquer que les docteurs n'ont découvert aucun signe de la pierre. Il dit que c'est le désespoir qui l'a conduit dans la roche de la Charbonnière ; qu'il avait le cerveau vide ; qu'il éprouvait des désirs sans vouloir les satisfaire.

– Pendant que vous étiez dans les bois, n'avez-vous pas rencontré une femme de 60 ans environ.

– Je ne me le rappelle pas.

– Cependant une femme âgée, que vous avez effrayée par vos questions et votre air agité, a feint d'appeler son homme endormi près de là, et vous vous êtes retiré aussitôt ; une autre fois vous avez rencontré une jeune femme de 20 ans, et vous l'avez insultée par vos gestes et vos paroles ?

– Je ne m'en souviens pas du tout.

– N'avez-vous pas eu plusieurs fois l'idée d'entraîner quelque femme dans la roche de la Charbonnière, qui est une caverne énorme, surmontée d'un bois ?

– J'en ai eu l'idée, mais je ne l'ai pas fait.

– Vous avez dit dans l'instruction que vous craigniez la résistance d'une femme adulte ; vous craigniez aussi que ses cris appelassent les passants ?

– Oui, Monsieur.

– Le 10 août, vous êtes passé par une brèche pour entrer dans le jardin d'Itteville, et y prendre quelques artichauts ?

– J'ai pris aussi des oignons et quelques épis de blé.

– Vous mangiez donc le grain tout cru, après l'avoir dépouillé de son enveloppe ?

– Oui, Monsieur.

– Vous avez bouché une des issues de la caverne ?

– Oui, de crainte qu'il ne vînt de l'air.

– Reconnaissez-vous le morceau de grès sur lequel vous avez affilé votre couteau ?

– Oui, mais le morceau était plus gros que ça.

– Répétez de vous-même ce que vous avez fait le 10 août ?

– J'étais allé pour cueillir des pommes : j'ai aperçu au bout du bois, une petite fille assise ; il m'a pris l'idée de l'enlever ; je lui ai passé mon mouchoir autour du cou, et l'ai chargée sur mon dos, elle n'a jeté qu'un petit cri. J'ai marché à travers le bois, et me suis trouvé mal de faim, de soif et de chaleur. Je suis resté peut-être une demi-heure sans connaissance, la soif et la faim m'ayant pris trop fort ; je me suis mis à la dévorer…

– Dans quel état était alors la petite fille ?

– Sans mouvement : elle était morte ; je n'ai essayé que d'en manger, et voilà tout.

L'accusé se renferme dans une dénégation formelle, sur tout ce qui est relatif au viol. L'accusé était convenu qu'ayant ouvert le corps de l'infortunée créature, et voyant sortir le sang en abondance, il y désaltéra sa soif exécrable ; et, poussé, dit-il, par le malin esprit, qui me dominait, j'allai jusqu'à lui sucer le cœur.

L'accusé : Je n'ai rien dit de tout cela à MM. les juges, qui ont écrit tout ce qu'ils ont voulu.

À d'autres questions, Léger répond avec un inconcevable sang-froid : je n'y ai pas fait attention,... d'ailleurs, je suis tombé en faiblesse, et me suis trouvé mal. Je n'ai fait tout cela, dit-il plus loin, que pour avoir du sang... je voulais boire du sang... j'étais tourmenté de la soif ; je n'étais plus maître de moi.

– N'avez-vous pas détaché avec votre couteau le cœur de votre victime ?

– Je l'ai tâté un peu avec mon couteau, et je l'ai percé.

Il dit qu'après avoir enterré les restes du cadavre près de la grotte, il quitta ce lieu, parce qu'il y avait près de lui des pies qui croassaient, et qu'il croyait être là pour le faire prendre ; il n'avait plus la tête à lui, il est allé passer la nuit dans une grotte plus bas, sans pouvoir dormir. Le lendemain, il s'en alla à travers champs, pardessus les montagnes ; quand je voyais quelqu'un d'un côté, dit-il, je m'en allais de l'autre ; je me suis lavé la figure sur les rochers ; j'ai lavé aussi ma chemise, j'en ai coupé le col et les manches qui étaient ensanglantées.

– Lorsque vous avez été arrêté, vous avez dit que vous aviez été condamné à 20 ans de fers, et que vous vous étiez évadé ?

– C'est possible.

L'accusé reconnaît et désigne le mouchoir avec lequel il a entraîné la jeune fille après l'avoir tordu, et en la tenant par les extrémités.

– Que vouliez-vous faire de cette enfant ?

– Je n'avais pas de connaissance ; j'étais poussé par le malin esprit.

La chemise saisie sur l'accusé, toute sale, encore ensanglantée et couverte de déchirures, lui est présentée. Cet aspect ne le fait pas un seul instant sourciller. Après la déposition du père de la jeune fille, à cette question du Président : vous avez privé ce malheureux père d'une fille chérie, d'une fille sur laquelle vous avez exercé tous les genres de crimes ! Qu'avez-vous à dire ?

L'accusé répond : que voulez-vous que j'y fasse.

Plusieurs personnes qui ont rencontré Léger, dans la campagne voisine des rochers qu'il habitait, disent qu'il avait un air effrayant. Après la déposition de la mère, le Président demande à l'accusé ce qu'il a à dire ? Il commence à pleurer, et répond : je suis fâché de l'avoir privée de sa fille ; je lui en demande bien pardon. Après ce peu de mots, la figure de Léger reprend l'expression qu'elle avait une minute auparavant.

Après la déposition d'un épicier qui avait vendu du fromage à Léger, celui-ci dit : il y a encore une chose que le témoin me rappelle ; je lui ai acheté des dragées. L'épicier en convient. Ce témoin-là est le plus franc de tous, répond Léger.

– N'achetiez-vous pas des dragées, afin de les offrir aux jeunes femmes que vous vouliez attirer dans votre retraite ?

– Non, Monsieur ; c'était pour moi.

– Il est assez extraordinaire que vous ayez eu envie de manger des dragées, vous qui ne vous nourrissiez que de racines et de fromage.

– C'est une idée qui m'est venue comme ça.

Léger a constamment répondu avec le sourire sur les lèvres et l'apparence de la gaieté.

M. le Procureur du Roi soutient que Léger avait la conscience de son crime ; il le prouve par les précautions qu'il a prises pour en cacher les traces, par l'horreur que lui inspirait la caverne, par l'insomnie et les remords qui le tourmentaient, selon ses propres aveux.

Un insensé, dit-il, aurait dormi auprès de sa victime ; mais Léger a été forcé de s'enfuir ; il lui semblait que les oiseaux funèbres lui reprochaient sa cruauté.

Le défenseur de l'accusé, nommé d'office, a soutenu que Léger était privé de sa raison, que les habitudes vicieuses qu'il avait contractées, que la fuite de chez ses parents, que le genre de vie qu'il menait, prouvaient évidemment cette absence de raison.

Sur la demande expresse du défenseur, le président a posé la question de la démence.

Après une demi-heure de délibération, le jury a résolu affirmativement les questions de vol, d'attentat à la pudeur et d'homicide, avec préméditation et guet-apens, et négativement celle relative à la démence. Léger a entendu son arrêt de mort avec le calme et l'impassibilité qui ne l'ont pas quitté pendant les débats.

L'accusé ne s'est point pourvu en cassation, et a été exécuté peu de jours après sa condamnation.

Sa tête a été examinée par MM. Esquirol et Gall, en présence de plusieurs autres médecins. M. Esquirol nous a dit avoir remarqué plusieurs adhérences morbides entre la pie-mère et le cerveau.

Voyons maintenant si la conduite de Léger chez ses parents, son genre de vie depuis sa fuite, la manière dont il a exécuté le crime, ses réponses aux interrogations, sa contenance aux débats, le soin qu'il a pris de sa défense, l'amour qu'il a montré pour la vie, si l'examen de sa tête, voyons si toutes ces circonstances n'ont rien présenté qui décèle chez Léger l'existence d'un désordre mental très profond.

Léger a toujours montré des dispositions morales singulières ; il était habituellement sombre et mélancolique, fuyait la société des femmes, et ne se livrait point aux jeux qui récréaient ses camarades. La plupart des aliénés ont présenté ces bizarreries de caractère souvent même depuis leur enfance. Léger s'est néanmoins toujours conduit avec honnêteté ; il a servi comme soldat dans divers régiments sans qu'on ait entendu dire qu'il s'y soit mal comporté.

Un jour, sans motif, sans avoir eu à se plaindre de ses parents, il prend une légère somme d'argent et s'échappe de la maison paternelle, pour aller habiter dans les bois, se loger dans les rochers, y vivre à la manière d'un sauvage, de racines, d'herbes crues, de fruits, d'animaux qui ont à peine cessé de vivre. Ces actions ne peuvent appartenir qu'à un insensé. Il n'y a qu'un fou qui puisse être assez imprévoyant pour quitter sa maison avec si peu de ressources, pour mener un pareil genre de vie. Il n'est donc pas étonnant que Léger ait paru avoir un air effrayant dans cette position malheureuse.

Mais que penser de l'idée et de l'exécution d'un forfait qui n'a pas son pareil dans les annales du crime ? Les motifs ordinaires des actions criminelles sont la cupidité, la vengeance, l'ambition, etc., l'anthropophagie est étrangère aux peuples civilisés ; et chez les sauvages qui ont ce goût horrible, il est développé par l'exemple et l'habitude, il est le fruit de l'éducation. Chez nous, un anthropophage serait un malade qu'il faudrait renfermer dans une maison de fous. Léger n'a donc point été poussé au crime par les passions qui en sont les mobiles ordinaires ; son action n'a pas de motifs intéressés que puisse avouer la raison. Il voulait boire du sang ! manger de la chair humaine ! Ces désirs tout à fait étrangers à la nature de l'homme civilisé, entièrement opposés au caractère de Léger, développés depuis peu chez lui, prouvent, à mon avis, l'existence d'une effroyable perversion morale accidentelle, d'une aliénation mentale manifeste.

Cette agitation, cette insomnie, ces craintes superstitieuses, qui tourmentaient Léger aussitôt après l'exécution du crime, sont, dit le ministère public, l'effet du remords, et prouvent l'existence de la raison ; un aliéné, ajoute-t-il, aurait dormi auprès de sa victime. Si nous n'avions pas d'autres preuves de la folie de Léger, nous ne penserions pas non plus que ces désordres de l'esprit fussent des signes caractéristiques de cette maladie. Mais réunis aux autres preuves, ils les fortifient. L'action de Léger pouvait être le résultat d'un paroxysme, dans lequel l'agitation était augmentée, et a continué quelque temps après. D'ailleurs il ne faut pas croire que les aliénés ressemblent tous à des bêtes brutes, qui n'ont ni souvenir, ni aucune espèce de sentiment, et soient incapables de reconnaître une mauvaise action et d'en éprouver des remords. Beaucoup de ces malades, au contraire, se repentent très sincèrement du mal qu'ils ont fait aussitôt que le moment de colère ou de fureur est passé, demandent pardon à ceux qu'ils ont offensés, et s'informent avec intérêt de la santé de ceux qu'ils ont pu blesser. M. Pinel parle d'un aliéné qui, dans ses accès de fureur homicide, sentait tout ce que sa position avait d'affreux, et priait instamment qu'on l'enfermât et qu'on s'éloignât de lui durant sa fureur. Croyez-vous que cet infortuné eût dormi près de la victime qu'il eût immolée ? Nous devons dire cependant que l'assertion du ministère public est vraie dans un grand nombre de cas.

Aussitôt après son arrestation, Léger se dit échappé des galères de Brest. En le supposant doué de raison, quelle intention y avait-il dans une pareille réponse ? Espérait-il qu'en le conduisant aussitôt à Brest, on l'éloignerait du théâtre du crime ? Mais comment n'eût-il pas pensé qu'avant d'avoir acquis la certitude de son état antérieur, on devait le garder dans la prison la plus voisine ? On lui eût demandé par quel tribunal il avait été condamné, on eût examiné ses épaules, et la fausseté de son assertion n'eût pas tardé à être reconnue. Je crois donc qu'il faut attribuer à la folie cette idée déraisonnable. De même qu'il est des aliénés qui se croient princes, rois, papes, empereurs, dieux, dignes des honneurs les plus élevés ; de même aussi il en est d'autres qui s'imaginent être criminels, assassins, odieux à tout le monde, dignes des plus grands supplices.

Léger n'a pas avoué de lui-même son crime ; il est resté plusieurs jours en prison sans en parler à personne ; et pourtant il racontait à tout le monde son genre de vie dans les bois. Un aliéné, dit-on, ne cache point ainsi ses actions. Cela est encore vrai pour un grand nombre de ces malades, mais non pour tous. Les personnes qui ont l'habitude de voir des fous savent très bien que les aliénés cherchent à cacher soigneusement leurs larcins ; que des malades nient avec force, avec assurance, de mauvaises actions qu'on leur reproche et dont on leur fournit quelquefois des preuves évidentes ; c'est qu'ils n'ignorent pas qu'ils ont mal fait, et ne doutent pas qu'on leur infligera une punition. Si l'on excepte quelques furieux dont les actes sont peu réfléchis, la plupart des aliénés ont souvent la notion du mal qu'ils font, et s'attendent à subir les conséquences de leurs mauvaises actions : ordinairement celui qui veut tuer, poussé par un motif imaginaire quelconque, croit bien qu'il montera sur l'échafaud ; seulement la tentation de commettre le meurtre l'emporte sur la crainte du châtiment, et aucun motif ne peut l'arrêter. On conçoit donc qu'un aliéné pourrait cacher une action condamnable, excitée par son délire, pour n'en être pas puni. Mais à peine Léger a-t-il fait l'aveu fatal, que rien ne l'arrête dans ses dépositions contre lui-même ; il met le juge sur la voie, indique toutes les circonstances du forfait, entre dans les plus petits détails à cet égard. Il paraît avoir éprouvé un peu d'émotion lors de l'interrogatoire où il a tout avoué ; mais depuis il a conservé le plus imperturbable sang-froid, soit dans la prison, soit aux débats ; la vue de ses effets encore ensanglantés, la déposition du père et de la mère de la jeune fille, le récit de cette série d'actes horribles qui lui étaient reprochés, le prononcé de sa sentence de mort ne le font pas changer de contenance ; il conserve la plus froide immobilité, il a même paru raconter lui-même, avec un certain plaisir, la manière dont il s'y est pris pour mutiler sa victime et se repaître de sa chair. Sa conduite est évidemment celle d'un homme en démence.

Les réponses que nous avons rapportées sont toutes empreintes d'une naïveté, d'une bêtise qui n'appartiennent qu'à un esprit borné. Quelques-unes sont même des indices de folie. Ainsi, lorsqu'il a quitté ses parents, il n'avait pas la tête à lui, il était affecté de la pierre et d'un rhume qui lui avaient fait perdre l'esprit ; c'est le désespoir qui l'a conduit dans la forêt de Charbonnière ; il avait le cerveau vide ; lorsqu'il a enlevé la petite fille, il était poussé par le malin esprit, lorsqu'il a déposé son fardeau sur l'herbe, il n'était plus maître de lui, il avait soif de sang… Après la mutilation du cadavre, il n'avait plus la tête à lui, et s'est mis à errer au milieu des rochers pour fuir les croassements funèbres des corbeaux : il ne se souvient plus d'avoir insulté quelques femmes ; circonstance peu importante dans la cause, qu'un individu doué de raison n'aurait point oubliée, et que Léger n'avait aucun intérêt à cacher. Il nie aussi l'attentat relatif au viol. Mais il paraît que les rapports des gens de l'art n'ont laissé aucun doute à cet égard. Aux débats, la figure de Léger semble s'épanouir pendant la lecture de l'acte d'accusation.

Le défenseur de Léger était nommé d'office. Ce qui

prouve, ou qu'aucun avocat de Versailles n'a voulu se charger de sa cause, ou que lui-même n'a pas songé à se choisir un défenseur. Dans cette dernière supposition, Léger eût commis encore un acte d'imbécillité.

Léger est si étranger aux affaires de ce monde, ou si indifférent pour la vie, qu'il ne se pourvoit ni en cassation, ni en grâce. Je crois que c'est encore là un acte d'imbécillité ; car il n'y a guère que quelques scélérats endurcis dans le crime, et qui ont dû se familiariser avec l'idée de la mort, que l'on voit renoncer à ce bénéfice de la loi, et refuser de prolonger un moment leur existence.

Si nous conservions des doutes sur l'existence de l'infirmité mentale de Léger, l'examen de sa tête achèverait notre conviction. Il est vrai que cette nouvelle preuve est un peu tardive pour lui ; mais si elle ne lui est d'aucune utilité, elle peut servir pour d'autres. En effet, Léger avait une altération manifeste dans le cerveau, une adhérence morbide entre les méninges et cet organe. Cette lésion est surtout remarquable en ce qu'on ne l'observe en général que dans les folies anciennes, dans les folies dégénérées en démence ou affaiblissement de l'intelligence : elle prouve, à notre avis, que la maladie mentale de Léger existait depuis plusieurs années au moins.

Léger n'était donc pas, comme on l'a dit, un grand criminel, un monstre, un cannibale, un anthropophage, qui avait voulu renouveler l'exemple du festin d'Atrée... Cet individu était un malheureux imbécile, un aliéné qui devait être renfermé à Bicêtre parmi les fous, et qu'on ne devait pas envoyer à l'échafaud. Plus un crime est inouï, a dit un juriste, moins il faut en chercher la cause dans les mobiles ordinaires des actions humaines.

Devons-nous réfuter ici des opinions dangereuses que nous avons entendu soutenir par des hommes recommandables ? « Tous les criminels seront bientôt des fous ; les Léger sont des êtres dangereux dont il faut débarrasser la société, ils tueraient même dans une maison de fous ; peu importe que de tels individus périssent. »

Mais il ne suffit pas de simuler la folie pour faire croire qu'elle est réelle ; il n'est pas vrai que les aliénés affectés de monomanie – homicide – puissent commettre des meurtres dans les maisons de fous lorsque la surveillance est active. Si la peine infligée au criminel doit bien moins être une punition pour lui qu'un exemple propre à prévenir le même crime chez d'autres individus, croyez-vous effrayer des aliénés par des exemples semblables, eux qui commettent souvent leurs actions homicides pour mériter le dernier supplice, ou malgré la crainte de ce terrible châtiment. Peu importe que de pareils individus périssent ; « Mais, dit M. Gall, il importe à la famille de n'être point flétrie : et par quelle raison infliger des châtiments pour des actions qui ont été commises dans la manie ? Craignez-vous de donner au peuple un exemple dont les conséquences pourraient être funestes ? Éclairez le peuple sur ce genre de maladie. Votre premier devoir est d'être juste, et de ne pas commettre des cruautés sans but.

« Loin de nous la pensée de vouloir blâmer la conduite des magistrats et des jurés qui prononcent de pareilles sentences. Il n'est pas étonnant qu'ils ignorent des faits que beaucoup de médecins ne connaissent qu'imparfaitement, ou même pas du tout. Quel intérêt ont-ils à envoyer un misérable à l'échafaud ? N'est-ce pas, au contraire, dans l'intérêt de la société qu'ils remplissent un devoir si pénible ? »

Dumollard,
le tueur de bonnes

LE PIÈGE

Dans l'après-midi du 26 novembre 1856, vers cinq heures, un homme se promenait sur le quai Perrache, à Lyon.

Âgé d'une cinquantaine d'années environ, vêtu d'une longue blouse bleue, coiffé d'un chapeau haut de forme à larges bords, de ceux qu'à cette époque on appelait flambard, cet homme avec son allure placide et bonasse, son dos légèrement voûté comme par le travail de la terre, son regard atone et empreint de niaiserie, et l'insignifiance de ses traits, n'avait rien qui pût, au premier abord, attirer l'attention sur lui.

Mais l'observateur qui l'eût examiné de plus près, eût pu lire sur son visage la bassesse et la férocité, et sa lèvre supérieure démesurément enflée lui donnait une allure de bestialité véritablement effrayante.

Depuis plus de deux heures, cet individu se promenait de long en large sur le trottoir, ayant l'air d'attendre quelqu'un, lorsqu'il aperçut soudain une jeune fille brune, assez jolie, avec son petit bonnet de lingerie crânement posé sur l'oreille, et vêtue comme une servante ; elle portait sous le bras un paquet assez volumineux, soigneusement plié ; il s'approcha d'elle et d'une voix traînante et nasillarde :

– Pardon, mademoiselle, faites excuse, lui dit-il, ne pourriez-vous pas m'indiquer, s'il vous plaît, un bureau de placement ? Je cherche une servante pour une bourgeoise de chez nous, et dans cette grande ville, va-t-il pas, ma foi, que je me suis égaré !

La jeune fille sourit gentiment, et joyeusement répondit :

– Ça ne peut pas mieux se rencontrer, monsieur, je suis moi-même domestique et je me rends de ce pas à un bureau de placement, rue Ecorche-Bœuf... si vous voulez venir avec moi...

– Ce ne sera pas de refus.

Et l'homme, emboîtant le pas, se mit à marcher à côté de sa compagne de rencontre.

Au bout de quelques pas :

– Mais j'y pense, reprit-il, pourquoi, puisque vous cherchez à vous placer, ne viendriez-vous pas chez nous ?...

– Je ne dis pas non... Y a-t-il beaucoup d'ouvrage ?... combien de gages ?...

– Pour ce qui est de l'ouvrage chez Mme Girard, chez qui je suis jardinier, à Montluel, près de Dagneux, il n'y en a pas beaucoup, vu que la bonne dame est seule, ses enfants étant tous mariés à Lyon et à Paris. Quant aux gages, elle m'a bien recommandé, en m'envoyant lui chercher une servante ici, de ne pas dépasser plus de deux cent cinquante francs par an... Oh ! mais il y a de bonnes étrennes...

Et, comme il voyait la jeune fille hésitante :

– Vous savez, je n'ai jamais vu une aussi bonne maison, et si vous acceptez, vous ne regretterez pas d'être venue.

– Eh bien ! ma foi, j'accepte, s'écria la naïve domestique, heureuse de trouver si rapidement à se placer. Je suis arrivée depuis une demi-heure à Lyon, j'aurai pas mis longtemps pour trouver une patronne… Mais j'ai ma malle à la gare… il faudrait que j'aille la prendre.

Un éclair de courtoisie passa dans les yeux du paysan.

– J'irai avec vous, et je vous la porterai, insinua-t-il, car nous prendrons le train à la gare de Saint-Clair, pour descendre à Montluel.

– Volontiers, répondit la jeune fille.

– Seulement, comme nous arriverons assez tard là-bas, vu que notre train part seulement à sept heures, m'est avis, fit observer l'inconnu, que nous ferions bien de casser une croûte avant de nous embarquer… Si vous voulez venir, je connais, tout près d'ici, une petite gargote où nous pourrons manger à bon compte.

– Je vous suis, monsieur le jardinier.

Et, dans une boutique de marchand de vin, l'homme et sa compagne firent un repas frugal que la nouvelle servante régla sans qu'il s'y opposât nullement.

Quelques instants après, ils s'installaient tous deux dans un compartiment de troisième et descendirent à Montluel.

Il faisait nuit noire et, lorsque, ayant chargé sur ses épaules la malle de la servante, le paysan lui dit de le suivre, qu'ils en avaient pour un bout de chemin seulement, la jeune fille, prise d'un sentiment de frayeur inexplicable, frissonna, mais surmontant ses pressentiments, elle le suivit.

La malle était lourde et, comme l'homme au chapeau haut de forme traînait légèrement la jambe gauche, on ne marchait que lentement. Ils avaient pris la direction de Dagneux et côtoyaient les bois de Choisy, suivant un petit sentier qui escaladait la colline et qui, avait déclaré le paysan à la jeune fille, abrégeait considérablement la distance.

Au lieu de regagner la grande route, l'inconnu tourna à gauche, s'enfonçant du côté des bois de Mont-Main.

On était en pleine forêt, il devait être alors huit heures du soir, le site était absolument désert, isolé de toute habitation.

L'homme s'arrêta, déposant la malle par terre.

– Ouf ! je n'en peux plus ! fit-il, elle est bien lourde, votre malle, qu'est-ce qu'il y a dedans ?

– Mais mon linge… mes vêtements…

Et, prise d'un frisson, causé soit par le froid, soit par l'instinctive terreur de tout à l'heure, les dents de la jeune fille claquèrent.

– Nous ne sommes pas encore arrivés ? demanda-t-elle.

– Bientôt… bientôt…

En prononçant ces mots, l'homme avait jeté un regard circulaire autour de lui, comme pour s'assurer qu'ils étaient seuls, puis se dressant, car il s'était assis sur la malle, d'un seul bond il se précipita sur sa compagne et avant que, paralysée par l'épouvante, elle ait eu le temps de pousser un cri, de faire un mouvement, le misérable l'étreignit, bâillonnant sa bouche d'une main, et il l'entraîna dans les fourrés broussailleux.

L'instinct de la conservation rendit quelques forces à la malheureuse, elle essaya de se dégager de la poigne de fer qui la serrait à la gorge, mais sous la bestiale poussée de son agresseur, elle tomba sur le sol. Elle essaya d'apitoyer alors son bourreau, ses yeux se fixèrent sur lui avec une expression de pitié qui eût attendri un tigre, et ses mains se croisèrent comme dans une supplication.

Mais sans desserrer son étreinte, le misérable, arrachant les vêtements de sa victime, assouvit sur elle sa féroce lubricité, tandis qu'elle râlait… à demi morte. Il était hideux à voir, l'œil injecté de sang, sa face bestiale tordue dans un rictus de luxure et l'écume à la bouche.

Lorsqu'il eut terminé, lorsque la bête immonde se fut assouvie… il se releva et saisissant, dans une poche intérieure sous sa blouse, une sorte d'épieu en fer, il en porta un coup terrible à l'infortunée qui tomba, la tête fendue, inondant la terre de son sang. Comme si un coup ne suffisait pas, il s'acharna sur elle, lui fracassant le crâne, ne s'arrêtant que lorsqu'elle fut morte… bien morte. L'assassin alors, avec un sang-froid inouï, dépouilla la jeune fille de ses vêtements dont il fit un paquet… La laissant absolument nue et ayant caché le cadavre dans l'épaisseur d'un fourré, il rechargea la malle sur ses épaules et s'éloigna d'un pas tranquille en traînant la jambe…

Le monstre eut bientôt atteint la tanière dans laquelle il gîtait à Dagneux. Sans frapper à la porte, il poussa une sorte de sifflement et cria ce mot :

– Hardi !

La porte s'ouvrit et sa compagne parut sur le seuil. Elle eut un mouvement de joyeuse surprise, en voyant qu'il portait une malle sur son dos.

– Tu viens bien en retard, lui dit-elle, mais je comprends.

La porte soigneusement refermée, l'homme se débarrassa de son fardeau et jetait sur la table de bois le paquet contenant les vêtements de la malheureuse servante.

– Tiens, la femme, voilà des chiffons pour toi. Tu laveras tout ça, car il y a du sang.

– Ah ! il y a du sang, interrogea anxieusement la digne compagne du misérable.

– Oui, ça vient d'une jeune fille que j'ai tuée dans le bois de Mont-Main… Allons, donne-moi vite à boire… car il me faut prendre ma pioche pour aller l'enterrer, je l'ai laissée dans un fourré et tant qu'elles ne sont pas dedans la terre, j'ai toujours peur.

– Oui, fais vite alors…

Ayant avalé deux verres de vin, saisi sa pioche, le paysan, quittant son chapeau flambard, revêtit une sorte de feutre à larges bords et, à grands pas, retourna à l'endroit où il avait caché le cadavre de sa victime. En quelques minutes il eut creusé un trou de peu de profondeur, il y traîna le cadavre, l'y poussa et, à l'aide de ses pieds, de ses mains, il rejeta la terre sur la fosse improvisée, la tassa en y marchant dessus, recouvrit le sol de branchage, et le front baigné de sueur, son horrible besogne terminée, il s'appuya sur sa pioche et un sourire de satisfaction vint éclairer sa monstrueuse physionomie.

Cet homme était Dumollard, l'assassin des servantes !

UN CIMETIÈRE PRIVÉ

Le dramatique assassinat dont nous venons de faire le récit n'est qu'un des innombrables épisodes qui constituent la vie de ce monstre à face humaine, qui a nom Martin Dumollard et dont la sinistre et effrayante épopée restera dans les fastes du crime comme un épouvantable exemple.

Pendant près de quinze ans, la région comprise dans les départements du Rhône, de l'Ain et de l'Isère fut terrorisée par les exploits criminels du terrible inconnu qui attirait dans son antre, pour les violer et les assassiner, des jeunes filles qu'il venait racoler lui-même à Lyon.

On n'a jamais su, on ne connaîtra jamais le nombre exact de ses victimes. Lorsque la justice fut enfin saisie, lorsqu'on découvrit le mystérieux assassin, trop d'années s'étaient déjà écoulées entre la perpétration de ses premiers crimes et l'arrestation de Dumollard. On satisfit l'opinion publique en lui dévoilant quelques-uns des épouvantables forfaits du misérable, mais le plus grand nombre resta inconnu, et ce mot, prononcé par un magistrat au cours du procès, restera pour en témoigner, mot effroyable qui éclaire d'une terrible lueur :

– Sûrement, cet homme a quelque part un cimetière !

Oui, Dumollard, dans un coin de ces bois de Mont-Main, de Croix-Martel où il attirait ses innocentes victimes, devait avoir un ossuaire dans lequel il les enfouissait, et les cadavres que la justice a découverts, bien que leur nombre en soit déjà effrayant, n'étaient rien à côté de ceux qu'elle eût pu découvrir…

Et que l'on ne croit pas à une exagération de notre part, la suite de cette étude démontrera l'évidence de nos affirmations. Notre opinion, basée sur des faits, sur des preuves, est que Dumollard, dans l'espace de quinze ans, a commis peut-être quarante ou cinquante assassinats… Que sont, à côté de ce formidable total, les six ou huit cadavres que la vindicte publique lui a reprochés !

Pour s'en rendre compte, il suffit de se rappeler la formidable liste des objets trouvés dans la maison du misérable lors des perquisitions de la justice, objets provenant, cela résulte des aveux mêmes de l'assassin et de sa femme, tout et uniquement de ses victimes.

L'esprit reste frappé de terreur, lorsqu'on apprend qu'on trouva dans la demeure de Dumollard douze cent cinquante vêtements, sur lesquels seulement quarante furent reconnus.

– Douze cent cinquante !

De quelle terrible éloquence ce chiffre n'est-il pas empreint et quel monde de réflexions ne soulève-t-il pas !…

Entre Montluel et Dagneux, dans une maison de misérable apparence, à laquelle attenait un maigre petit champ laissé en friche, vivait à l'époque où nous venons de raconter ce crime, un couple dont les allures étranges auraient frappé des observateurs plus clairvoyants que les paisibles habitants de ces bourgades.

Ces gens-là se faisaient appeler Raymond et, bien que vivant dans le pays depuis plusieurs années, personne ne les connaissait, personne ne les fréquentait, et nul n'eût pu dire quelles étaient leurs ressources et de quoi vivaient les époux Raymond.

L'homme plus encore que sa compagne était sauvage et associable, jamais on ne le voyait ni à l'église ni au cabaret, il n'allait jamais au marché, vivant comme un ours dans sa tanière, ne sortant que la nuit et affectant, s'il rencontrait quelque créature humaine, de tourner le dos ou de baisser les yeux.

Le maire, le brigadier de gendarmerie eux-mêmes ne savaient rien sur ce mystérieux individu.

De quoi vivait-il ?

On ne le savait.

Il travaillait quelquefois – rarement – comme journalier, et ne disait pas tenir à le faire, car il demandait un salaire plus élevé qu'il n'était d'usage dans le pays. Étant donné les fréquentes absences qu'il faisait, car souvent Raymond disparaissait pendant deux, trois jours, on pensait qu'il allait aux fardeaux à Lyon, ou encore qu'il vivait de maraude, de braconnage ou de contrebande.

Le véritable nom de cet homme était Martin Dumollard, celui de sa femme Anne Martinet.

Ses absences – où l'on croyait qu'il allait travailler

à Lyon – c'était lorsque, véritable bête fauve, il allait en chasse, rabattant le gibier humain qu'il entraînait jusque dans la forêt et qu'il égorgeait et violait.

Comment la justice, malgré les plaintes fréquentes dont elle fut saisie de 1855 à 1861, ne rechercha-t-elle pas avec plus de ténacité le tragique inconnu dont le signalement était partout donné avec assez d'exactitude par celles de ses victimes qui avaient pu s'échapper de ses mains, pour que la tâche des magistrats se trouvât simplifiée, et que le monstre fût découvert ?

En mars de l'année 1855, une fille, Olympe Alabert, avait rencontré à Lyon un homme de la campagne qui lui avait offert une bonne place et un bon gage à Neuville-sur-Saône. Elle l'avait suivi par Scrir, par les hauteurs de Calluire et le camp de Sathonay ; le soir, au crépuscule, voyant que l'on n'arrivait jamais et que le but de leur course reculait toujours, Olympe Alabert avait pris peur, d'autant que les allures étranges de son guide commençaient à l'effrayer, et elle refusa d'aller plus loin.

Elle avait parlé si fermement qu'elle s'était fait rendre le paquet de ses hardes dont l'homme s'était emparé et qu'il refusait de lui rendre, puis elle s'était sauvée, poursuivie par les menaces de l'inconnu.

Une aventure à peu près semblable était arrivée le 31 octobre 1855 à une jeune fille de dix-sept ans remarquablement jolie, nommée Marie Bourgeois, qui était venue à Lyon dans l'intention d'entrer en place. Comme elle traversait le passage de l'Hôtel-Dieu, un homme vêtu comme un paysan l'avait accostée, lui avait demandé l'adresse d'un bureau de placement, c'était toujours l'entrée en matière de Dumollard, et après quelques paroles échangées avec la jeune fille, il lui offrit une excellente condition, que naïvement et sans défiance elle accepta.

Le lendemain, l'homme de la campagne l'avait emmenée par les bords de la Saône et le camp de Sathonay. Après des détours sans nombre, par des chemins de traverse, des sentiers directs, il l'avait conduite sur la lisière d'un grand bois qui longe la route de Lyon à Strasbourg, à l'endroit dit « les Palletins ».

On était à la tombée de la nuit et son compagnon voulut l'entraîner dans le bois. Mais elle prit peur, se dégagea de son étreinte et réussit à s'enfuir. L'homme n'osa pas courir après elle, et à demi morte de terreur, elle se réfugia dans une ferme.

À la même époque, en décembre 1855, la demoiselle Josèphe Charlety, inscrite au bureau de placement des Blandines, avait été accostée sur la place Bellecour par un individu se disant garçon de peine dans un château près de Trévoux, et chargé par ses maîtres de venir chercher à Lyon une bonne domestique. Les propositions qu'il faisait séduisirent la jeune fille, qui partit à pied avec lui pour rejoindre sa nouvelle place.

Pendant plusieurs heures, tous deux avaient suivi les chemins de traverse qui sillonnent en tous sens le plateau de Calluire ; enfin, à la nuit noire, brisée de fatigue, en proie à une terreur profonde, car le garçon de peine ne faisait que de lui demander :

– Avez-vous de l'argent ?

Josèphe refusa de suivre son guide plus longtemps ; elle percevait à quelque distance les lumières d'une ferme, elle s'enfuit à toutes jambes, malgré les sollicitations et les promesses que lui faisait l'inconnu, qui la suivit jusqu'à la porte même de l'habitation où elle se réfugia.

Toujours dans le courant de décembre 1855, un homme de la campagne s'était présenté à ce même bureau des Blandines et il avait demandé une fille à gages pour une maison bourgeoise. On lui présenta Victorine Perrin, âgée de 21 ans.

Les deux cents francs par an qu'on lui donnait, et la perspective d'une place peu pénible engagèrent la jeune fille à accepter, mais elle voulut laisser sa malle en dépôt.

– Je la ferai venir, disait-elle, si au bout de quelques jours je vois que la place me convient.

L'inconnu insistait au contraire pour qu'elle l'emportât avec elle, ou que tout au moins elle prit quelques vêtements de rechange et un peu d'argent. Finalement, elle y consentit, plaça dans une caisse divers effets et une cinquantaine de francs. L'homme chargea la caisse sur ses épaules, et tous deux s'éloignèrent, prenant le chemin de la Croix-Rousse.

Une marche de plusieurs heures, toujours par des chemins détournés et peu fréquentés, les conduisit à travers champs, près de Nigran. Chemin faisant, l'inconnu, en secouant la caisse qu'il portait, entendit un tintement argentin.

– Qu'est-ce qui sonne là-dedans ?... demanda-t-il.

– Oh ! répondit Victorine Perrin, ce n'est rien... ce sont quelques francs que j'ai mis dans mon linge.

Il était alors huit heures du soir ; il faisait une nuit noire sans lune. Tout à coup, sur la lisière d'un bois, près de la route qui conduit de Lyon à Genève, l'homme sauta un fossé et disparu, emportant la caisse de la jeune fille, qui n'eut pas le courage de se mettre à sa poursuite.

Toutes ces servantes avaient porté plainte, les unes à la gendarmerie, ou à la justice de paix de l'endroit où elles s'étaient réfugiées, d'autres au Parquet, toutes donnaient un signalement bien détaillé de l'individu qui les avait embauchées et essayé de les entraîner dans les bois.

Il suffirait de relire leurs plaintes pour voir que partout elle retrouvait l'homme de la campagne vêtu d'une blouse bleue, coiffé tantôt d'un chapeau mou à larges bords, tantôt d'un chapeau haut de forme. Cet individu traînait la jambe et, particularité remarquable qui aurait dû attirer l'attention de la justice, il avait la lèvre supérieure démesurément enflée.

C'est ce signalement qu'on retrouve dans le rapport de deux gendarmes de la résidence de Carey et qui fut donné par la femme Françoise Collet, épouse Berthelier, la femme chez qui s'était réfugiée Marie Bourgeois lorsqu'elle s'échappa des mains de l'inconnu.

Cette femme, plus perspicace que les magistrats, après avoir fait le récit de la fuite de la jeune bonne, qui, après avoir passé la nuit avec la femme, en était partie le matin même, ajouta :

– Je crois que l'homme doit être l'assassin de la jeune fille dont on a trouvé le cadavre il y a quelques jours dans le bois de Tramoyes, ce doit être aussi le même individu que l'on a vu à Mionnay dans les chemins de traverse, avec une autre jeune fille qui a disparu.

Le crime auquel la femme faisait allusion venait d'être découvert dans les circonstances suivantes.

Le 28 février 1855, quatre jeunes gens de Tramoyes, chassant dans la forêt de Montaverne, pénétrèrent à la poursuite du gibier dans un taillis assez épais.

Quels ne furent pas leur stupéfaction et leur effroi en se trouvant en présence du cadavre d'une jeune femme entièrement nue, et portant à la tête plusieurs blessures faites à l'aide d'un instrument tranchant et pointu. La mort paraissait remonter à quelques jours à peine, car le corps était dans un état de conservation absolue.

La malheureuse victime de ce crime était complètement dépouillée de ses vêtements, dont seuls quelques fragments, un mouchoir, un col, un bonnet de tulle, un bout de ruban de soie bleue et une paire de souliers furent trouvés ensanglantés à ses côtés.

La justice, saisie aussitôt de ce mystérieux assassinat, se transporta sur les lieux et, des constatations médico-légales qui furent faites, il résulta d'abord que soit avant, soit après la mort, la malheureuse jeune femme – car il fut établi qu'elle n'avait que 24 ou 25 ans – avait subi les derniers outrages.

Le Parquet chercha tout d'abord à reconstituer l'identité de la victime ; ce ne fut qu'après de longues et minutieuses recherches, qui demandèrent plusieurs mois, que l'on parvint à savoir que le cadavre trouvé dans la forêt était celui de Marie Baday, domestique à la Guillotière, qui, depuis le 25 février, avait quitté Lyon en annonçant qu'un homme de la campagne venait de lui offrir une place très avantageuse, dans une maison bourgeoise.

Depuis, l'infortunée n'avait plus reparu.

Le même jour qu'il embauchait Marie Baday, l'homme de la campagne avait également proposé une place à une autre domestique, Marie Ourt, qui demanda à réfléchir une semaine avant de répondre si elle acceptait.

Le 4 mars, alors que le cadavre avait été découvert et que la justice faisait rechercher son identité, le même individu était revenu trouver Marie Ourt, qui entre-temps, ayant trouvé une place à Lyon même, refusa d'aller avec l'homme de la campagne. C'est à cette heureuse circonstance que cette fille dut d'échapper au sort affreux de son amie.

Pour la seule année 1855, cet homme put accomplir ou tenter d'accomplir dix crimes, dont deux furent consommés, et tous commis avec une frappante uniformité de moyens.

Tous, en embauchant comme domestiques et servantes de malheureuses jeunes filles qu'il allait racoler à Lyon, aux alentours des gares, alors qu'elles arrivaient à peine dans la grande ville, toutes dépaysées, et qui, bénissant la Providence qui, à leurs premiers pas, leur envoyait un protecteur, se confiaient à lui, heureuses de trouver si rapidement une place.

Quel était donc le mobile des crimes de ce misérable ? Était-ce la cupidité qui poussait Dumollard à perpétrer ces attentats ?

Mais le bénéfice qu'il retirait de la mort de ses victimes était bien minime.

Le maigre bagage de ces pauvres filles était bien peu de chose, et pour un être prêt à tout comme l'était l'assassin des servantes, il y avait à faire des « coups » beaucoup plus productifs, beaucoup plus rémunérateurs que l'égorgement de malheureuses jeunes filles presque sans ressources.

Non, la cupidité n'était pas le moteur principal qui armait le bras de Martin Dumollard, et ce qui le démontre encore jusqu'à l'évidence, c'est qu'il n'avait jamais cherché à vendre les objets, vêtements, linges ou bijoux de peu de prix qu'il volait à ses victimes. Tout cela, il le donnait à sa femme, et ces objets s'entassaient dans le sinistre bazar des époux Dumollard, bazar que l'on retrouva au complet lorsque les deux misérables furent enfin arrêtés. C'est uniquement dans l'assouvissement de ses monstrueuses passions qu'il faut rechercher les mobiles des crimes de l'homme de la campagne.

De 1855 à 1861, de combien de crimes Dumollard se rendit-il coupable ? On ne le saura jamais sans doute, et sans un hasard qui permit de le faire découvrir, de combien de victimes la liste se serait-elle composée ?

Voici comment fut amenée enfin la découverte de l'auteur de tant d'épouvantables forfaits.

Le 26 mai 1861, sur le pont de la Guillotière, Dumollard, suivant la méthode qu'il employait avec toutes ses victimes, accosta une petite femme à la démarche assurée, à l'œil vif, au nez retroussé, le bonnet gentiment posé sur des cheveux noirs comme l'ébène, ayant en un mot toutes les allures d'une fille de chambre ou d'une ouvrière.

La tirant par la robe, le sinistre paysan l'interpellant, lui demanda :

– Pardon, mademoiselle, ne connaîtriez-vous point un bureau de placement ?

C'était là, on se le rappelle, la première question qu'il posait à celles qu'il abordait, c'était son entrée en matière. La jeune femme se retourna et amusée de l'air ahuri et niaisement bête que prenait Dumollard pour inspirer confiance à ses victimes, elle lui répondit en riant :

– Et pourquoi faire, mon bonhomme, voulez-vous l'adresse d'un bureau de placement ? Auriez-vous par hasard l'intention de vouloir vous placer comme servante… ou comme nourrice ?

– Oh ! que non, mam'zelle… ou madame, reprit le misérable hypocrite en feignant de ne pas remarquer le ton de plaisanterie de son interlocutrice, mais j'étais tout simplement chargé, par ma patronne, propriétaire d'un château près de Montluel, de lui trouver une servante… les gages sont bons et il n'y a pas beaucoup de travail à faire chez nous.

– Eh ! mais, dit la jeune femme redevenant subitement sérieuse, si vous voulez, mon brave homme, il n'y aurait pas à aller bien loin pour trouver la domestique qu'il vous faut, j'ai été moi-même en service, et justement, à l'heure actuelle je suis sans place ; pour peu que, comme vous le prétendez les gages soient bons chez votre bourgeoise, je me présente, et si c'est vous qui êtes chargé de la chose, comme vous m'avez l'air d'un gros réjoui, je crois que nous pourrons nous entendre.

– Eh !... Eh !... peut-être bien ! fit l'homme de la campagne, dans l'œil duquel passa un éclair de féroce volupté.

– Voyons, de combien sont les gages ?

– Madame donne deux cent cinquante francs par an, de plus il y a les étrennes, et par-ci par-là quelques petits cadeaux... pas beaucoup de travail... Ah ! par exemple, il faut aller à l'église, car la patronne est très pieuse et tient à ce qu'on aille à la messe, aux vêpres... que sais-je, moi !

– Eh bien, topez là, ça me va, compère, s'écria joyeusement la servante. Je m'appelle Marie Pichon, veuve Bertin ; j'ai 27 ans, je suis née en Savoie, je n'ai d'autre famille que des frères qui sont ouvriers dans les manufactures à Lyon, c'est-à-dire que je suis libre, complètement libre.

– Ça va bien... alors vous pourriez venir tout de suite ? demanda Dumollard.

– Mais à l'instant... le temps d'aller chercher ma malle à l'atelier d'un de mes frères, qui est mécanicien sur le quai de Pierre-Scize, vous m'accompagnerez, et si vous êtes gentil, vous m'aiderez à la porter.

– Ben volontiers !

Marie Pichon et son compagnon se rendirent à l'atelier du frère de la jeune femme, le soi-disant jardinier de Montluel attendit à la porte, et lorsqu'au bout de quelques instants la nouvelle domestique reparut, traînant après elle, aidée par un apprenti, sa volumineuse malle, Dumollard s'approcha, et la soulevant par la poignée, il essaya de la mettre sur ses épaules, mais il trouva la malle trop lourde, et il fallut un crocheteur pour la porter à la gare du chemin de fer de Genève, aux Brotteaux.

Il était sept heures du soir lorsque Dumollard et la jeune femme arrivèrent à la gare de Brotteaux ; ils montèrent en troisième et, après un voyage d'une petite heure, ils descendirent à Montluel.

Chose étonnante, cette malle que le paysan avait peu avant trouvé trop lourde, maintenant il la chargea légèrement sur son dos.

– Est-ce bien loin le château ? demanda Marie Pichon, que cette promenade dans l'obscurité n'amusait qu'à demi, car pendant le trajet en chemin de fer, elle avait remarqué l'étrange et repoussante physionomie du jardinier et, à l'encontre de tout à l'heure, elle trouvait que sa figure était loin de prêter à rire et à plaisanter. Avons-nous longtemps à marcher ?

– Nous en avons à peine pour une heure et demie de marche jusqu'au château.

– Une heure et demie ! s'écria Marie Pichon en joignant les mains, mais jamais je n'oserai aller jusque-là… surtout par cette nuit noire.

– N'ayez pas peur, la belle enfant… D'ailleurs, si vous le voulez, nous abrégerons considérablement le chemin en prenant les chemins de traverse, et, je vous le promets, vous ne languirez pas en route.

Faisant contre mauvaise fortune bon cœur, la servante, prenant d'une main son panier et son parapluie, et retroussant ses jupes de l'autre, se mit courageusement à suivre son guide.

Sans se parler, ils remontèrent un chemin latéral qui longe la gare du chemin de fer, traversèrent un passage à niveau, et l'homme marchant toujours devant, ils tournèrent brusquement à gauche, descendirent dans un chemin raviné, couvert de sable et de cailloux, et bordé de chaque côté par d'impénétrables buissons.

La nuit se faisait de plus en plus, une nuit noire, sans lune, et le ravin était plongé dans une obscurité complète, tous deux marchaient en tâtonnant, la jeune femme surtout, moins habituée aux aspérités de la route et dont les pieds se meurtrissaient sur les cailloux.

Tout à coup, au bout d'une demi-heure, Dumollard, qui se trouvait de quelques pas au-devant de sa compagne, s'arrêta et, l'air exténué d'un homme qui n'en peut plus, il laissa glisser jusqu'à terre la malle de dessus ses épaules, et s'appuyant dessus comme s'il succombait sous la fatigue.

– Votre malle est vraiment trop lourde, déclara-t-il, je n'en puis plus et nous n'arriverons jamais au château si je continuais à porter une pareille charge…

– Mais alors qu'allons-nous faire ? demanda Marie Pichon d'un ton désolé.

– Si vous y consentez, reprit le misérable, nous allons la mettre dans ce champ de colza, et demain matin, dès la première heure, je reviendrai la prendre avec la voiture du château.

Et, sans attendre l'avis de la petite servante qui commençait à regarder sa malle avec inquiétude, le pseudo-jardinier franchit le fossé du chemin creux, traversa quelques champs de colza et de trèfles assez clairsemés et, comme il ne trouvait pas de cachette assez sûre à son gré, il revint sur ses pas et jeta le bagage de la servante dans le fossé, où poussaient quelques ronces qui ne dissimulaient la malle qu'imparfaitement.

– Là, dit-il, personne ne peut venir à cette heure et demain, à l'aube, je la reprendrai. Maintenant, en route, suivons la traverse et nous ne tarderons pas à apercevoir le château.

Ils marchèrent longtemps encore, tantôt traversant des prés, tantôt des terres ensemencées de froment ; à un moment, ils se retrouvèrent près de la ligne de chemin de fer qu'ils traversèrent sous la voie, ils s'engagèrent ensuite dans un chemin de nouveau raviné et encaissé qui les conduisit sur les coteaux plantés de vignes. Dumollard avait, pendant cette longue marche et dans ces chemins difficiles, de continuelles prévenances pour sa compagne de route, l'avertissait des mauvais endroits, obligeamment lui donnait la main pour l'aider à descendre ou à remonter les fossés.

Chemin faisant, on causait. Marie Pichon racontait que, toute jeune, elle était restée veuve et qu'elle s'était alors trouvée placée comme nourrice. À la longue cependant, comme le paysan paraissait marcher au hasard, revenant sur ses pas, tantôt en avant, tantôt en arrière, la jeune femme sentit revenir toutes ses appréhensions premières et une vague inquiétude l'étreignit ?

Où donc allait-elle ?

Où la conduisait cet inconnu ?

Où était ce château dont continuellement il lui annonçait l'approche et qui toujours reculait, comme poussé par une main invisible ?

Tout à coup, Dumollard, qui était à quelques pas devant elle, se baissa et essaya d'arracher du sol un échalas de vigne, mais le cep profondément enfoncé résista.

– Que faites-vous ?... Pourquoi voulez-vous arracher ce bâton ? demanda-t-elle.

– Oh ! rien... grommela le paysan qui reprit sa marche, toujours précédant la jeune femme, qui, dès lors, ne perdit plus de vue un seul de ses mouvements.

La nuit se faisait de plus en plus profonde, dans ce

lieu isolé où, depuis deux heures qu'ils marchaient, elle n'avait rencontré âme qui vive. À cet instant, l'homme de la campagne se baissa comme pour ramasser un des cailloux dont la route était jonchée.

La jeune bonne, d'une voix qu'elle tâcha de rendre assurée, lui demanda :

– Que cherchez-vous donc là ?… Avez-vous perdu quelque chose ?

– Non, répondit-il, j'avais cru voir quelque chose à terre, mais ce n'était qu'une plante.

Et la malheureuse servante remarqua qu'à partir de ce moment, il ralentissait le pas, essayant de se laisser dépasser par elle, et qu'il cachait ses mains dans sa longue blouse.

Ils étaient parvenus alors au sommet d'une colline presque complètement dénudée, appelée la Côte-Enverse ; là, s'élevait une petite maison en construction encore dépourvue de toiture.

Au-devant de cette maison, passait un petit chemin rempli d'ornières ; à gauche, sur le plan qui formait la colline, s'étendait un pâturage d'herbe courte et fine, parsemé çà et là d'aubépines sauvages et de ronces. À l'horizon, autant que le permettait l'obscurité profonde, le vide, le désert, rien, aussi loin que la vue pouvait porter, qui ressemblât à une ferme, à un château.

La frayeur de Marie Pichon à la vue de cette solitude où elle se trouvait perdue avec son sinistre compagnon arriva alors à son paroxysme ; mais, par un effet de ses nerfs surexcités, elle y puisa un courage inespéré, et s'approchant de Dumollard à le toucher :

– Vous m'avez trompée, lui dit-elle, mais maintenant, je ne veux pas aller plus loin.

Elle avait à peine achevé ces mots que, se retournant par une brusque volte-face, le paysan lui lança, en étendant ses deux mains au-dessus de sa tête, une corde à nœud coulant. À ce mouvement, la jeune servante laissa tomber de ses mains les objets qu'elle portait et elle saisit le bras de son agresseur, essayant de se soustraire à la corde fatale qu'elle sentait toujours tournoyer au-dessus de sa tête et qui déjà, l'enserrant, avait arraché son bonnet.

Cette résistance énergique… inattendue… son attaque manquée, les cris de sa victime… tout cela causa à l'assassin un instant de trouble, il eut une hésitation et resta immobile, son terrible lasso à la main.

Marie Pichon profita de cet instant de répit pour ramasser son bonnet et s'enfuir sur le versant incliné du mamelon.

La peur lui donnait des ailes. Elle sentait derrière elle courir le misérable ! Dans une course folle, elle essayait de lui échapper, franchissant les fossés, escaladant les collines, glissant sur le gazon… tombant et se relevant pour s'enfuir avec une nouvelle énergie.

Au bout d'un quart d'heure de cette course folle, échevelée, il lui parut qu'elle n'entendait plus rien, que son agresseur l'avait abandonnée. À bout de forces, elle s'arrêta et, regardant autour d'elle, elle vit à quelque distance s'élever les blanches murailles d'une ferme. Elle était sauvée !

Dans un dernier effort, la jeune femme arriva toute haletante jusqu'à cette habitation, qui était une des premières maisons du village de Balan. Devant la porte, Marie Pichon entendit le bruit d'une voiture, le tintement des grelots, le piaffement du cheval ; elle frappa à coups précipités et le propriétaire de la ferme, qui venait de rentrer et qui dételait son cheval, vint lui-même ouvrir et recula, épouvanté, lorsqu'il vit la pauvre servante, tout ensanglantée, les yeux hagards, la poitrine haletante, les vêtements en désordre, qui tomba, plutôt qu'elle ne s'assit, sur une borne en s'écriant :

– Sauvez-moi ! sauvez-moi ! je suis poursuivie par un assassin… Je vous en supplie… Protégez-moi !

Le cultivateur, un honnête paysan nommé Joly, commença par verrouiller et barricader solidement sa porte, et, une fois à l'abri, il écouta le récit que, à travers les sanglots et les hoquets de la peur, lui fit la malheureuse de l'attentat dont elle venait d'être victime.

Dans la course échevelée qu'elle venait de faire à travers les bois, les ravins, les sentiers, Marie Pichon s'était abîmée, contusionnée, meurtrie, ayant roulé dix fois sur les cailloux du chemin, elle avait le visage ensanglanté, couvert de contusions, le sang ruisselait le long de ses joues, elle était effrayante à voir.

Son lamentable état n'indiquait que trop la sincérité du récit qu'elle venait de faire, et la frayeur épouvantable qu'elle ressentait, tremblante encore de tous ses membres, ses dents s'entrechoquant de terreur, tout en elle dénotait qu'elle n'apportait aucune exagération et que, véritablement, elle venait d'échapper au plus grand danger.

Le brave fermier la réconforta du mieux qu'il put ; ayant éveillé sa femme et son garçon de ferme, il fit boire à la pauvre domestique un cordial, et envoya son garçon chercher le garde champêtre de Balan.

Lorsque le modeste représentant de l'autorité, nommé Duchemaille, arriva, Marie Pichon refit le dramatique récit de l'attentat dont elle avait été l'objet. Sur-le-champ, et bien qu'il fût près de dix heures du soir, le garde champêtre conduisit la servante à la gendarmerie de Montluel, grosse et importante bourgade qui se trouve située entre la route de Lyon à Genève.

Minuit devait sonner quand Duchemaille et Marie Pichon réveillèrent le brigadier de gendarmerie. Dès qu'il fut mis au courant, il détacha quelques hommes, et la jeune domestique essaya avec eux de retrouver le chemin par lequel son mystérieux agresseur l'avait fait passer. Après de longues hésitations, de nombreuses recherches, elle retrouva enfin le champ de colza et le fossé dans lequel l'homme de la campagne qui l'avait racolée à Lyon sur le pont de la Guillotière avait jeté la malle… il n'y avait pas à s'y tromper et l'on releva sur la terre les traces très apparentes des pas de l'inconnu, mais la malle avait disparu. L'homme était revenu sans doute, il avait fait disparaître son butin.

La nouvelle de cet attentat se répandit dans tout le pays avec une rapidité effrayante ; venant après tant d'autres qui, depuis plusieurs années, terrorisaient la contrée, il y causa une sensation profonde. De tous côtés, on réclamait justice, on en venait à incriminer l'autorité qui, par son inaction, son impéritie, assurait au mystérieux homme de la campagne, dont le signalement revenait dans toutes les plaintes, dans tous les crimes signalés, assurait à ce misérable une complète impunité. Car avec ce bon sens profond du peuple, on remarquait que tous les attentats commis ou ayant été tentés depuis de longues années, soit dans l'Ain, soit dans le Rhône ou même dans l'Isère, avaient été accomplis avec une similitude de manœuvres qui n'indiquait que trop que l'auteur était le même pour tous.

La condition des victimes, qui pour toutes était identique, fille de service, domestique ; les moyens de racolage employés pour les attirer la nuit sur une route déserte ; enfin, et par-dessus tout, le signalement absolument identique que toutes donnaient du légendaire homme de la campagne, tout cet ensemble de faits indiquait de la façon la plus claire et la plus absolue que l'on se trouvait en présence d'un monstre qui, pour assouvir ses ignobles passions plutôt que par intérêt, ne reculait devant rien, pas même devant le crime.

Ce nouvel attentat dont Marie Pichon venait d'être

la victime, et qui pour elle ne s'était pas terminé plus tragiquement grâce à son énergie et à son courage, resterait-il encore impuni ? C'était à craindre, car, malgré la très sérieuse enquête menée par le Parquet de Trévoux, on ne trouvait rien. Non seulement on n'avait pas retrouvé les effets et les vêtements de la servante qu'elle avait perdus pendant la lutte, mais encore les cantonniers, les gardes champêtres, les chefs de station du chemin de fer à plusieurs lieues à la ronde ne signalaient sur aucun point pendant la nuit de l'agression – le 26 mai – la présence d'un individu dont le signalement se rapprochât de celui donné par Marie Pichon.

Fallait-il en conclure que l'assassin avait sa tanière non loin de l'endroit où il avait tenté de commettre son nouveau crime ? C'était possible, probable même, car l'itinéraire qu'il avait fait suivre à la jeune bonne à travers les champs, les prés, les vignes, indiquait une connaissance parfaite des lieux. C'était donc dans le pays même qu'il fallait rechercher le singulier criminel.

Cette opinion était celle du juge suppléant chargé de l'instruction au Parquet de Trévoux, M. Génod, à qui fut confié le soin d'ouvrir une instruction sur l'agression dont Marie Pichon avait été victime.

Le 28 mai 1861, ce magistrat se transporta sur le territoire des communes de Montluel, de Dagneux, de Balan et de Bressolles, accompagné du substitut du procureur impérial de Trévoux.

La jeune servante conduisit elle-même les deux magistrats dans les divers endroits qu'elle avait parcourus avec l'homme qui l'avait embauchée sur le pont de la Guillotière.

Marie Pichon reconnut parfaitement les localités qu'ils avaient traversées tous deux et, toujours guidant le juge d'instruction et le substitut, elle arriva ainsi jusqu'à la maison de la Côte-Enverse, où, après s'être enfuie abandonnant son guide sinistre, elle avait trouvé un refuge. M. Génod, frappé lui aussi de la similitude de moyens employés par l'inconnu dans les diverses tentatives déjà connues, conclut son rapport par ces mots :

« Les conjectures les plus vraisemblables nous portent à penser que le dangereux malfaiteur qui a essayé d'assassiner Marie Pichon est également l'auteur des tentatives de meurtre, de viol et de vol commis les années précédentes sur les filles Bourgeois, Alabert, Michel, et peut-être même cet inconnu n'est-il pas étranger à l'assassinat de la fille Baday perpétré, il y a quelques années, dans les bois de Tramoyes. »

M. le juge d'instruction Génod dut néanmoins pour le moment se contenter de lancer un mandat d'arrêt contre le malfaiteur inconnu.

Pendant que la justice cherchait à tâtons le fil conducteur qui devait la mener dans ce dédale de crimes commis depuis dix ans, parallèlement, une autre instruction se faisait, celle de l'opinion publique conduite par la curiosité et la terreur. Dans tous les villages, dans tous les hameaux, dans toutes les bourgades, on ne parlait le soir à la veillée autour du feu que du mystérieux bandit qui, depuis si longtemps, semait l'effroi autour de lui.

Un soir, à Dagneux, dans le cabaret de l'endroit, le garde champêtre et le brigadier de gendarmerie s'occupaient, pour la centième fois peut-être, de l'unique sujet de conversation.

– Et dire, s'écriait François Maule, le garde champêtre, que le brigand est peut-être de chez nous, que nous le connaissons, que nous le voyons journellement et qu'on ne sait pas qui ! C'est rageant tout de même !

– Oh ! oui, c'est fichant, accentua Joly le cabaretier, mais qui ça peut bien être ?

Les trois hommes, comme déjà ils l'avaient fait souvent, passèrent en revue tous les mauvais gars, les maraudeurs, les vagabonds du pays, mais aucun ne répondait au signalement de l'homme mystérieux.

– Et Raymond ? demanda soudain François Maule comme frappé d'une lumière subite, ce maraudeur sournois qui ne travaille pas ou presque pas et qui ne sort la plupart du temps que la nuit.

– Raymond ! firent d'un commun accord les deux autres, comme si la désignation qu'avait faite le garde champêtre les éclairait eux aussi subitement. Comment ne pas y avoir pensé plus tôt ? Oui, en effet, cet homme, jouissant d'une exécrable réputation dans le pays, vivant en véritable sauvage avec sa femme au fond d'une cabane perdue au fond des bois, était le premier que l'on eût dû soupçonner.

Son signalement, d'ailleurs, se rapprochait énormément de celui fait par Marie Pichon et les autres victimes. Raymond, presque toujours vêtu d'une blouse, d'un chapeau flambard, avait les épaules voûtées, traînait la jambe, avait la lèvre enflée.

– C'est Raymond qui a fait le coup, s'écrièrent-ils tous, pleins d'une conviction absolue, et, une heure après eux, le village tout entier répétait : « C'est Raymond, il n'y a que lui qui est capable de cela. »

L'ARRESTATION

François Maule se rendit le lendemain, dès la première heure, au hameau du Mollard où habitait Raymond.

– Il faut à tout prix, se disait le garde champêtre, que je pénètre dans sa tanière et que je voie ce qu'il en retourne.

Il s'adressa à différents voisins du suspect, et il apprit d'abord que le soi-disant Raymond s'appelait de son véritable nom Martin Dumollard ; tandis qu'il prenait ces renseignements, sa femme, Anne Martinet, vint justement à passer et regarda d'un air inquiet le garde champêtre, comme si elle devinait qu'on parlait d'elle ou de Dumollard, son mari. Elle chercha même à s'approcher et à saisir quelques bribes de conversation, mais le brave représentant de l'autorité dépista la curiosité de la femme Martinet en avertissant tout haut la voisine avec laquelle il causait d'avoir au plus tôt à payer ses impositions ; mais l'inquiétude de la compagne de Raymond-Dumollard convainquit de plus en plus François Maule qu'il était sur une bonne piste.

Toute la journée du lendemain, il rôda autour de la maison des époux suspects, et le soir il se crut assez sûr de sa conviction pour dire au brigadier qu'il retrouva au cabaret de Joly :

– Je tiens le brigand, vous pouvez vous préparer à l'arrêter.

Puis, le garde champêtre alla trouver le juge de paix de Montluel, et, sur le rapport qu'il fit, ce magistrat jugea aussitôt une perquisition indispensable.

Le 3 juin, il se transporta au domicile des époux Dumollard et opéra une perquisition en règle qui amena la découverte d'une quantité de vêtements et d'effets de femme dépareillés ; plusieurs de ces objets étaient souillés de taches suspectes ; différents vêtements, qui plus tard furent reconnus pour avoir appartenu à Marie Baday, étaient démarqués ou quelquefois même coupés à l'endroit de la marque avec des ciseaux.

Le résultat de cette perquisition était tel que le juge de paix n'hésita pas, et il ordonna l'arrestation immédiate de Martin Dumollard.

Le misérable fit preuve d'un cynisme révoltant.

– Vous m'arrêtez, monsieur le juge, et pourquoi ? demanda-t-il. Je n'ai rien, absolument rien à me reprocher, je suis un pauvre diable de paysan qui n'a jamais fait de mal à personne.

Transféré aussitôt à Trévoux, il y fut le jour même confronté avec Marie Pichon qui, sans hésitation, le reconnut formellement. Cette confrontation fut des plus émouvantes ; la malheureuse servante, lorsqu'elle vit apparaître l'homme qui avait tenté naguère de l'assassiner, se mit à trembler de tous ses membres, mais elle reprit bientôt son courage et, le regardant bien en face, elle força le misérable à baisser les yeux.

– Si, c'est lui, s'écria-t-elle, mais je vivrai cent ans que j'aurai toujours la figure de ce monstre devant moi.

– Vous vous trompez, mademoiselle, fit hypocritement Dumollard, vous ne me connaissez pas, je ne vous ai jamais vue.

Les autres personnes qui avaient, à Lyon, assisté au départ de Marie Pichon furent toutes aussi affirmatives qu'elle ; mais à tous ces témoignages accablants, Dumollard, que rien ne parvenait à tirer de son calme et de son indifférence, opposa des dénégations impassibles.

Huit jours après, le 9 juin, M. Génod procéda à une nouvelle perquisition dans la maison de l'homme de la campagne, car c'est ainsi que la foule dénommait toujours Dumollard.

Le magistrat instructeur perquisitionna avec le soin le plus méticuleux, et l'opération dura toute une journée, pendant qu'autour de la maison une populace venue de tous les points du canton poussait des cris de mort et voulait lyncher Dumollard.

Cette descente amena de nouveau la saisie d'une innombrable quantité de vêtements, de linge, de hardes, de malles, de caisses et de toutes sortes d'objets à l'usage de femme. C'était un véritable bazar où les objets les plus disparates étaient réunis. Interrogé sur leur provenance, la femme Dumollard répondit que son mari avait apporté tous ces objets en diverses fois et à différentes dates, qu'il lui était impossible de préciser, et que chaque fois il lui avait déclaré qu'il les avait achetés.

Sur une question du magistrat, Anne Martinet, épouse Dumollard, reconnut d'ailleurs avoir porté elle-même plusieurs de ces effets, mais elle ne l'avait fait que contrainte et forcée, ne cédant qu'aux menaces et mauvais traitements de son mari.

Marie Pichon assista à la perquisition, mais parmi tous les vêtements qu'on lui présenta elle n'en reconnut aucun comme lui appartenant. Pourtant sa malle avait été, on s'en souvient, volée par Dumollard ; qu'était-elle devenue ? Qu'en avait-il fait ?

Interrogée sur ce point, la femme du misérable, malgré les questions pressantes qui lui furent posées, répondit constamment que son mari n'avait rien, absolument rien apporté chez elle, dans la nuit du 26 mai, et qu'elle ignorait complètement le vol dont Marie Pichon avait été victime. L'invraisemblance de ses réponses, son attitude suspecte et aussi la découverte que l'on fit, dans un tas de bois, d'un coupon de toile de cretonne que la jeune bonne déclara lui avoir appartenu, décidèrent le juge d'instruction à faire procéder à l'arrestation de la femme Dumollard.

Pendant que l'instruction contre le violeur de servantes se poursuivait, la justice fut encore saisie d'une nouvelle affaire, remontant celle-là vers l'année 1860, accomplie dans des circonstances presque analogues à celles de Marie Pichon et dont l'auteur était jusqu'alors resté inconnu. Tout maintenant indiquait qu'elle se rattachait à la lugubre série de crimes commis par Dumollard.

La victime avait pour nom Marie Michel et, pour celle-là comme pour la jeune servante racolée sur le point de Guillotière, elle n'avait que par le plus grand des hasards échappé à la mort.

Voici le récit qu'elle fit à M. Génod de la tentative d'assassinat commise sur elle par le sinistre maraudeur de Dagneux.

Le 29 avril 1860, elle fit la rencontre à Lyon, où elle était allée faire soigner son enfant, d'un individu ayant toutes les allures d'un paysan qui lui proposa de l'emmener à Meximieux comme domestique. On a déjà reconnu Dumollard à cette entrée en matière. Comme il offrait un bon gage, Marie Michel séduite accepta, et rendez-vous ayant été pris pour le lendemain après-midi, à l'heure dite ils se retrouvèrent et l'homme fit prendre à la servante la voiture de Neuville.

Arrivés à ce village, ils descendirent et continuèrent la route à pied, elle portant une partie de son bagage, la plus légère, à la main, et son futur maître portant la malle sur ses épaules. Mais la route se prolongeant, Marie Michel eut l'idée de déposer ses bagages dans une ferme où le paysan reviendrait les prendre le lendemain.

Le sinistre détrousseur de servantes fit d'abord quelques difficultés ; mais, devant l'insistance de la jeune femme, tout en maugréant, il y consentit et la malle de la fille Michel fut laissée chez un cultivateur dont la ferme se dressait sur le bord du chemin. Le soleil commençait déjà à décroître à l'horizon lorsqu'ils arrivèrent sur la lisière d'un bois touffu et épais. Marie Michel ne s'y fut engagée qu'à regret, si elle n'eût aperçu un brave homme de paysan monté sur une petite charrette attelée à un âne qui débouchait à cet instant de la forêt même.

Elle pensa que le paysan n'était sans doute pas seul, qu'elle allait encore rencontrer du monde, et, sans défiance aucune, elle rentra dans le taillis avec son guide. Ils marchèrent une dizaine de minutes ainsi dans l'épaisseur du bois, puis, arrivés à un endroit plus touffu encore, son soi-disant maître s'arrêta et prétextant la fatigue voulut s'asseoir au pied d'un chêne.

– Venez donc vous reposer un instant à côté de moi, lui dit-il d'une voix qu'il tâchait de rendre séduisante.

Cette étrange invitation, à cet endroit, alors que la nuit commençait à venir, eut pour résultat d'effrayer la jeune femme et elle se recula juste au moment où, jetant son masque d'hypocrisie, Dumollard, les yeux fous, une expression de bestialité sur le visage, se précipitait sur elle essayant de la renverser, d'assouvir sur elle ses ignobles passions.

Le misérable avait saisi la robe de Marie Michel qu'il voulait arracher, et de son autre main cherchait à lui saisir le cou. Mais elle se dégagea et de son parapluie qu'elle tenait à la main elle lui asséna un formidable coup sur la figure. La douleur lui fit lâcher prise et, profitant de cet instant, la jeune domestique s'enfuit en appelant au secours. Dumollard essaya de la poursuivre, mais elle rejoignit bientôt un sentier au bout duquel elle aperçut le paysan avec son âne qu'ils avaient rencontrés quelques instants auparavant.

Elle courut jusqu'à lui, et, d'une voix que l'émotion faisait trembler, elle lui raconta l'attentat dont elle venait d'être victime. Après l'avoir rassurée et accompagnée jusqu'à Neuville-sur-Saône, ce brave homme lui conseilla de porter plainte à la gendarmerie de ce pays, ce qu'elle fit.

Lorsque Dumollard fut arrêté, Marie Michel fut confrontée avec lui et le reconnut formellement malgré ses énergiques dénégations.

– Parbleu, dit-il, toutes les femmes que l'on a essayé de voler ou à qui l'on a voulu compter fleurette vont me reconnaître maintenant. Vous pouvez, monsieur le juge, en faire venir beaucoup comme cela.

Néanmoins, en présence de l'énergie avec laquelle l'homme de la campagne niait, l'instruction n'avançait que fort lentement, lorsque la femme de Dumollard se décida à entrer dans la voie des aveux.

Le 8 juillet, dans un interrogatoire que lui fit subir le juge d'instruction, elle déclara que puisque maintenant elle comprenait qu'elle échappait pour toujours à la domination de son mari dont elle avait une peur atroce, elle voulait parler et dire la vérité.

– La justice vous tiendra compte de vos aveux.

La femme Martinet déclara alors que, quelques jours après la tentative d'assassinat dont Marie Pichon avait été victime et dont tout le pays s'occupait alors, Dumollard et elle étaient sortis un soir à la nuit noire de chez eux et s'étaient rendus dans le bois des Rouillonnes, à deux kilomètres environ de leur domicile, et que, là, ils avaient brûlé et enterré un sac contenant les vêtements volés à la jeune bonne, ainsi que d'autres effets dont la découverte aurait pu être accablante pour eux.

Sans perdre un instant, le magistrat instructeur se transporta à l'endroit indiqué, accompagné de la femme de Dumollard ainsi que de ce dernier. On creusa la terre à une place qu'il fut assez facile de reconnaître, car des débris de bois brûlés, épars sur le sol, et les feuilles des taillis consumées à deux mètres de hauteur indiquaient qu'on y avait fait du feu récemment. En effet, à vingt-cinq centimètres de profondeur, on trouva un amas considérable de vêtements et d'objets de toutes sortes à demi consumés.

Au milieu de ces débris calcinés, des livres de piété, des aiguilles, des bas, des baleines de corset, une boule de verre, des images de Notre-Dame de Fourvière, etc.

Marie Pichon, qui était également présente, reconnut plusieurs de ces objets comme lui ayant appartenu.

Amené sur le terrain, Dumollard avait assisté aux fouilles sans rien perdre de son calme habituel, avec même un sourire narquois sur sa physionomie, mais lorsqu'il aperçut sa femme qui se tenait à quelque distance dans un taillis sous la surveillance de deux gendarmes, il changea d'attitude, son regard devint mauvais et sa placidité habituelle disparut pour faire place à une sorte d'énervement.

Mis en présence de sa compagne, il essaya de l'intimider, de la terroriser en la regardant fixement, mais elle s'écria avec une joie sauvage :

– Tu ne me fais plus peur maintenant, et je puis parler.

Et regardant à son tour son mari en face, bien dans les yeux, elle continua avec une nouvelle énergie :

– Oui, c'est toi, c'est bien toi qui as apporté ce sac et qui l'as fait brûler !

– Tout ça, c'est des menteries, répliqua froidement Dumollard en retrouvant son calme et haussant les épaules. Je n'ai rien fait brûler du tout. D'ailleurs, tout ce qui est là ne m'a jamais appartenu, j'ai donc pas eu besoin de le détruire.

– Vous ne voyez pas que cette femme est folle dit-il encore en désignant sa complice, elle est complètement folle !

Ce premier aveu de la femme Martinet devait bientôt être suivi d'autres plus graves encore.

Une montre de femme avait été saisie sur Dumollard lorsqu'on l'arrêta. Le juge d'instruction, supposant que ce bijou pouvait provenir d'un crime, interrogea à ce sujet la compagne du misérable. Pressée de questions, elle finit par déclarer qu'à une époque remontant à trois ou quatre ans, son mari était rentré la nuit, portant cette montre en argent et quelques vêtements ensanglantés qu'il lui avait fait laver. Comme elle l'interrogeait sur la provenance de ces objets, il répondit d'une voix brève :

– Je viens de tuer une fille au bois de Mont-Main, je vais aller l'enterrer.

Et, prenant une pioche, il repartit.

Le lendemain, comme il voulait aller reprendre une malle que la malheureuse avait laissée à la gare de Montluel, sa femme l'en dissuada en lui disant :

– N'y va pas, tu vas te faire prendre.

On décida immédiatement qu'une descente aurait lieu au bois de Mont-Main, car la justice avait le plus grand intérêt à rechercher par des vérifications naturelles si les aveux de la femme Dumollard étaient sincères.

En même temps qu'ils se rendaient sur les lieux, les magistrats y faisaient conduire séparément, sans qu'ils puissent communiquer en rien, les deux accusés. Dumollard, qui avait d'ailleurs été interrogé sur ce nouveau crime, avait nié, disant qu'il ne savait pas de quoi on voulait lui parler.

Le bois de Mont-Main est situé à environ trois kilomètres au nord du village de Dagneux, à l'extrémité du plateau de la Dombes ; il s'étend sur une superficie de trois ou quatre hectares recouverts de futaies et de taillis touffus. Les recherches furent longues, car il fallait chercher au hasard, la femme Dumollard ne pouvant indiquer l'endroit précis où avait été enterré le cadavre de la malheureuse victime.

On ne s'était pas trompé, les premiers coups de pioche mirent à jour des ossements humains. Les ouvriers que le Parquet avait amenés pratiquèrent alors une tranchée circulaire, afin de conserver au corps sa position exacte. Bientôt apparut un squelette qu'à sa forme et à sa structure on reconnut pour appartenir au sexe féminin. Ce corps, enfoncé à une profondeur de quarante centimètres à peu près, était étendu le dos contre terre, incliné sur le côté gauche, la tête légèrement relevée et la jambe gauche un peu écartée du tronc.

Le crâne présentait au pariétal gauche une fracture se ramifiant en plusieurs branches sur la boîte osseuse. Au-dessous de la place qu'occupait la tête, on recueillit quelques cheveux d'une teinte brune et plusieurs épingles à cheveux. Mise en présence de ces lugubres débris, la femme Dumollard manifesta une profonde émotion et d'abondantes larmes s'échappèrent de ses yeux.

Quant à Dumollard, il resta impassible et son cynisme frappa de fureur les nombreux spectateurs qui assistaient à cette scène impressionnante.

– Ce cadavre que nous venons d'exhumer est celui d'une de vos victimes, lui demanda au milieu d'un silence lugubre le juge d'instruction, c'est vous-même qui, de vos mains, avez creusé la fosse où vous l'avez cachée ?

– Moi ! Je ne connais pas ce corps, ce n'est pas moi qui l'ai mis là ! Qui a pu vous l'indiquer ?

L'interrompant avec une indignation sincère, la femme du misérable lui cria :

– Mais avoue donc ! avoue ce que tu m'as dit !

– Je ne t'ai jamais rien dit ! Et quand bien même je le lui aurais dit, ce ne serait pas une raison pour que cela soit vrai.

– Et ce cadavre, comment aurait-elle su qu'il fût là, interrogea le juge, si ce n'était pas vous qui le lui ayez dit ?

À cette question, Dumollard baissa la tête et garda le silence.

On ramena le misérable à la prison de Trévoux, et le Parquet commit deux médecins légistes pour procéder non à l'autopsie du cadavre, l'état de décomposition dans lequel il se trouvait ne le permettant pas, mais pour constater la stature, l'âge, le sexe, les fractures et les blessures qu'il avait reçues, en un mot rassembler toutes les inductions propres à mettre en lumière l'identité de la victime et la nature de l'attentat.

À cet effet, la justice fit transporter le squelette dans la salle mortuaire de l'hospice de Montluel. Parmi les effets nombreux et disparates saisis dans l'immense bazar des époux Dumollard, on avait retrouvé un petit portefeuille en cuir vert, contenant un bulletin d'acte de naissance au nom de Marie-Eulalie Bussod, délivré par l'hospice de la Charité de Lyon. On apprit d'une des sœurs de cette fille, domestique à Lyon, qu'à la fin du mois de février de l'année 1961, Eulalie avait été emmenée par un homme répondant de tous points au signalement de Dumollard, qui lui avait promis une bonne place de servante aux environs. Elle avait emporté avec elle sa malle et ses vêtements, et on perdait sa trace à la station de Montluel ; depuis ce jour, elle n'avait plus reparu.

Qu'était encore devenue cette malheureuse, dont les trois sœurs et quelques compagnes, citées par le juge d'instruction, avaient reconnu parmi les effets saisis chez le sinistre homme de la campagne la robe, le fermoir du collier, le bonnet et le col ? Avait-elle succombé, elle aussi, après avoir servi aux appétits abominables de Dumollard !

Ce n'était que trop à craindre.

M. Génod interrogea aussitôt la femme Martinet sur ce point, et, sans réticences, elle déclara que, vers la fin de février 1861, son mari rentrant le soir jeta sur la table des vêtements pleins de sang, ainsi que des boucles d'oreilles.

– D'où vient tout cela ? lui demanda-t-elle avec terreur.

– J'ai tué une fille au bois des Communes, dit le misérable, il faut que j'aille au plus tôt l'ensevelir.

Il n'y avait plus à en douter, cette nouvelle victime était Eulalie Bussod.

Il fallait trouver le cadavre.

On se transporta sur les lieux et l'on recommença toujours, en présence des prévenus, gardés isolément et à distance, les funèbres recherches que l'on avait déjà faites à Mont-Main.

Ce bois des Communes, qui s'étend sur le territoire de Pizay, a une étendue de plus de trente hectares ; il est situé au sommet du plateau qui domine la vallée du Rhône et se trouve environ à six kilomètres de Montluel et à peu près à la même distance de Dagneux. Ces bois sont excessivement touffus et on y arrive par des sentiers étroits, rapides, ravinés par des pluies torrentielles, aboutissant à des gorges sombres presque impénétrables, lieu solitaire et désert où l'on frissonnait, saisi d'une involontaire terreur. L'on passa à cet endroit deux jours à faire des fouilles et des sondages qui restèrent infructueux, le sol humide et marécageux ne laissant apercevoir aucun vestige qui pût aider aux recherches.

Les réponses évasives et remplies de dénégations faites par Dumollard, les explications incertaines de sa femme qui ne pouvait donner aucune indication, sachant seulement que le cadavre était enterré dans ce bois, mais ignorant l'endroit exact, découragèrent à un moment les magistrats qui furent sur le point de revenir à Montluel, quitte à revenir plus tard opérer, avec de nouvelles et plus sûres données, d'autres sondages. Enfin, à un dernier et impératif interrogatoire, Dumollard, après un long moment de réflexion et une sorte de débat intérieur que trahissait la concentration de son regard et qu'on pouvait suivre sur sa physionomie, déclara tout à coup qu'il connaissait l'endroit où était caché le cadavre, et qu'il était prêt à y conduire la justice.

Aussitôt après cette révélation, on retourna au bois des Communes ; d'après Dumollard, le corps devait être enfoui près d'une mare d'eau, à environ cinquante mètres de la lisière du bois, en passant par le sentier qui le traverse. Pendant plus d'une heure encore, les recherches faites sur ces indications demeurèrent sans résultat ; enfin, à une centaine de mètres de la lisière méridionale du bois, et à trois mètres du sentier indiqué, le greffier Guillot remarqua un emplacement au-dessus duquel s'ébattaient de grosses mouches qui semblaient sortir des fissures mêmes du sol. La terre, à cet endroit, avait été recouverte de mousse et de tiges de bouleau qui semblaient plantées de la façon la plus naturelle.

Au second coup de bêche que l'on donna, on découvrit la face externe d'une main humaine. Aussitôt, on ouvrit avec précaution une sorte de tranchée circulaire qui mit à jour un cadavre de femme entièrement nu, et dans un complet état de conservation qui s'expliquait facilement par la nature argileuse du terrain en cet endroit.

Le corps était enterré à vingt-cinq centimètres de profondeur, étendu sur le dos, les jambes écartées, et, détail horrible, la main droite, crispée, reposait sur l'abdomen, et les doigts s'étaient imprimés sur une poignée de terre que la main tenait encore. Le corps et les membres ne présentaient extérieurement aucune trace de contusion ; seuls les lobes des oreilles étaient déchirés, comme si l'on avait violemment arraché les pendants que portait la victime.

Les médecins légistes qui accompagnaient le Parquet constatèrent, au sommet de la tête et au pariétal droit, deux lésions avec épanchement sanguin et solution de continuité du cuir chevelu. Ces blessures, faites à l'aide d'un instrument contondant, n'intéressaient pas le crâne, ou, du moins, ne laissaient voir aucune fracture. Elles n'avaient donc pu déterminer la mort instantanée.

Il était donc certain que la malheureuse avait été enterrée vivante par Dumollard. Cette main crispée qui avait saisi, dans une dernière convulsion, cette motte de terre n'indiquait-elle pas les souffrances atroces qu'avait dû subir cette femme lorsqu'elle s'était réveillée murée dans cette tombe ?

La victime avait subi les derniers outrages, et le misérable semblait s'être acharné sur l'infortunée dans une espèce de folie furieuse.

Devant ce spectacle épouvantable, Dumollard n'eut pas un mouvement d'émotion ; gravement il contemplait ce cadavre, son œuvre, sans qu'un muscle de son visage tressaillît.

Lorsque la foule, qui suivait de loin, maintenue par la force publique, les péripéties de cette scène, voulut, dans sa fureur, se précipiter sur lui pour l'écharper, il se contenta de sourire ; ses petits yeux enfoncés se détournèrent, et il baissa la tête, mais sans aucun signe apparent d'horreur ou de repentir. M. Génod, le juge d'instruction, saisit cependant cet instant pour l'adjurer énergiquement d'abandonner le système de dénégation que cette découverte rendait maintenant encore plus vraisemblable et d'entrer au contraire dans la voie des aveux.

Pendant quelques instants, Dumollard sembla réfléchir profondément puis se décidant enfin à parler, il déclara :

– Eh bien ! puisque vous le voulez, je vais dire toute la vérité.

Et il fit le long récit suivant, que le greffier écrivit sous sa dictée :

« Au mois de décembre de l'année 1853, commença-t-il, j'étais allé à Lyon pour mes affaires. En traversant la promenade du Cours Napoléon, je fus accosté par deux individus paraissant appartenir à la classe ouvrière et dont la bonne mine m'inspira aussitôt une confiance absolue.

« Le plus jeune paraissait avoir de vingt-cinq à vingt-six ans ; il était d'une taille moyenne, un peu gros, et portait une blouse bleue ; il se faisait appeler Jean. Le second, de quelques années plus âgé, était vêtu d'un pantalon et d'un paletot couleur noisette ; il était grand et portait toute la barbe, qu'il avait blonde comme les cheveux.

« Pour lier conversation, ils me demandèrent quel était mon métier, je leur appris que j'étais cultivateur et que j'habitais la commune de Dagneux, près de Montluel. Ils m'invitèrent à prendre un verre de vin avec eux et me conduisirent dans une buvette située juste en face de la manufacture de tabacs.

« En sortant de là, ils m'entraînèrent vers le quai de la Saône, et après m'avoir adressé une foule de questions sur ma situation, sur les bénéfices que je pouvais réaliser, ils me demandèrent si je ne voulais pas travailler avec eux.

« Leur ayant demandé en quoi consistait ce travail, ils me répondirent :

« – Oh ! c'est bien simple, nous emmenons des filles, et quand nous en avons joui, nous nous en débarrassons. Si vous voulez venir avec nous, vous aurez quarante francs pour chaque prise. Et si, au bout de vingt ans, vous êtes resté avec nous, nous vous assurerons une somme de dix mille francs.

« Ces propositions me parurent trop avantageuses pour les refuser. Ils me donnèrent alors toutes les instructions dont j'avais besoin. Ils m'expliquèrent comment je devais m'y prendre.

« Il s'agissait tout simplement d'aborder les jeunes filles sans place, de leur offrir un bon gage à la campagne, et, si elles acceptaient, de les conduire en dehors de Lyon.

« À la suite de cette première entrevue, je me séparais des deux inconnus, en leur promettant de revenir huit jours après au Cours Napoléon.

« Au jour convenu, je les retrouvai à l'heure et à l'endroit indiqués ; ils me conduisirent aussitôt sur la place de la Charité et me désignèrent une domestique qui passait, en m'invitant à l'accoster.

« Ma première tentative échoua.

« Quelques instants plus tard, ils me firent encore remarquer une deuxième fille qui suivait la même direction.

« J'allais franchement au-devant d'elle, et je lui fis l'offre sur-le-champ de deux cent cinquante francs de gages.

« Elle n'hésita pas, et consentit à me suivre sur-le-champ.

« Elle était âgée d'une trentaine d'années, avait bonne façon, et me dit qu'elle avait fait des ménages, et qu'actuellement elle était sans place.

« Dès que mes deux compagnons virent que j'avais réussi, ils s'éloignèrent à grands pas pour aller m'attendre à Saint-Clair ; c'est là que je devais leur livrer la fille.

« En arrivant à la sortie de ce faubourg de Lyon, ils vinrent à moi comme de vieilles connaissances. Je prétextai une commission que j'avais oubliée et je dis à la fille que je venais d'embaucher comme servante :

« – Ce sont deux de mes parents, marchez en avant avec eux, et je vous rejoindrai à Neyron.

« Il était déjà nuit.

« Cette fille suivit sans défiance les deux jeunes gens, et moi j'allais attendre leur retour à l'issue du faubourg de Bresse.

« Près de trois heures s'étaient écoulées lorsqu'ils revinrent, en rapportant un petit paquet de linge qu'ils me remirent.

« En l'ouvrant, je reconnus les vêtements de la fille que j'avais emmenée. La chemise et la robe étaient ensanglantées.

« Je leur demandais ce qu'elle était devenue.

« Ils me répondirent :

« – Oh ! la fille, tu ne veux pas la revoir ? Emporte ce paquet, tu en feras cadeau à ta femme.

« Je ne leur demandais pas d'autre explication, et je m'éloignai d'eux à la hâte.

« En passant près de la fontaine de Neyron, je lavais les vêtements qui étaient tachés de sang, et la nuit même je rentrais à Dagneux.

« En donnant ces effets à ma femme, je lui assurai que je les avais achetés à Lyon.

« Je n'ai jamais su dans quel endroit précis ils avaient assassiné cette fille, mais en calculant le temps qui s'était écoulé entre leur départ de Saint-Clair et leur retour, j'ai supposé qu'ils l'avaient tuée près du pont du Barrie, et que peut-être ils avaient jeté son cadavre dans le Rhône.

« Une circonstance me confirma dans cette opinion.

« Durant le courant de l'été, je rencontrais les deux individus en question que je n'avais pas revus depuis le mois de décembre ; ils me proposèrent d'explorer avec eux les environs de Nyron, de Miribel, de Montluel, et une partie du plateau supérieur de la Bresse.

« C'était là une excursion d'agrément qu'ils avaient projetée, et ils ajoutaient que ma présence leur serait utile pour leur faire connaître le pays au cas où ils voudraient entraîner des filles dans cette direction.

« Je me souvins alors qu'en traversant le pont du Barrie qui est situé au fond d'une gorge étroite et profonde sur la route impériale de Genève, ils me dirent :

« – Nous en avons fait passer deux sous le pont, et nous les avons jetées au Rhône.

« Ils ne me parlèrent pas de celle de Saint-Clair et je crus comprendre qu'il s'agissait de deux autres meurtres accomplis antérieurement sans ma participation.

« Mes relations avec les deux inconnus, sans être interrompues, n'avaient présenté aucun incident remarquable depuis notre passage au pont du Barrie, lorsque, vers la fin du mois de février 1855, ils me donnèrent rendez-vous à Lyon chez un marchand de vin du Cours Napoléon ; un troisième individu devait leur amener une fille qu'ils connaissaient.

« Nous devions opérer notre réunion à Saint-Clair. Effectivement, cet homme que je n'avais jamais vu nous rejoignit à Saint-Clair à la tombée de la nuit. Sa taille était élevée et il avait une belle barbe noire. Une jeune fille brune était avec lui : une certaine familiarité semblait exister entre eux. Nous sommes tous ensemble sortis de Saint-Clair à la tombée de la nuit, nous avons pris la route de Lyon à Bourg.

« Après avoir dépassé le bourg de Polsinge, nous nous engageâmes sur la route neuve qui conduit directement à Montluel en touchant au village de Tramoyes ; en passant au milieu des bois sur la chaussée de l'étang Chivroz, ils tournèrent brusquement à gauche pour s'engager en plein dans les bois : je les accompagnais à cent mètres de là ; mais, m'asseyant sur un talus, je refusai d'aller plus loin, leur déclarant que je les attendrais à cet endroit.

« Ils employèrent les plus vives instances pour ébranler ma résolution, ils me dirent à voix basse, en désignant la jeune fille :

« – Nous voulons jouir d'elle… Viens donc, nous en jouirons tous les quatre.

« Je résistai et ils s'éloignèrent en escortant la fille, qui marchait devant eux.

« J'attendis ainsi plus de deux heures, aucun cri ne vint frapper mon oreille, mais j'avais néanmoins un pressentiment sinistre.

« Dès que je les aperçus sans la fille, je leur demandai ce qu'elle était devenue ; ils me dirent qu'ils l'avaient laissée dans une ferme, qu'ils s'étaient amusés avec elle dans le bois, et que, si j'y étais allé, j'aurais fait comme eux.

« Ils ne me rapportaient aucun vêtement, et, dans ce moment, je crus à leur sincérité. Ils retournèrent coucher à Tramoyes et dans la même nuit je regagnai mon domicile à Dagneux.

« Ils me donnèrent rendez-vous pour le dimanche suivant, sur le pont de la Mulatière.

« Je fus exact, et, sur les deux heures de l'après-midi, je retrouvai mes deux amis sur le pont, le troisième n'y était pas et je ne l'ai jamais revu.

« L'un d'eux tenait à la main un paquet de linge, il me le donna en me disant :

« – Tiens, voilà pour ta femme.

« Quelle ne fut pas ma surprise, en l'examinant, de reconnaître la robe verte de la fille de Tramoyes.

« Je dissimulai néanmoins les sombres pensées qui m'agitaient. Nous passâmes la journée ensemble, et dans la soirée nous nous rendîmes aux Brotteaux dans une auberge tenue par la femme Laborde.

« Le lendemain je les quittai pour revenir à Dagneux, et je déclarai à ma femme que j'avais acheté ces vêtements ; ils étaient souillés de sang et de boue, je lui dis de les laver.

« Pendant les deux années qui suivirent, je ne pris part à aucune entreprise. À diverses reprises je rencontrai les deux inconnus, ils me prièrent d'accepter plusieurs paquets de vêtements et de linge, dont ils me laissèrent ignorer l'origine.

« Tout ce que je puis me rappeler, c'est qu'ils me dirent que dans ces vêtements se trouvaient ceux des deux filles qu'ils avaient précipitées dans le Rhône près du pont du Barrie.

« Au mois de novembre 1856 ou 1857 (il y a à peu près quatre ans) je rencontrai sur le quai Perrache les deux mêmes malfaiteurs ; il faisait très froid. L'un d'eux me dit :

« – Veux-tu faire un coup ? Nous avons une fille.

« Je lui répondis que je voulais bien.

« Il est allé la chercher et l'a amenée à la gare Saint-Clair où nous nous sommes trouvés réunis. Nous prîmes le train jusqu'à Montluel et là, étant descendus, nous nous dirigeâmes du côté de Dagneux.

« La nuit était très noire, et nous avions à peine fait quelques pas que ces individus me dirent qu'ils voulaient détruire cette fille après avoir assouvi sur elle tous leurs désirs.

« Comme ils ne connaissaient pas les lieux, je leur

servis de conducteur ; ils étaient impatients d'exécuter leur projet et voulaient le faire dans le bois de Choisy que nous longions en montant la colline. Je leur fis observer que ce bois était trop rapproché d'un chemin public et qu'il fallait aller plus loin, que c'était plus sourd ! Et je les conduisis au bois de Mont-Main qui était l'endroit le plus sûr pour accomplir leurs desseins. Ils s'engagèrent dans le taillis en entraînant la fille à leur suite.

« Je restai en dehors, ne voulant pas me rendre complice d'un pareil attentat.

« Quelques instants après, j'entendis un cri très aigu, puis plus rien. J'attendis une heure. Enfin les deux individus revinrent et me rapportèrent sa montre en argent, celle qui a été saisie en ma possession, et les vêtements dont ils l'avaient dépouillée. Je leur dis que, de la place où j'étais, j'avais entendu un cri et je leur demandai si elle avait bien souffert ?

« Ils me répondirent :

« – Nous ne lui avons donné qu'un seul coup sur la tête, et un au côté, et ç'a été fini !

« Je ne tins pas à savoir s'ils l'avaient violée.

« Cela me paraissait certain, puisqu'ils m'avaient d'avance déclaré leurs intentions criminelles.

« Les deux inconnus savaient que le cadavre de la jeune fille de Tramoyes avait été découvert au milieu du bois et que la justice s'était émue, et, par mesure de prudence, je retournais à Dagneux en accélérant le pas.

« Lorsque ma femme vit la montre en argent, la chemise et la robe qui étaient tachées de sang, elle me dit :

« – Où as-tu pris ces objets ?

« Pensant que si j'accusais d'autres individus elle ne me croirait pas et comptant du reste sur sa discrétion, je lui répondis :

« – C'est une fille que j'ai tuée au bois de Mont-

Main. Je vais la mettre en terre, tu auras soin de laver ces linges.

« Je repartis sur-le-champ en emportant sur mes épaules une triandine en fer. Les deux individus qui m'attendaient sur la lisière du bois prirent cet outil et creusèrent une fosse peu profonde dans laquelle ils jetèrent le corps nu de la jeune fille.

« Je ne les aidais pas et je me mis à l'écart pendant qu'ils procédaient à cette lugubre opération.

« Je ne puis fournir aucun renseignement sur l'identité de cette fille. Elle paraissait âgée de vingt à vingt-cinq ans ; elle était petite et légèrement brune.

« Les individus m'ont dit qu'elle était en chambre rue de l'Argue ou rue Mercière… je ne me rappelle pas, mes souvenirs sont complètement effacés.

« Quelques jours après, je fis avec les mêmes inconnus une autre tentative qui ne réussit pas.

« Ils m'avaient amené ce soir-là dans une plaine assez loin de la Guillotière, toute couverte de broussailles et éloignée de toute habitation.

« Arrivés là, ils me dirent :

« – Il nous faut une fille ce soir, nous voulons en jouir. Si nous en trouvons une, tu l'amèneras là.

« À la tombée de la nuit, nous étions de retour à Lyon, aux abords du pont de la Guillotière ; ils me signalèrent une jolie fille blonde de vingt-cinq ans environ, bien faite, qui portait sur le bras un paquet de linge.

« Je l'accostai et je lui proposai une place de domestique dans le Dauphiné.

« Elle accepta et je la conduisis aussitôt du côté de la plaine d'où nous venions. Chemin faisant, elle me dit qu'elle arrivait d'Auvergne.

« Nous traversâmes plusieurs faubourgs sans qu'elle manifestât la moindre crainte ; mais, peu à peu, les maisons devenant rares, cette fille prit peur et s'échappa en se réfugiant dans une ferme.

« Pendant les années 1857, 1858, 1859, 1860, aucun fait remarquable ne s'est produit, toutes les filles qui prétendent avoir été victimes de mes manœuvres dans cette période de temps m'accusent injustement.

« Ce n'est que vers la fin de février dernier que se passe un événement auquel malheureusement j'ai pris une large part. Je veux parler de la fille Marie-Eulalie Bussod dont le cadavre est en ce moment sous mes yeux.

« J'étais seul lorsque je l'ai accostée sur la place qui touche au pont de la Guillotière ; je lui offris une place à la campagne, elle accepta et je voulus l'emmener tout de suite ; mais elle me demanda huit jours pour faire diverses courses et préparer ses paquets.

« Je n'insistai pas ; je lui dis que c'était entendu, de tout préparer et que dans huit jours je reviendrais la prendre chez sa sœur.

« En la quittant, je retournai à Saint-Clair dans l'espoir d'y rencontrer mes deux associés au faubourg de Bresse qu'ils visitaient assez fréquemment.

« En effet, je les trouvai dans une auberge de l'endroit ; en les apercevant, j'allai à eux et je leur dis confidentiellement :

« – J'ai une fille, revenez ici dans huit jours et je vous l'amènerai, vous irez m'attendre à midi à la gare des Brotteaux.

« Le jour dit, j'arrivai par le chemin de fer de Genève et je trouvai mes deux individus exacts au rendez-vous.

« Nous convînmes entre nous de nous trouver à sept heures et demie du soir à la gare des Brotteaux, pour prendre la fille dans un convoi de nuit.

« De là, je me rendis au quai de la Charité, dans la chambre qu'occupait la sœur d'Eulalie Bussod. Celle-ci y était et venait de finir sa malle qu'elle me confia, puis, après avoir embrassé sa sœur, elle me suivit avec la plus aveugle confiance. J'allai avec elle à la gare déposer la malle, et puis, comme il n'était que trois heures, nous retournâmes en ville et je la menai dans diverses rues voir des magasins, ce qu'elle aimait beaucoup, me dit-elle.

« Le soir nous retournâmes à la gare des Brotteaux et nous montâmes dans un compartiment de troisième, où je retrouvais mes compagnons.

« Je les présentai à Eulalie Bussod comme des compatriotes qui habitaient la même localité et qui feraient route avec nous en descendant du chemin de fer.

« La pauvre fille ne se doutait de rien.

« Nous descendîmes à Montluel, la nuit était très sombre, je marchai devant avec la malle pour montrer la route. À un moment, un des individus s'approcha de moi et me dit :

« – Oh ! la belle femme ! Quel plaisir nous allons avoir ! Tu viendras bien avec nous, aujourd'hui ?

« Nous nous engageâmes dans le bois des Communes.

« Au bas de la montée, j'avais jeté la malle derrière un buisson, elle devenait lourde et embarrassante, et je dis à Eulalie que le lendemain je reviendrais la chercher.

« Nous fîmes un instant de halte à la Croix-Martel. Le courage me manquait, je dis tout bas aux deux individus que je ne pouvais les suivre et ils pénétrèrent dans le bois, tandis que je les attendis à cet endroit.

« Leur absence dura deux heures, la fille Bussod ne revint pas avec eux. Ils me montrèrent ses vêtements et une paire de boucles d'oreilles en or enveloppées dans un mouchoir. Ils me remirent tous ces objets, en me disant :

« – Tu donneras tout cela à ta femme.

« Je leur demandai comment ils avaient fait.

« – Nous lui avons donné deux coups à la tête, et un coup dans l'estomac. Elle n'a pas dit grand-chose.

« Comme ils se rappelaient toujours le meurtre de Tramoyes, ils m'envoyèrent chercher une bêche pour enfouir le cadavre.

« Je rentrai à Dagneux, ma femme était couchée.

« En voyant ces vêtements pleins de sang, elle fut effrayée. Je la calmai en lui disant qu'on ne le saurait pas, et je lui avouai que je venais de tuer une fille au bois des Communes et que j'allais l'ensevelir, et je retournai auprès des deux inconnus à qui je remis mon instrument en refusant de les accompagner.

« Ils revinrent au bout d'une heure, me disant que c'était fini et me recommandant de voir l'endroit dans quelques jours, pour m'assurer que le terrain était bien nivelé, et ils me quittèrent, se dirigeant du côté de Bressolles.

« Le lendemain j'allais chercher la malle.

« Conjointement à mes ordres, ma femme lava le linge couvert de sang, et la même semaine je vendis au prix de trois francs les boucles d'oreilles d'Eulalie Bussod, à un individu que je rencontrais à Lyon.

« Ce n'est qu'un mois après que je retournai au bois des Communes et que j'eus beaucoup de peine à trouver la fosse, tant elle avait été recouverte avec soin, c'est ce qui fait qu'aujourd'hui je n'ai pu vous donner que de vagues indications pour la faire retrouver.

« Je puis avouer maintenant, continua Dumollard, que la fille Marie Pichon aurait subi le même sort si mes compagnons habituels n'avaient pas manqué au rendez-vous.

« C'était au mois de mai dernier, un matin, en traversant la place Bellecour, je revis mes deux individus qui m'apprirent qu'ils connaissaient une fille qui voulait quitter ses maîtres et qui passait habituellement sous le pont de la Guillotière.

« – Tu iras nous la racoler et tu nous l'amèneras au bois de la Côte-Enverse, entre Belliqueux et Bressolles. C'est là où nous voulons lui faire son affaire après nous être amusés avec elle. »

Et le misérable entra dans de longs détails que l'on connaît déjà sur sa rencontre avec Marie Pichon, tous ces faits ont déjà été racontés par la victime elle-même, il n'est donc pas utile d'y revenir.

« À la station Montluel, dit Dumollard, nous descendîmes, et, en passant, un de mes complices me heurta du coude comme pour me dire : "Nous sommes là, tu peux marcher", et eux se dirigèrent vers le bois par le chemin le plus court, tandis que j'entraînai Marie Pichon par des sentiers de traverse qui devaient nous allonger considérablement.

« Mais tout le long de la route, cette fille manifesta sa frayeur, et comme nous fûmes arrivés sur la lisière du bois de Côte-Enverse à côté d'un manoir en construction et que je ne vis pas mes individus, je pensai qu'ils s'étaient perdus, et je commençai à être très embarrassé, et Marie Pichon était affolée et à tout prix voulait s'enfuir.

« Ma foi, tant mieux, pensai-je ; pour la faire partir je vais lui faire peur, elle s'enfuira et les autres ne l'auront pas... elle sera sauvée.

« C'est dans ce moment que je lui passai non une corde comme elle a cru, mais simplement le bras autour du cou.

« Cette fille crut sans doute que je voulais mal faire, quoique ce ne fût pas mon intention, elle me repoussa violemment en poussant un cri de détresse et s'enfuit rapidement. Je n'essayais pas de la poursuivre et je me dis au contraire :

« – Tant mieux, en voilà une qu'ils n'auront pas !

« À un quart d'heure de là, je rencontrai mes deux inconnus à qui je racontai l'affaire.

« – C'est bon, dirent-ils, nous la rattraperons bien une autre fois !

« Je les quittai et, la nuit même, je revins chercher la malle que je rapportai à mon domicile.

« Quelques jours après, la justice arrivait sur les lieux, et ses investigations se rapprochèrent de plus en plus de ma demeure.

« Mon parti fut vite pris : il s'agissait dès lors de faire disparaître tout ce qui avait appartenu à cette fille.

« Quant aux anciennes affaires, je ne suppose pas qu'on en eût conservé les moindres traces.

« Un soir, je dis à ma femme :

« – Vois-tu, il faut brûler tous les effets de la fille.

« Je jetai la malle vide dans le foyer de la cheminée et je la réduisis en cendres.

« Je plaçai ensuite tous les vêtements et le linge de Marie Pichon dans un sac, et, accompagné de ma femme, pendant la nuit j'incendiais tous ces objets dans le bois des Rouillonnes, à l'endroit même où ils ont été découverts.

« Maintenant, termina le misérable, j'ai tout dit et je n'ai pas d'autres révélations à faire. »

Ce récit bizarre, que les magistrats n'eurent garde d'interrompre, durant tout le temps que dura l'instruction, pendant les débats mêmes de la cour d'assises, Dumollard y revint et essaya de faire croire à l'imaginaire culpabilité des deux hommes barbus dont il n'aurait été que l'instrument passif et le pourvoyeur inconscient.

De ces aveux, il fallait pourtant retenir ceci : c'est que six jeunes filles ou jeunes femmes avaient, d'après

Dumollard lui-même, succombé, victimes des appétits féroces du misérable.

Huit autres n'y avaient échappé que par miracle, et qui sait combien d'autres encore dont les noms resteront ignorés, auxquelles personne ne s'intéressait, dont les familles habitaient loin de Lyon, furent la proie du monstre.

Qu'on se souvienne, et nous y revenons encore, que, pendant une longue suite d'années, Dumollard descendait à Lyon une ou deux fois par mois et que chaque fois il racolait une servante.

Qu'on se souvienne de l'énorme quantité de vêtements retrouvés à son domicile, et l'on sera effrayé du total énorme auquel pourrait monter le nombre de ses victimes.

Si on avait pu fouiller toute l'étendue de ces bois de Mont-Main, des Communes, de la Côte-Enverse, qui sait combien de cadavres on eût exhumé de ce vaste ossuaire ? On ne le saura jamais.

Après les étranges aveux de Dumollard, l'instruction marcha rapidement.

Cette histoire de deux inconnus pour le compte desquels le paysan de Dagneux racolait des jeunes filles, tombait d'elle-même, car jamais le misérable ne put donner le moindre renseignement sur eux, ni leur nom, ni l'endroit où ils habitaient. Ce récit était d'ailleurs contesté par la femme même de l'accusé qui affirma que c'était la première fois qu'elle en entendait parler par son mari.

– Mais puisque vous ne tirez aucun bénéfice ou presque de ces crimes, demandait le juge d'instruction à Dumollard, pourquoi vous rendez-vous complice… pourquoi acceptez-vous de procurer des jeunes filles à ces deux inconnus ?

– Hélas ! monsieur le juge, j'avais peur d'eux,

répondait-il, ils m'avaient promis de me faire mon affaire si je refusais de travailler avec eux et de leur amener des filles... Et, bien sûr, ils m'auraient tué comme ils ont tué toutes celles que je leur conduisais.

LE PROCÈS

Pendant l'instruction, Dumollard fut confronté avec toutes les jeunes filles qui, dans le courant des années précédentes, avaient été racolées à Lyon par un homme de la campagne, entraînées par lui dans un lieu désert, et qui avaient pu s'échapper de ses mains. Toutes furent unanimes pour reconnaître en Dumollard l'homme de la campagne. Son signalement caractéristique et surtout la grosseur hideuse qu'il avait à la lèvre supérieure ne permettaient pas la moindre erreur sur ce point.

Après une instruction qui ne dura pas moins de six mois, le 17 décembre 1861, la Chambre des mises en accusation ordonna le renvoi des époux Dumollard devant la cour d'assises de l'Ain, où ils comparurent le 29 janvier 1862.

Voilà la liste des crimes, dans l'ordre chronologique, qui furent reprochés à Dumollard et à sa femme par le réquisitoire de mise en accusation.

Dressons cette funèbre liste :

1 – Derniers jours de février 1855, fille Marie Baday, attirée dans la forêt de Montaverne, commune de Tramoyes, à l'aide de promesses mensongères. Vol, viol et assassinat, concomitance de ces crimes, complicité de la femme Dumollard. Recel d'une partie des objets volés. Aveux partiels par Dumollard ;

2 – 4 mars 1855, fille Olympe Alabert. Tentative non caractérisée. Niée par Dumollard ;

3 – 22 septembre 1855. Fille Charlety. Tentative non caractérisée. Niée par Dumollard ;

4 – 31 octobre 1855. Fille Bourgeois. Tentative non caractérisée. Niée par Dumollard ;

5 – Novembre 1855. Victorine Perrin, femme Murel. Vol sur un chemin public la nuit. Complicité de la femme Dumollard par recel. Nié par tous les deux ;

6 – Novembre ou décembre 1858. Fille inconnue du bois de Mont-Main. Vol, viol, assassinat d'une fille attirée par des promesses mensongères et avec l'intention bien arrêtée de la détruire (c'est une fille de la rue Mercière ou de l'Argue). Concomitance des crimes. Complicité de la femme par recel. Aveux partiels de Dumollard ;

7 – 18 janvier 1859. Julie Fargeat, attirée dans les bois de l'Hôpital à l'aide des mêmes manœuvres. Vol avec violence la nuit. Complicité de la femme Dumollard par recel. Nié par Dumollard ;

8 – 21 décembre 1859. Fille inconnue attirée par les mêmes manœuvres sur un chemin public près de Sainte-Croix, la nuit. Vol d'argent et d'effets mobiliers avec violences. Nié ;

9 – Fin de janvier 1860. Femme inconnue qu'il donnait pour sa nièce, attirée par ruse. Vol d'argent et de vêtements, avec violence. Complicité de la femme Domollard par recel. Nié ;

10 – 30 avril 1860. Fille Marie Michel, tentative de vol la nuit avec violence dans le bois des Allées. Nié ;

11 – Fille Marie-Eulalie Bussod, attirée par les mêmes manœuvres, avec l'intention arrêtée de la détruire. Vol, viol et assassinat, concomitance de ces crimes. Aveux de Dumollard qui aurait facilité l'exécution de ces crimes à des inconnus. Complicité de la femme Dumollard par recel ;

12 – 26 mai 1861. Fille Marie Pichon, mêmes

manœuvres, mêmes projets, tentative de vol, de viol et d'assassinat de cette fille au bois dit de Côte-Enverse, concomitance de ces crimes. Aveux partiels. Complicité de la femme Dumollard par recel.

LES DÉBATS

La salle des débats de la cour d'assise de l'Ain était depuis longtemps remplie par toutes les notabilités du département et par un grand nombre de correspondants de journaux venus de tous les points de la France, lorsque, à dix heures du matin, les accusés firent leur entrée.

– Le voilà ! Le voilà ! s'écrièrent les assistants à la vue de Dumollard.

– Oui, oui, me voilà, répond celui-ci en agitant son chapeau.

Les regards avides du public se portent sur le misérable dont les forfaits ont semé depuis de longs mois l'épouvante dans tous les cœurs. À première vue, pour l'observation superficielle, il a toutes les allures d'un bon paysan de la Bresse, vulgaire et inoffensif, et l'on se rend compte qu'il avait pu capter la confiance de ses crédules victimes. Mais, si quelque émotion intérieure, inquiétude ou colère, illumine ses yeux vitreux et anime ses traits atones, on retrouve aussitôt la bête fauve avec son impitoyable férocité, que trahit l'agitation des maxillaires démesurément développés et la fixité bestiale du regard.

Anne-Marie Martinet, sa femme, est de petite taille, plutôt maigre, de tempérament sanguin. Ronde et cuivrée de figure, les yeux vifs et sournois.

Pendant que, sans embarras et le plus commodément qu'il peut, Dumollard s'assoit sur le banc des accusés, on se raconte dans l'auditoire quelques particularités de cet étrange criminel.

Pendant les sept mois de sa prison préventive à Trévoux, il a gagné 13,75 F à tailler du chanvre, et, sur ce pécule, il ne s'est permis que 45 centimes de dépenses, en dehors de la nourriture de la prison. Il a mangé tout le temps d'un excellent appétit et s'est toujours montré confiant dans l'issue du procès. Il était d'ailleurs peu bavard, taciturne et sournois, même.

Des renseignements inédits sont donnés par des gens bien informés, sur les antécédents et la naissance de ce monstre à face humaine.

Il était né, paraît-il à Tramoyes, vers l'année 1812, d'un père hongrois et d'une Française, Josèphe Rey.

Son père aurait fui sa patrie à la suite d'un crime inconnu et serait venu se réfugier en France. En 1814 ou en 1815, les Autrichiens étant en France, le père de Dumollard aurait cherché un refuge en Italie, mais, retrouvé par ses compatriotes à Padoue, il aurait subi la peine à laquelle il avait été condamné, celle de l'écartèlement.

La veuve du supplicié revint en France avec son fils.

Qu'y avait-il de vrai dans cette histoire ?

Dumollard seul aurait pu le dire.

La cour entra en audience ; elle était présidée par M. le conseiller Marilhat. L'accusation était soutenue par le procureur général en personne, M. Louis Gaulot.

Me Lardure, du barreau de Paris, né à Dagneux, avait assumé la lourde tâche de défendre son compatriote Dumollard.

La femme Dumollard était assistée de Me de Villeneuve.

Les débats durèrent quatre jours.

Malgré la fable des hommes barbus sur lesquels Dumollard essayait de rejeter l'assassinat des malheureuses servantes, la culpabilité du misérable ressortit de la façon la plus évidente des témoignages des soixante-dix témoins à charge que le ministère public avait fait citer. Quoique écrasé par l'évidence, par les aveux de sa compagne, Dumollard, chaque fois qu'il se trouvait acculé à un interrogatoire auquel il ne pouvait répondre sans s'avouer coupable, redisait son sempiternel « Ce sont des messieurs barbus qui ont tout fait ».

Pendant une suspension d'audience, Marie Pichon, la dernière de ses victimes, s'étant approchée de lui et l'ayant salué, sans crainte à présent, d'un « Bonjour, monsieur Dumollard », il lui répondit :

– Ah ! c'est vous, pauvre petite. Eh bien, je vous en ai sauvé d'une belle ! Sans moi, les hommes barbus… Vous pouvez dire que vous m'avez une fameuse obligation !

Son cynisme ne se démentit pas durant tout le procès. Souvent, entre deux audiences, on le voyait manger tranquillement un morceau de pain et de lard, qu'il sortait de sa poche, avec le calme et la tranquillité d'une brute.

LA CONDAMNATION

Le 1er février, après le réquisitoire du procureur général et les plaidoiries du défenseur, le jury rapporta, après deux heures de délibération, un verdict affirmatif sur toutes les questions, en ce qui concernait Dumollard, et admettant les circonstances atténuantes en faveur de la femme Dumollard.

Pour la première fois depuis l'ouverture des débats, lorsque le misérable entendit la sentence qui le condamnait à la peine de mort, son visage se décomposa et il fut saisi d'un tremblement nerveux.

Sa femme sanglota et se cacha le visage dans ses mains, lorsque fut prononcée la condamnation à vingt ans de travaux forcés qui la frappait.

L'arrêt indiquait que l'exécution aurait lieu sur une place publique de Montluel.

Dumollard fut reconduit à la prison, au milieu d'une foule hurlante de joie et de colère ; son calme était revenu, il se contenta de hausser les épaules devant cette manifestation de l'indignation populaire, et, après avoir pris un frugal repas, il s'endormit d'un profond sommeil.

Dès ce jour, il reprit toute sa tranquillité et regagna ce que les luttes de l'instruction d'abord et de l'audience ensuite lui avaient fait perdre de son embonpoint.

À ceux qui vinrent le visiter dans sa cellule, il parla avec calme et tranquillité de ses crimes, les rejetant toujours sur les mystérieux hommes barbus.

L'exécution eut lieu le 8 mars, sur la place Bourgeat, à Montluel.

Une foule immense venue de tous les départements voisins y assista et passa la nuit à chanter, à boire et à parler.

Une immense clameur s'éleva lorsque parut la charrette sur laquelle était Dumollard ; il fut conduit à la salle de la mairie, où, à cet instant suprême, on essaya encore de tirer de lui quelque aveu.

– Je suis innocent, affirma-t-il avec un sang-froid inouï, je paye pour les autres.

Sur sa demande, on lui donna une tasse de café et un verre de madère qu'il but avec plaisir, en continuant à s'entretenir avec le bourreau et ses aides, pendant qu'on lui faisait la suprême toilette. Ce fut d'un pas ferme qu'il alla à l'échafaud, et, arrivé devant l'ignoble machine, il la regarda fixement et y monta sans assistance.

Se retournant alors, il pria un gendarme de rappeler à sa femme qu'une de leurs voisines, la Berthet, leur devait vingt-sept francs, moins un sou.

Ce fut la dernière pensée du misérable sur la terre, car à cet instant le bourreau le poussa et le couperet tomba.

Justice était faite !

Les femmes, aussi…

Belle Gunness, les mystères de l'Ouest

DE LA NORVÈGE AUX ÉTATS-UNIS

Malgré son prénom, Belle Gunness n'est pas une beauté. Dotée d'un visage ingrat, au nez épaté, elle pèse largement plus de cent kilos. Mais cela ne l'empêche pas de se marier à plusieurs reprises ni de collectionner les riches amants – plus d'une quarantaine ! Et Belle fait fortune dans les assurances, par le biais d'une méthode pour le moins expéditive.

À l'instar de tant d'immigrants pauvres qui s'installent aux États-Unis à la fin du XIXe siècle, la jeune femme anglicise son nom. Née Brynhild Paulsdatter Storsetgjerde, le 11 novembre 1859, dans le petit village de Selbu, sur la côte Ouest de la Norvège, elle connaît une enfance très misérable. Plus tard, elle prétend que son père est avaleur de sabres et contorsionniste dans un cirque, où elle-même travaille comme équilibriste. En fait, son père, Paul Pendersen Storsetgjerde, est fermier et il parvient à peine à joindre les deux bouts en compagnie de son épouse Berit, connue aussi sous le prénom d'Arabella. Pour améliorer l'ordinaire, il effectue des travaux de maçonnerie. Parfois, cela n'est pas suffisant et la famille doit solliciter un jour l'aide de l'État pour simplement survivre.

Dès l'âge de 14 ans, Brynhild, qui aime se faire

appeler Bella suivant l'exemple de sa mère, se fait engager comme bonne à tout faire ou fille de ferme par d'autres fermiers. Cela dura jusqu'à ses 24 ans. Certains des villageois de Selbu évoquent son souvenir comme quelqu'un de dur au mal et d'un caractère exemplaire. D'autres, moins tolérants, interrogés par un journaliste norvégien en 1908, la caractérisent ainsi : « Ici, à Selbu, c'était une personne très mauvaise, capricieuse et extrêmement malveillante. Elle est toujours de méchante humeur, elle aime faire de sales coups. Elle est peu loquace et elle a le mensonge chevillé au corps depuis sa plus tendre enfance. »

DES INCENDIES SUSPECTS

Brynhild a une sœur aînée, Olina (Nellie) Larson, qui a émigré à Chicago pour s'y marier. Nellie fait parvenir un billet à sa sœur pour qu'elle vienne la rejoindre aux États-Unis. La liste des passagers contient les mentions suivantes : « jeune femme, Bronhild Paulsen, 22 ans ; date d'enregistrement, le 9 août 1881, de Selbo à Chicago ; billet payé en Amérique. »

Brynhild arrive à Chicago en 1883, où elle vit chez sa sœur pendant un an, en travaillant comme servante ; c'est à ce moment-là qu'elle change son nom en Belle (ou parfois Bella).

L'année suivante, elle épouse un compatriote, Mads Albert Sorenson, qui est employé comme gardien dans un grand magasin. Le couple s'installe dans une proche banlieue de Chicago, à Austin, au 620 Alma Street, au début des années 1890.

Les Sorenson ont quatre enfants, dont deux seulement, Lucy et Myrtle, survivent. Les deux autres Caroline, 3 mois, et Alex, 5 ans, meurent en 1896 et 1898, et leurs corps sont enterrés au cimetière de Forest Home. La cause officielle de ces décès serait une colite, mais les symptômes ressemblent à ceux d'un empoisonnement à la strychnine. Une forte assurance-vie permet à Belle de toucher de l'argent après la mort de ses enfants.

Belle et Mads Sorenson adoptent un enfant, Jennie, que son père, Anton Olsen, leur confie, en croyant lui assurer ainsi une meilleure existence.

Belle investit son pécule dans une confiserie, au coin de Grand Avenue et Elizabeth Street, mais la boutique brûle dans des circonstances mystérieuses, en 1898. C'est Belle qui donne l'alarme et qui s'enfuit de l'immeuble avec ses enfants. La petite Jennie est légèrement blessée aux bras lors de l'incendie qui aurait démarré, selon Belle, après l'explosion d'une lampe à kérosène. Mais, fait étrange, les pompiers ne retrouvent aucun débris de verre, ni aucune trace de cette lampe, et la compagnie d'assurances se fait tirer l'oreille pour payer. Ce n'est que lorsque Belle les menace d'un procès et de déclarations à la presse qu'ils se décident à lui verser l'argent.

Vers la fin des années 1890, Belle vit bien, et ce n'est pas grâce au salaire de son époux, 12 à 15 dollars par semaine en travaillant pour la compagnie des chemins de fer, qui peut lui permettre un train de vie aussi élevé. On la voit porter des habits et bijoux luxueux. Nellie Larson indique que « sa sœur est folle d'argent. C'est sa grande faiblesse. Elle ne s'est jamais intéressée à un homme pour lui-même, mais toujours pour son argent ou le luxe qu'il peut lui offrir. Et je me suis toujours demandée comment elle fait pour mener un tel train de vie ».

Peu de temps après, c'est au tour de la maison d'Austin de flamber et Belle touche 5 000 dollars de l'assurance.

Le 30 juillet 1900, Mads Sorenson meurt à l'âge de 46 ans après s'être plaint de douleurs. Pour guérir d'une grippe, Belle lui administre une poudre : il est pris de convulsions et succombe à une crise cardiaque. Le médecin ne voit rien de suspect, ce qui n'est pas le cas de la famille Sorenson qui demande qu'une enquête soit ouverte. Car la mort de Mads intervient juste un jour avant la date d'expiration des deux assurances-vie qu'il a signées auprès de deux compagnies différentes. Et, dès le lendemain, Belle réclame les sommes qui sont versées, pour un montant total de 8 500 dollars – une coquette somme pour l'époque.

Pendant les funérailles de Mads, Nellie éprouve une étrange sensation, car c'est la dernière fois qu'elle voit sa sœur vivante, même si elle l'ignore encore. « J'ai eu tout d'un coup une terrible impression : qu'il va se dérouler quelque chose de si affreux que j'en ai eu les jambes coupées pendant le reste de la cérémonie. Je ne pouvais plus me tenir debout. C'était horrible. »

EN ROUTE POUR L'INDIANA

Avec l'argent de l'assurance, Belle décide d'acheter une ferme de quinze pièces dans l'Indiana, aux environs de La Porte, une communauté d'environ dix mille habitants. La transaction est effectuée le 9 novembre 1901 et elle s'y installe en compagnie de ses deux enfants, Lucy et Myrtle, et de Jennie, sa fille adoptive. Le 1er avril 1902, elle épouse Peter Gunness, un fermier norvégien qui élève des cochons, père d'un bébé de 7 mois également prénommé Jennie. Les villageois voient souvent Belle Gunness, car c'est une habituée de l'église pour la messe du dimanche. Le reste du temps, elle a plutôt tendance à rester chez elle, sans se lier avec le voisinage.

Dès le départ, ce second mariage semble voué au

malheur. Au bout d'une semaine, la petite Jennie meurt. Son père, Peter, ne tarde pas à la rejoindre dans l'autre monde : en décembre 1902, il travaille dans une grange qui lui sert d'abattoir pour ses bêtes lorsqu'un broyeur destiné à fabriquer des saucisses lui fracasse le crâne en tombant d'une haute étagère. Malgré les déclarations d'une des filles de Belle qui affirme à ses camarades de classe que « Maman a tué papa avec un fendoir », les autorités croient à la version de l'accident. Et, comme de bien entendu, Peter Gunness est assuré sur la vie, pour une somme de plusieurs milliers de dollars que la veuve éplorée ne tarde pas à toucher. Le révérend Moore qui a officié lors du mariage du couple enterre à présent le mari décédé. Quelques mois après, un fils, Philip, naît de leur brève union.

À l'avenir, Belle Gunness se passe de la formalité du mariage et ses soupirants se succèdent à une cadence effrénée. Plusieurs garçons de ferme sont recrutés, avant de disparaître mystérieusement dans les années 1903-1905. L'un d'eux prend brusquement la fuite alors qu'il est en train de creuser des latrines près de la ferme, et il refuse de parler aux villageois qui l'interrogent. À partir de 1906, Belle passe des petites annonces matrimoniales dans des quotidiens de Chicago et des journaux destinés à la communauté scandinave : « Annonce personnelle, veuve d'aspect agréable, possédant grande ferme dans un des meilleurs districts du comté de La Porte, Indiana, souhaite rencontrer monsieur fortuné, bien sous tous rapports, afin de réunir leurs économies. Aucune réponse par lettre, si l'expéditeur n'est pas prêt à venir me rendre visite. Annonce sérieuse. »

« Belle femme riche, possédant grande ferme, désire correspondre avec homme fortuné et raffiné. En vue d'une union. »

À la même époque, Belle Gunness engage un Canadien français, Ray Lamphere, charpentier de son état et plutôt simplet, pour la seconder dans tous les travaux de la ferme. D'après lui, Belle se promène un jour dans La Porte lorsqu'elle l'aborde, un sourire aux lèvres, en lui déclarant : « Je vous ai observé. Et je veux que vous veniez travailler pour moi. » Pendant sa première nuit au ranch, il dort quand Belle le réveille, vêtue d'une simple chemise de nuit et fortement parfumée. « Fais-moi de la place », aurait-elle dit avant de s'allonger sur le lit. Elle promet de l'épouser s'il fait un testament en sa faveur. Il s'exécute, mais par la suite, elle décide de renier sa promesse. Lamphere se montre très jaloux lorsque Belle se met à coucher avec tous les hommes qui répondent à son annonce.

Dès que les soupirants arrivent à la ferme avec leur argent, on ne les revoit plus jamais vivants. La plupart d'entre eux sont d'origine scandinave, et quelques-uns ont un peu plus de chance que les autres. Ainsi, George Anderson arrive un jour à la ferme sans avoir apporté tout son pécule. Belle lui affirme avoir besoin de plus de liquidités pour payer l'hypothèque sur sa terre et ainsi l'épouser. Anderson s'exécute et il adresse un télégramme à sa ville natale de Tarkio, dans le Missouri. Dans l'attente du virement, il s'installe confortablement dans la maison. Mais, au milieu de sa troisième nuit, il se réveille en sursaut pour découvrir Belle au pied de son lit qui l'observe. Surpris, il pousse un cri qui la met en fuite. Anderson s'habille à la va-vite pour quitter les lieux et ne plus jamais revenir, ce qui lui sauve la vie.

Une autre fois, un certain George Busby apporte très peu de liquide, expliquant à Belle qu'il possède plusieurs centaines de dollars sur son compte, ainsi qu'une grande ferme d'élevage. Elle lui conseille de tout vendre et de revenir, mais Busby ne suit pas son conseil et reste chez lui.

En 1906, quand Jennie, sa fille adoptive, disparaît, Belle Gunness explique qu'elle l'a envoyée à Los Angeles suivre les cours d'une école privée luthérienne.

DES DIZAINES DE VICTIMES

Les visiteurs de La Porte sont filtrés avec soin, premièrement suivant leurs moyens financiers, ensuite, s'ils n'ont plus ni famille ni amis proches. Certaines des lettres de Belle Gunness sont édifiantes : « Vous êtes mon roi. Je sais d'après vos lettres que vous avez un cœur rempli d'amour. Venez me rejoindre. Votre femme vous tend les bras. Nous serons heureux comme un roi et sa reine dans la plus belle demeure du nord de l'Indiana. » Ou encore : « Je suis certaine que vous êtes l'homme idéal pour moi. Je sais que vous me rendrez heureuse, moi et mes bébés, et que je peux vous donner en toute confiance tout ce que je possède en ce bas monde. J'ai décidé que tout candidat sérieux à mes yeux doit effectuer un dépôt de garantie satisfaisant en liquide ou en bons du Trésor. C'est le meilleur moyen d'éviter les profiteurs qui cherchent toujours une opportunité. Je vaux au moins 20 000 dollars, et si vous emportez au moins 500 dollars sur vous, nous pourrons discuter en toute confiance. »

Parmi les dizaines de victimes de la tueuse en série, John Moo arrive à la ferme le jour de Noël 1906. Le 26 décembre, accompagné de Belle, il se rend à la banque où il retire 1 000 dollars, avant de disparaître. Ole Budsberg rejoint La Porte dans les premiers jours d'avril 1907. Le 6, il va à la banque et confie 1 800 dollars à Belle. On ne le revoit plus jamais vivant. Lorsque des membres de sa famille demandent de ses nouvelles, elle répond qu'il est parti en Oregon. S.B. Smith, Paul

Ames, George Berry, C.J. Thiefland de Minneapolis, Charles Neiburs, Herman Konitzer, Christian Hinkley ont tous répondu à une annonce de Belle, avant de s'évanouir dans la nature.

Olaf Jenson, 23 ans, écrit une lettre à sa mère où il mentionne son projet de mariage à La Porte. Emil Tell quitte Osage City dans le Kansas avec près de 5 000 dollars. Peter Lien vend sa ferme à Rushford, dans le Minnesota, et part avec 1 000 dollars en argent liquide, cousus dans la doublure de sa veste. Abraham Phillips abandonne son État de Virginie en compagnie d'un portefeuille bourré de billets et d'un anneau serti d'un diamant. John Brewster, de Pennsylvanie, affirme à des amis qu'il va épouser une veuve dans l'Indiana. La liste des victimes est longue, on l'estime entre 16 et 28 personnes, 49 si l'on se refère aux déclarations de son employé Ray Lamphere.

La dernière victime connue est Andrew Helgelein, un Norvégien établi à Mansfield, dans le Dakota du Sud. Asle, son frère, s'inquiète de ne plus avoir de nouvelles, depuis qu'il s'est rendu chez Belle Gunness, avec 3 000 dollars en liquide, retirés de son compte d'une banque d'Aberdeen. Belle correspond avec lui en norvégien, à raison d'une lettre tous les mois, durant une période de seize mois. Voici un exemple de son style :

« Au plus cher ami au monde,

« Aucune femme ne peut être plus heureuse que moi. Je sais maintenant que vous allez venir, et être avec moi. Par vos lettres, je sens que vous êtes l'homme idéal que je désire. Cela ne prend pas beaucoup de temps pour savoir si l'on aime quelqu'un, et vous, je vous chéris plus que tout autre au monde, j'en suis sûre.

« Imaginez combien nous allons bien nous entendre. Vous, l'homme le plus doux qui soit. Nous serons seuls avec nous-mêmes. Quoi de plus agréable ? Je pense constamment à vous. Lorsque l'un de mes chers enfants mentionne votre nom, ou que je le chantonne, il résonne comme une merveilleuse musique à mes oreilles.

« Mon cœur bat pour vous, mon Andrew, je vous aime. Préparez-vous à rester pour toujours.

« Je vous préparerai un pudding à la crème. Ne dites à personne que vous venez ici. Vendez tout, gardez du liquide. Rompez toutes vos attaches avec le Dakota. J'ai une sœur, qui vit à Chicago, également un frère, toujours établi en Norvège. Il est entrepreneur à Trondheim. Maintenant, mon très cher, ne me faites plus languir et venez le plus vite possible. »

Asle Helgelein écrit à Belle pour s'enquérir de son frère et elle lui répond qu'il est retourné en Norvège : « C'est avec les larmes aux yeux et le cœur rempli de tristesse que je vous écris au sujet de votre cher frère, mon amour. Il a quitté la maison l'air heureux et, depuis, je ne l'ai plus revu. J'irai jusqu'au bout du monde pour le retrouver. Je l'aime et je vous aiderai de mon mieux. Vendez tout ce qu'il possède encore, prenez votre propre argent et venez me rejoindre. Nous partirons ensemble le chercher. N'oubliez pas d'apporter de l'argent liquide. Je pense qu'il a dû repartir en Norvège, car il m'a avoué à plusieurs reprises sa nostalgie de notre contrée natale. »

Au moment où elle s'occupe d'Andrew Helgelein, Belle s'inquiète de plus en plus des crises de jalousie de Ray Lamphere qui devient incontrôlable. Elle le met à la porte et engage quelqu'un d'autre, Joseph Maxson, mais Lamphere continue à rôder dans les parages. Il sait trop de choses et les rumeurs se mettent à circuler à La Porte. Certains officiers de police pensent même ouvrir une enquête à cause des déclarations de Lamphere.

Belle Gunness commence à se sentir nerveuse. Lamphere lui pose un problème, et Asle Helgelein n'est pas le seul à demander des nouvelles d'un disparu. Le lundi 27 avril 1908, elle indique à son avocat, M.E. Leliter, qu'elle craint que Ray ne mette le feu à la ferme, comme il en aurait fait la menace. Et cette même nuit, la maison brûle. On retrouve les corps carbonisés d'une femme et de trois enfants dans les décombres fumants. Le 28, le journal local indique en manchette : « Quatre morts dans un incendie ; un soupirant sous les verrous. »

Ayant eu vent des confidences de Belle à son avocat, le shérif Albert Smutzer fait arrêter Ray Lamphere, qui nie avoir mis le feu à la maison où les corps sont identifiés comme étant ceux de Belle et de ses trois enfants. Myrtle, 11 ans, Lucy, 9 ans, et Philip, 5 ans. Un article du 30 avril mentionne que Belle a fait son testament douze heures avant l'incendie, léguant tout ce qu'elle possède à ses trois enfants, et, au cas où ils viendraient à mourir, à un orphelinat d'enfants norvégiens à Chicago. Le 1er mai, première révélation d'importance du coroner Charles Mack : le cadavre de Belle est décapité et l'on ne retrouve aucune trace de la tête.

Après avoir lu dans la presse l'annonce de l'incendie, Asle Helgelein décide de se rendre sur place pour en avoir le cœur net. Il parle au shérif Smutzer de la disparition de son frère, mais celui-ci n'est pas convaincu de la nécessité d'entreprendre des recherches.

Le dernier employé de Belle, Joseph Maxson, raconte au shérif que celle-ci lui a ordonné d'apporter des charrettes entières remplies de terre pour combler des trous, près de l'endroit où les cochons sont nourris. Selon Belle, c'est pour couvrir les ordures qu'elle et Ray Lamphere y ont enterrées. Enfin convaincu de la nécessité d'effectuer des fouilles, le shérif Smutzer ordonne à une douzaine d'hommes armés de pelles de s'atteler à la tâche. D'autres endroits paraissent suspects, notamment autour du poulailler, où la terre semble avoir été remuée. Le 3 mai, cinq corps mutilés et en partie décomposés sont découverts dans des sacs de jute cousus. Asle reconnaît son frère Andrew dont la tête a été coupée et les quatre membres tranchés, afin d'être plus facilement « rangés » dans le sac. Un autre cadavre identifié est celui de Jennie Olsen, la fille adoptive des Gunness, soi-disant à Los Angeles depuis deux ans pour y suivre des études. Les trois autres resteront à jamais des inconnus : deux enfants en bas âge et un homme moustachu de grande taille. Le lendemain, c'est quatre nouveaux corps qui sont découverts, puis un autre le jour suivant, soit un total de dix, auxquels il convient d'ajouter les quatre cadavres retrouvés dans les décombres de la ferme.

Dès le lendemain, des centaines de badauds se rassemblent sur les terres de « Belle le Boucher » ; dans les jours qui suivent, plusieurs dizaines de milliers de curieux viennent les rejoindre dans une atmosphère de kermesse morbide, avec marchands de souvenirs, vendeurs de saucisses ou de boissons.

Pendant que les fouilles se poursuivent, l'enquête rebondit, avec de nouvelles révélations. Le coroner Charles Mack envoie les estomacs d'Andrew Helgelein et des quatre victimes de l'incendie à l'Institut médical de Rush. Quelques jours plus tard, le rapport du docteur Haines ne laisse plus place au doute : « L'estomac d'Helgelein contient de l'arsenic en abondance et une quantité considérable de strychnine. Et il en est de même pour les organes de la femme et des trois enfants trouvés dans les ruines de l'incendie de la ferme. »

Les victimes n'ont pas péri dans les flammes. Elles ont été empoisonnées.

Autre fait étrange : les quatre cadavres calcinés ont été retrouvés ensemble sur ce qui reste d'un matelas. Les enquêteurs pensent qu'ils devaient dormir dans une des chambres du premier étage lorsque les planchers se sont effondrés pour les précipiter jusqu'à la cave. Mais, en fouillant les décombres, des débris d'un piano sont découverts, qui recouvrent en partie les corps. Cela implique que les quatre personnes sont déjà dans la cave avant le début du sinistre, car le piano se trouve au rez-de-chaussée.

Malgré les interrogatoires musclés qui se succèdent et qu'un témoin affirme l'avoir vu sur les lieux du sinistre, Ray Lamphere nie toujours toute participation à l'incendie. Lorsque le shérif Smutzer lui révèle la présence de corps enterrés, Lamphere s'exclame : « Des corps ! Un meurtre ! Helgelein ! Mon Dieu, maintenant je sais ce qu'elle faisait ! » Mais ses dénégations ne paraissent pas très sincères. Un garçon de ferme, Slater, témoigne : « Un jour, Ray (Lamphere) m'a dit que Helgelein n'allait plus le gêner. On lui avait réglé son compte pour de bon.»

Les restes de la famille Gunness sont maintenant prêts à être rapatriés à Chicago pour y être enterrés. C'est Austin Cutler, un entrepreneur de pompes funèbres de La Porte, qui se charge d'embarquer les corps à bord d'un train. Son épouse et lui sont frappés par l'aspect de la femme décapitée qui ne correspond pas du tout aux caractéristiques physiques de Belle Gunness. Ceci est confirmé par des voisins, tels que les fermiers C. Christofferson et L. Nicholson. La propre sœur de Belle, Nellie Larson, ainsi qu'une amie proche, Sigurd Olson, ne reconnaissent pas le cadavre. Le shérif est ébranlé, car plusieurs témoins affirment avoir aperçu

Belle conduisant à la ferme une jeune fille brune, le samedi précédant l'incendie. Or personne ne revoit jamais plus cette inconnue brune.

À la demande du coroner Charles Mack, quatre médecins locaux, les docteurs Harry Long, J.H. Meyer, Franklin Wilcox et Lucian Gray, sont consultés. Ils obtiennent les mensurations de Belle Gunness auprès de divers tailleurs, couturières ou chausseurs locaux, et les comparent à celles de la victime retrouvée dans les décombres. Les résultats sont édifiants : « En tenant compte de la tête manquante, le cadavre de l'inconnue mesure près de quinze centimètres de moins que Belle Gunness, avec une différence de poids de près de cinquante kilos. Les preuves sont irréfutables. Le cadavre décapité enterré dans le cimetière familial de Forest Home, près de Chicago, ne peut pas être celui de Belle Gunness. »

Le dentiste de La Porte regrette que la tête ne soit pas retrouvée, car il aurait pu reconnaître son travail sur les dents de Belle. En lisant cette déclaration dans le journal, un ancien mineur, Louis Schultz, propose au shérif de construire un tamis pour filtrer les cendres et les débris de la ferme. Le 19 mai, au bout de quelques jours de labeur et devant des milliers de badauds qui continuent à arriver en masse sur les lieux de ce « crime du siècle », Schultz découvre les dents de porcelaine et d'or de Belle que le dentiste reconnaît tout de suite comme son œuvre.

DES SAUCISSES DE CHAIR HUMAINE

Le shérif est maintenant persuadé que c'est bien Belle Gunness qui est morte dans l'incendie de la ferme, malgré les différences de taille et de poids. Et comment expliquer l'absence de la tête ? De plus, l'or des dents n'a pas fondu, au contraire d'autres objets, montres, pendules, découverts dans les décombres. Pourquoi ne pas imaginer que Belle ait, elle-même, jeté ses dents dans les cendres ? Pour Smutzer, le dossier est clos et il ordonne d'arrêter les fouilles, car le domaine de Belle Gunness s'étend sur plusieurs dizaines d'hectares.

Quatorze corps ont été retrouvés, sans compter d'innombrables ossements épars. La rumeur circule que Belle nourrissait ses cochons avec les restes de ses victimes et que les fameuses saucisses qu'elle vendait auraient contenu en partie de la chair humaine.

Le procès de Ray Lamphere se déroule en novembre 1908. Une fois encore plusieurs témoignages viennent contredire la version du shérif. Le dentiste de La Porte et un joaillier local ne s'expliquent toujours pas comment l'or des dents est resté intact avec une chaleur aussi intense. L'ancien employé de Belle, Joseph Maxson, apporte un témoignage capital, confirmé par un autre témoin, Isaac Andrapher, également présent lors des fouilles :

– Quand avez-vous vu les dents pour la première fois ?

– On travaillait dans la cour et il était environ huit ou neuf heures du matin, lorsqu'il les a sorties de sa poche droite.

– Qui ?

– Le mineur. Louis Schultz. Et il a déclaré : « On a trouvé ce qu'on cherchait ! »

– Le shérif Smutzer était présent ?

– Non, monsieur.

Cet épisode se déroule une heure avant que le shérif Smutzer ne « découvre » les dents dans le tamis de Schultz. Appelé à la barre, Smutzer nie formellement les témoignages de Maxson et Andrapher, mais se trompe à plusieurs reprises sur le jour de cette découverte, puis sur l'heure.

Quelqu'un ment et, avec les conclusions des quatre médecins qui confirment que le cadavre retrouvé dans les décombres n'est pas celui de Belle, c'est suffisant pour faire germer le doute dans l'esprit des jurés. Ils décident de l'innocence de Ray Lamphere quant aux accusations de meurtre, mais l'estiment coupable d'incendie volontaire.

UNE LÉGENDE EST NÉE

Le 30 décembre, Lamphere est envoyé à l'« Indian State Prison », où il meurt quelques mois plus tard des suites d'une tuberculose. Dans son ultime confession au prêtre de la prison et à un compagnon de cellule, il confirme son innocence, mais il avoue avoir aidé Belle à enterrer tous les cadavres. Lorsque les soupirants arrivent à la ferme, Belle fait tout pour les mettre à l'aise et les charmer. Un bon repas, suivi d'un café drogué, pour ensuite les tuer à l'aide d'un fendoir à viande. Pour certains, la poudre destinée à les endormir est remplacée par de la strychnine, qui les tue sur-le-champ. Belle attend parfois que l'homme soit endormi pour le chloroformer, un procédé qu'elle souhaite probablement employer sur George Anderson lorsqu'il la surprend au pied de son lit, avant de quitter les lieux.

Dotée d'une force colossale – elle soulève des malles sans le moindre effort –, Belle transporte les corps dans une petite pièce fermée à clef, dans la cave où elle les dissèque à la lueur d'une lanterne. C'est en observant son ancien mari, Peter Gunness, dépecer les cochons qu'elle est devenue experte en la matière. Les restes sont placés dans des sacs de jute, puis enterrés dans le sol. D'autres corps sont plongés dans une cuve de bois contenant du chlorure de chaux, car elle commence à manquer de place pour les enterrer. Certains des cadavres sont même enfouis chez des voisins.

Quant à la mystérieuse inconnue dont le cadavre est retrouvé dans les décombres de la ferme, il s'agirait d'une certaine Mae O'Reilly, si l'on en croit Ray Lamphere, une jeune femme de Chicago, que Belle prétend employer comme servante. Droguée, elle est tuée d'un coup à la tête, puis décapitée. Belle aurait jeté la tête, alourdie par des poids, dans un marais proche de son domaine. Elle aurait empoisonné ses enfants qui posent trop de questions, à l'image de Jennie, sa fille adoptive. Aidée par Lamphere, Belle a vêtu Mae O'Reilly de ses propres habits pour l'installer auprès de ses enfants dans la cave. Tout cela se déroule le jour précédant l'incendie. Ensuite, Lamphere conduit Belle en chariot jusqu'à une gare située à vingt kilomètres de La Porte, où elle monte à bord d'un train en direction du Sud. Grâce à tous ses assassinats, Belle aurait accumulé une fortune proche de 250 000 dollars, et ses comptes en banque sont vidés quelques jours avant sa disparition. Par la suite, Belle devait contacter Lamphere pour le faire venir auprès d'elle. Le jour prévu, Lamphere met le feu à la ferme et se retrouve seul au banc des accusés. Belle a en effet tout mis en œuvre pour le faire accuser des crimes.

Juste avant de mourir, Ray Lamphere avoue avec fierté qu'il est le seul homme que Belle ait jamais aimé, puisqu'elle ne l'a pas tué. Et pourquoi l'aurait-elle fait d'ailleurs, puisqu'il n'a pas d'argent ?

Malgré toutes ces mystérieuses disparitions dans la région et les rumeurs qui circulent, on peut se demander comment Belle Gunness peut échapper aussi longtemps à une enquête ? Sur ce point, Ray Lamphere apporte une réponse. Belle lui aurait affirmé qu'elle payait quelqu'un au sein des autorités de La Porte pour la protéger, ajoutant même qu'elle avait offert une voiture à son protecteur inconnu. Or l'automobile rouge du shérif Smutzer, qui est facilement identifiable, est fréquemment aperçue lorsqu'il rend visite à la ferme des Gunness, au cours des mois qui précèdent la tragédie.

Était-il complice ? Cela expliquerait les mystérieuses circonstances de la découverte des dents de Belle et son empressement à déclarer que le cadavre des décombres est bien le sien. Quelques mois après le procès, le shérif Smutzer démissionne de son poste pour s'installer au Texas et y acheter une immense propriété afin de cultiver des pamplemousses – avec l'argent de Belle ?

Belle n'est jamais retrouvée malgré d'innombrables témoignages sur son apparition à tel ou tel endroit. Et, comme toujours, la légende vient amplifier le fait divers.

À vingt minutes de la ferme de Belle se trouve Elisabeth Smith, une jeune femme noire d'un âge incertain, qui se vante de pouvoirs vaudous et qui est connue dans la région sous le surnom de « Nigger Liz ». C'est une amie de Belle, et Lamphere est aperçu chez elle la nuit de l'incendie fatal. Puis, trois jours après, un jeune garçon qui livre des provisions voit Belle Gunness chez elle. Trop effrayé pour parler, il garde le secret pendant des années, avant de se confier à ses proches.

Lorsque « Nigger Liz » meurt en 1916, des voisins fouillent sa maison et y découvrent un crâne poussiéreux, couvert de toiles d'araignées. Un crâne utilisé pour des cérémonies vaudoues ? Peut-être. Mais ne s'agit-il pas plutôt de la tête de Mae O'Reilly ? Malheureusement, le crâne est jeté aux ordures avant qu'une analyse ne soit effectuée.

En 1914, grâce à un témoignage, de nombreuses forces de police encerclent une présumée « Belle Gunness » près de Neville, dans la Saskatchewan. Puis c'est dans le Mississippi, en 1930, qu'elle aurait été emprisonnée. Cent ans après la naissance de Belle, en 1959, un officier de police à la retraite décide de vérifier les dires d'un témoin affirmant avoir aperçu la disparue ! Les témoignages abondent, mais la seule piste sérieuse date de 1931.

À Los Angeles, une femme âgée, qui affirme s'appeler Esther Carlson, est arrêtée pour avoir empoisonné August Lindstrom, un riche entrepreneur scandinave. Le shérif de La Porte, apprenant la nouvelle, demande à deux anciens habitants de la ville qui connaissent Belle Gunness et qui se sont installés à Los Angeles de coopérer avec les autorités locales.

L'un d'eux, John Torkey, reconnaît Belle sur une photo de cette femme accusée d'empoisonnement. Il ne peut pas la rencontrer, car elle est gravement malade et hospitalisée. Avant qu'une confrontation puisse être organisée, Esther Carlson meurt en prison le 7 mai 1931. Les deux ex-habitants de La Porte se rendent à la morgue pour voir le corps. Pour eux, aucun doute n'est possible, il s'agit bien de Belle Gunness.

Et comme toutes les affaires criminelles mythiques, telles celles de Lizzie Borden ou de Jack l'Éventreur, Belle Gunness est immortalisée par des couplets et des chansons populaires :

Belle Gunness lived in In-di-an ;
(Belle Gunness vivait dans l'Indiana ;)
She always, always had a man ;
(Elle avait toujours, toujours un homme ;)
Ten, at least, went in her door
(Dix, au moins, lui ont rendu visite)
And were never, never seen no more.
(Et n'ont jamais, jamais été revus.)

Daisy la tueuse

ASSURANCE SUR LA MORT

Hors l'appât du gain, rien en apparence ne semble expliquer la carrière criminelle de Daisy Louisa de Melker, qui empoisonna plusieurs de ses époux et enfants en Afrique du Sud, dans les années 1930. En l'absence d'aveux, les motivations profondes de Daisy de Melker restent à ce jour un mystère, car elle-même admet qu'ils étaient des maris « honnêtes, attentionnés et travailleurs ».

Son cas, fort peu connu, est l'objet de brèves entrées dans divers dictionnaires ou encyclopédies (*Women Serial and Mass Murderers*, *The Murderers' Who's Who*, *Bad Girls Do It !*, *The Encyclopedia of Serial Killers*), alors qu'il passionne des millions de personnes en Afrique du Sud durant des semaines entières. Pour une grande part, je dois cette documentation à la coopération du Département des archives de la police de Johannesburg, ainsi qu'à l'auteur sud-africain Peter Godfrey.

Daisy Louisa de Melker, née Hancorn-Smith, voit le jour le 1er juin 1886, à Grahamstown, dans la province du Cap, et sa famille compte quatre frères et sept sœurs. Elle a 4 ans, lorsque éclate en Rhodésie la révolte Matabele à laquelle prennent part son père et deux de ses frères, les forçant à s'installer à Bulawayo.

En 1898, le reste de la famille Hancorn-Smith déménage aussi à Bulawayo. À 15 ans, Daisy est envoyée en pension à Cape Town, dans un séminaire, à plus de 2000 kilomètres de chez elle. Elle y reste deux ans et son père meurt pendant son séjour dans la ville.

En 1903, elle retourne à Bulawayo. Daisy, si elle n'est pas une beauté, a une forte personnalité et se montre toujours joyeuse et de bonne humeur. Son ambition dans la vie est de devenir infirmière et, au bout de huit mois de formation, elle obtient un poste d'aide infirmière au « Berca Nursing Home », à Durban. Elle apprend vite et comme l'établissement soigne surtout des personnes âgées, Daisy voit bon nombre de ses patients mourir durant son service.

Pendant ses périodes de congés, elle séjourne en Rhodésie, où elle fait la connaissance de Bert Fuller, fonctionnaire à Broken Hill. Ils tombent amoureux l'un de l'autre, Bert souhaite l'épouser sur-le-champ, mais Daisy veut d'abord terminer ses études d'infirmière et elle retourne à Durban.

Elle obtient son diplôme en 1907 et la date de leur mariage est fixée au mois d'octobre. Mais, au dernier moment, les congés de Fuller sont annulés et il faut repousser la cérémonie en mars 1908. Entretemps, Daisy part vivre avec sa tante dans un faubourg de Johannesburg. Les mois passent, lorsque le destin frappe cruellement Daisy. Son futur mari a contracté une hématurie (émission de sang par les voies urinaires) et il est hospitalisé à Bulawayo. Elle se précipite à son chevet. Le jour prévu pour le mariage, le 3 mars 1908, Bert Fuller meurt.

Avant de succomber, il a fait un testament en faveur de sa fiancée. Elle reçoit un chèque, contre la signature d'un reçu, mais, lors de son procès, elle indique n'avoir réceptionné que la moitié de l'héritage, pour une raison qui reste obscure. C'est à cette époque qu'un trait de son caractère se développe de manière pathologique : Daisy de Melker devient avare à un degré inimaginable. Bien des années plus tard, tandis qu'elle travaille au bureau de réception d'un hôpital pour enfants à Johannesburg, elle parvient à économiser tous les mois, alors que son faible salaire est de 8 à 10 £. Après le décès de son deuxième mari, elle refuse un examen post mortem, parce qu'elle croit que cela va lui coûter de l'argent. Elle supplie aussi sa riche belle-mère de l'aider, alors qu'elle vient d'hériter des titres et des propriétés. Au lendemain de l'enterrement de son propre fils qu'elle a assassiné, elle se rend sur son lieu de travail pour réclamer 15 shillings de salaire qui lui sont dus, ainsi que des vêtements qu'il garde dans son vestiaire.

Mais revenons en 1908. Daisy habite chez son frère qui possède de grandes quantités de strychnine. Tout comme Bert Fuller d'ailleurs, car ce poison, en vente libre en Rhodésie, sert à empoisonner les loups, chacals et lions rôdeurs. Pour des raisons de sécurité, la strychnine est teintée en rose et, au moment des crimes de Daisy de Melker, sa vente est mieux contrôlée et on a abandonné le procédé de la colorisation. Or, dans le corps de deux des victimes de Daisy, on retrouve cette strychnine rose. Les autorités en déduisent qu'elle a gardé les stocks obtenus chez Bert Fuller ou chez son frère, pour ne s'en servir que quinze ans plus tard. Ou peut-être s'en est-elle servie pendant ses nombreux stages d'infirmière, sans que les crimes ne soient découverts ? Pense-t-elle déjà en 1908 à utiliser du poison ? Ces questions restent sans réponse.

« AMÈNE-MOI TON ENFANT. J'AI UNE POUDRE QUI LE FERA MOURIR »

Juin 1908 voit Daisy retourner dans la pension de famille de sa tante, près de Johannesburg, où habite aussi William Alfred Cowle, 36 ans, avec qui elle se lie d'amitié. Il est le premier époux de Daisy, et le premier des sept cadavres qu'elle suit jusqu'au cimetière. Leur mariage est célébré le 3 mars 1909, un an jour pour jour après la mort de Bert Fuller. William Cowle est plombier, au service de la municipalité de Johannesburg. Le couple s'installe dans une maison en banlieue, à Turffonstein.

Ils ont cinq enfants. D'abord des jumeaux qui décèdent en bas âge, puis Lester, qui meurt le 19 octobre 1917, d'un abcès au foie et de problèmes d'estomac qui entraînent sa mort, à l'âge de 15 mois. Rhodes Cecil Cowle naît en 1911, pour vivre jusqu'à ses 20 ans, lorsque sa mère décide de se débarrasser de lui.

Une fois arrêtée par la police, Daisy est accusée par des centaines de lettres anonymes d'avoir empoisonné ses enfants. Aucune preuve ne peut être avancée pour conforter cette hypothèse, jusqu'au moment où une amie de Daisy, qui a un enfant handicapé mental, se résout à témoigner. Pour cette femme, l'existence s'apparente à un calvaire et, un jour, Daisy de Melker déclare tout de go : « Amène-moi ton enfant. J'ai une poudre qui le fera mourir. » Mais ce témoignage n'est pas inclus dans le dossier d'accusation, car il aurait nécessité des exhumations et des examens toxicologiques qui auraient retardé le procès de Daisy de Melker. Et de toute façon, elle doit déjà faire face à trois inculpations pour meurtre avec préméditation.

Cowle travaille dur. C'est un mari attentif et un père

dévoué, qui souffre beaucoup de la perte de ses enfants. Doté d'une forte constitution et d'une santé robuste, il est pourtant depuis longtemps malade d'un rein. Un médecin diagnostique des calculs et suggère une opération, mais William Cowle ne suit pas le conseil.

Trois mois après son mariage, le 3 juin 1909, il signe un testament en faveur de sa femme. En juin 1914, un codicille y est ajouté pour léguer à Daisy le bénéfice de son assurance-vie. En 1922, la famille déménage à Bertrams, une cité voisine de Johannesburg. La même année, Daisy prend une assurance-vie sur son fils Rhodes Cecil qui est âgé de 11 ans, et dont elle règle personnellement les échéances.

Tôt le matin du 11 janvier 1923, William Cowle avale une dose de sels purgatifs de la marque Epsom que son épouse lui a préparé. Le goût en est amer, mais il la prend sans se plaindre. Peu de temps après, il est plié en deux de douleur. Mme Daisy Cowle, apparemment bouleversée, fait venir un médecin et demande de l'aide auprès de ses voisins. Le médecin conclut hâtivement à une crise d'hystérie et prescrit un sédatif. Après son départ, Daisy envoie Rhodes chercher une amie proche, Mme Balderow, ainsi qu'une voisine, Mme Walker, à qui elle déclare : « Je vous en prie, aidez-moi ! Mon mari est en train de mourir ! » Les deux femmes découvrent William Cowle alité. Il est d'une pâleur mortelle et transpire à grosses gouttes. Parfois, son visage s'empourpre, avant que son corps ne soit secoué par de terribles convulsions. De l'écume sort de sa bouche. Lorsqu'elles tentent de le toucher, il se met à hurler en leur demandant de s'en aller.

Un autre médecin, le docteur A.E.H. Paikes, arrive sur les lieux vers huit heures du matin. Ayant reconnu les symptômes, il prend sa voiture pour retourner au plus vite chez lui, à la recherche d'une pompe stomacale et de chloroforme. Lorsque le Dr Paikes revient chez les Cowle, le malade a succombé à une crise encore plus violente que les précédentes. La veuve éplorée lui donne le flacon de sels purgatifs et il indique qu'il ne peut pas signer de certificat de décès, lui conseillant d'informer la police et de transmettre le flacon à des fins d'analyse.

Lors du procès, le Dr Paikes révèle qu'il a refusé d'accorder un certificat de décès, car il suspecte un empoisonnement à la strychnine. Il fait part de ses soupçons à la police et l'autopsie de William Cowle est exécutée par le Dr Basil Fergus, le médecin légiste de la région. Hélas, personne n'informe le Dr Fergus des craintes du Dr Paikes, et il conclut à un décès causé par une néphrite chronique et une hémorragie cérébrale. Quant au Dr Paikes, qui pense que l'on a tenu compte de ses observations lors de l'autopsie, il croit s'être finalement trompé dans son diagnostic.

Daisy Cowle, qui s'est occupée de toucher l'héritage, reçoit aussi un chèque de l'organisme des pensions de la municipalité ; en tout, elle perçoit 800 £ après le décès de son époux et continue à habiter leur maison de Bertrams. De 1923 à 1926, elle travaille au « Johannesburg Children's Hospital », où elle accueille les visiteurs, aide à emmener les enfants en salle d'opération et nettoie les instruments chirurgicaux.

COLIQUE DE PLOMB

Le 1er janvier 1926, Daisy épouse un célibataire de 46 ans, Robert Sproat. À l'image du précédent mari de Daisy, il travaille comme plombier pour la municipalité de Johannesburg. Econome et très avisé dans ses investissements, Sproat a mis de côté un petit pactole, qu'il fait fructifier avec des actions immobilières. Tout comme

Cowle, il semble en bonne santé, jusqu'au 10 octobre 1927, où il s'octroie huit jours de congé maladie.

Peu de temps après son mariage, Daisy découvre que son mari a établi un testament en faveur de sa mère, Janet Sproat, et que sa fortune s'établit aux environs de 4 000 £, sans compter sa pension, ce qui représente une jolie somme pour l'époque. Et dès le début, elle fait savoir à ses voisins que son mari souffre parfois d'attaques cardiaques – ce qui est faux.

Le fils de Daisy, Cecil Rhodes Cowle, âgé maintenant de 15 ans, est renvoyé de toutes les écoles où il est inscrit. Il a un comportement asocial au point de refuser d'effectuer tout travail scolaire.

Pendant les mois qui suivent, Daisy tente de convaincre Robert de changer son testament, mais ce dernier ne pense pas que ce soit nécessaire. Puis surgit cette brusque maladie du 10 octobre, qui lui fait comprendre qu'il est mortel, après tout. Sproat change son testament… et recouvre miraculeusement la santé.

Les deux médecins, les Dr Paikes et Mallinick, qui s'occupent du malade, ont beaucoup de difficultés à établir un diagnostic, comme ils l'expliqueront pendant le procès. Le Dr Mallinick penche pour une colique due au plomb, à cause du métier de plombier de Sproat.

Le 5 novembre 1927, Robert Sproat est en pleine forme et on le voit remercier une voisine d'avoir pris de ses nouvelles, pendant son alitement d'une semaine, le mois précédent. Le même jour, Daisy apprend que la pension qui lui serait versée en cas de décès de son époux s'élèverait à 1 000 £. Dès le lendemain, la tragédie frappe à nouveau la maison de Bertrams.

Le même scénario se répète, avec de brusques convulsions et un appel aux voisins qui préviennent d'urgence le Dr Mallinick. Lorsqu'il se présente chez les Sproat, Robert est déjà mourant. Il téléphone sur-le-champ à deux spécialistes, mais aucun n'est disponible... Pendant les appels, Robert Sproat meurt. Le Dr Mallinick pense que la mort est due à une embolie cérébrale, causée par une artériosclérose, elle-même conséquence d'un empoisonnement aigu par le plomb.

Par télégramme, Daisy prévient une de ses sœurs, ainsi que le frère de son mari, William Sproat. Lorsqu'il arrive au chevet de Robert, Cecil Rhodes Cowle lui indique que son beau-père a bu un verre de bière juste avant sa crise. Troublé, William Sproat déclare à Daisy qu'il exige une autopsie. Elle est horrifiée : « Oh non, pas ça ! Cela va coûter 7 £ ! » En fait, il n'y aura pas d'autopsie : Daisy intervient auprès du Dr Mallinick qui lui signe un certificat de décès.

Le lendemain du décès, Daisy commande de nouveaux vêtements de deuil et prévient la mère de Robert, Janet Sproat, qui vit en Angleterre.

Le 8 novembre, la sœur de Robert arrive et Daisy demande, en sa présence, à William Sproat de l'emmener chez le notaire pour régler la succession du défunt. Ils sont tous les deux choqués par l'insistance de Daisy. Le jour même, Robert Sproat est enterré dans une tombe, non loin de celle de William Cowle. Le nouveau testament est validé et Daisy touche la somme de 7 000 £, une véritable fortune dans les années 20.

Ce qui n'empêche pas l'avarice de Daisy de reprendre le dessus. Courant novembre, elle écrit à Janet Sproat, pour lui demander une assistance financière, expliquant que la maladie et les dépenses funéraires ont mangé toutes ses économies. Et, avant de mourir, Robert Sproat aurait promis à son beau-fils, Cecil Rhodes Cowle, un voyage en Angleterre qu'elle est incapable de financer. Elle termine cette missive surréaliste en indiquant que durant la maladie de Robert, de nombreux visiteurs se sont rendus à son chevet et qu'elle a été obligée d'offrir à chacun une tasse de thé !

UN FILS À TUER

Mme Sproat fait suivre ce courrier à son fils William, qui rencontre Daisy pour lui signifier que la famille Sproat rompt désormais toutes relations avec elle. Malgré tout, Daisy emmène Cecil en voyage en Angleterre et sur le continent européen. À 17 ans, celui-ci possède toutes les caractéristiques d'un psychopathe. D'apparence charmeuse et souriante devant des étrangers, Cecil exhibe un caractère vicieux et violent avec ses amis ou sa mère qui finit par lui céder tous ses caprices. Pour son anniversaire, elle lui achète une moto en Angleterre, qu'elle fait expédier en Afrique du Sud. En décembre 1928, de retour au pays, il exige et obtient une voiture, dont il se fatigue un an plus tard, pour demander un nouveau modèle. En juillet 1929, il trouve que sa moto manque de puissance et sa mère lui en achète une autre. Cecil Rhodes est incapable de garder un emploi, passant de plombier à représentant, avant de s'essayer dans le bâtiment.

À partir du mois de juin 1930, Daisy reprend son emploi à l'accueil de l'hôpital pour enfants de Johannesburg, mais tout ce qu'elle y gagne ne suffit pas à payer les frasques de son fils. Pour lui éviter les tentations et trouver d'autres opportunités, elle décide de l'emmener en Rhodésie.

Malgré ses réticences, Cecil Rhodes travaille pour la compagnie des chemins de fer du Swaziland. Il n'habite plus chez sa mère qui lui fait parfois des colis de nourriture et vient, quelquefois, lui rendre visite. Lors d'un de ses voyages, elle apporte un testament à signer faisant d'elle l'unique héritière de son fils. Sous le coup d'un reste de malaria, Cecil signe sans hésiter le document. De toute façon, il ne possède pas grand-chose. Juste cette assurance-vie dont Daisy Sproat règle les échéances, ainsi qu'une voiture et une moto.

En fin d'année, il apprend que sa mère est sur le point de se remarier, toujours avec un plombier, mais, cette fois-ci, le futur époux est employé dans une mine d'or. Sidney de Melker est aussi un membre patenté de la fameuse équipe de rugby des Springboks. Le mariage se déroule le 21 janvier 1931, et le couple emménage dans la demeure de Sidney, à Germiston, où habite également Eileen, la fille d'une précédente union de De Melker. Moins de deux mois après, Cecil Rhodes donne sa démission et vient lui aussi vivre dans ce nouveau foyer.

Les relations entre le fils et sa mère sont souvent orageuses ; il arrive à Cecil Rhodes de la frapper, mais jamais en présence de son mari qui ignore tout de ces disputes. Aux yeux de Sidney, Daisy est une personne merveilleuse. Seule Eileen, qui témoignera du caractère de Cecil Rhodes lors du procès, assiste quelquefois à ces accès de colère du fils. Daisy de Melker indiquera par la suite que son fils menaçait constamment de se suicider, mais ce fait n'est corroboré par aucun autre témoignage que le sien.

Le 25 février 1932, le téléphone sonne à la pharmacie de Kenilworth. Une voix féminine se présente au propriétaire, M. Spilkin, comme étant Mme Cowle de Bertrams, une ancienne cliente de son officine. Elle lui demande du poison pour se débarrasser d'un chat qui l'ennuie. M. Spilkin lui propose d'apporter l'animal qu'il se chargera d'éliminer pour elle.

Mais elle lui répond qu'elle n'a pas le chat sous la main, et M. Spilkin lui demande alors de passer prendre la poudre. Au bout de deux heures, Mme Cowle se présente à la pharmacie et signe, sans la moindre objection, le registre des poisons pour obtenir de l'arsenic de couleur blanche. À la surprise du pharmacien, elle signe le registre en tant que Mme Sproat, et Daisy lui explique qu'elle s'est remariée.

Des mois plus tard, lorsqu'il voit la photo de Mme de Melker dans les journaux quand elle est accusée de meurtre, Spilkin se souvient de sa demande de poison et contacte la police.

À la grande surprise de tout le monde, Cecil Rhodes semble avoir découvert sa voie en travaillant chez un garagiste de Johannesburg. Il est même augmenté par son patron. Le 2 mars 1932, il part à son travail avec un thermos de café et des sandwiches préparés par sa mère. Lors d'une pause du matin, Cecil Rhodes boit un gobelet de café et en propose à un collègue, James Webster. À l'heure du déjeuner, Cecil mange les sandwiches et termine le café. Webster et Cowle recommencent à travailler sans le moindre problème, mais, vers le milieu de l'après-midi, Cecil commence à se plaindre de maux d'estomac. Il décide pourtant de continuer. La douleur semble s'apaiser un temps et il part s'entraîner au rugby sur le coup de 17 heures. Une demi-heure plus tard, les douleurs reprennent.

De retour chez lui, Webster, qui est aussi malade, se soigne : il avale des pilules et respire des sels. Pendant la nuit, il vomit, mais il se sent mieux le lendemain matin. Lorsqu'on enquête sur le décès de Cecil Rhodes Cowle, on retrouve des traces d'arsenic sur les ongles et les cheveux de James Webster.

Cecil Rhodes, quant à lui, rentre vers 20 heures chez les de Melker. Il dîne sans trop d'appétit, déclarant qu'il ne se sent pas très bien. Le lendemain matin, il est toujours malade, mais retourne travailler au garage. Son patron le renvoie chez lui. Eileen de Melker l'aperçoit à l'heure du déjeuner. Il croit avoir un nouvel accès de malaria et part se coucher pour se réveiller vers minuit. Puis il se précipite dans le jardin où il est pris de vomissements. Sa mère et Eileen se réveillent pour l'aider à se recoucher.

Le lendemain matin, Cecil est pâle et se sent très fatigué. Daisy de Melker fait appel au Dr McKenzie, qui est plutôt intrigué par les symptômes du malade. Mais il ne croit pas à une recrudescence de malaria. Ayant prescrit des médicaments, le Dr McKenzie pense que Cecil Rhodes devrait se sentir mieux dès le lendemain, ce qui n'enchante guère Mme de Melker. Pendant la nuit, elle donne à « boire » à son fils, dont la santé empire considérablement au bout de quelques heures.

Il faut de nouveau faire appel aux voisins, mais le Dr McKenzie n'est pas disponible, et c'est un autre médecin, le Dr Ferguson, qui arrive en urgence sur les lieux. Entre-temps, l'une des voisines des de Melker fait respirer un flacon de sels à Cecil Rhodes. L'étiquette arbore une silhouette de femme nue et elle en fait la réflexion au malade qui lui répond :

– J'en ai rien à faire des filles.

– Et votre mère, alors ? demande-t-elle d'un ton joyeux.

– J'en ai également fini avec elle.

Son intonation de voix est remplie d'amertume. Ce sont les ultimes paroles de Cecil Rhodes. Peu après, il est pris de convulsions et son visage devient violacé. Pour le soulager, le Dr Ferguson lui fait respirer du chloroforme. Le Dr McKenzie, prévenu à midi moins le quart, arrive à son tour au chevet du mourant. McKenzie pratique la respiration artificielle et lui injecte des stimulants par voie intraveineuse. Rien n'y fait, et le Dr McKenzie déclare à Mme de Melker :

– Ce cas m'intrigue beaucoup. Il va falloir pratiquer une autopsie.

Le Dr Ferguson approuve cette suggestion et son confrère effectue l'examen post mortem. Le foie et le cerveau sont congestionnés, la rate est enflée, tandis que les parois stomacales sont enflammées. Comme le Dr McKenzie n'a jamais vu un cas d'empoisonnement à l'arsenic, il pense que Cecil Rhodes est décédé d'une malaria cérébrale et il délivre un certificat de décès en bonne et due forme. Quelques mois plus tard, lorsqu'il témoigne devant la cour, il change d'opinion.

« J'AI EU TELLEMENT DE CHOCS DANS MA VIE ! »

Dès le lendemain de la réception du certificat de décès, c'est une Daisy de Melker pleine de sang-froid qui réclame au garagiste, patron de son fils, le solde de son salaire, soit 15 shillings, ainsi que ses vêtements de rechange. À une voisine qui souhaite la consoler de cette perte tragique, Daisy répond : « J'ai eu tellement de chocs dans ma vie que j'y suis maintenant habituée. » Nous sommes en 1932 et elle a déjà perdu un fiancé, deux maris et cinq enfants.

Le 8 mars, elle se rend à la compagnie d'assurances pour réclamer l'argent qui lui est dû suite au décès de son fils. Cette somme lui est réglée le 1er avril. Quelques jours plus tard, elle se plaint auprès de son mari d'étranges cauchemars, où Cecil Rhodes Cowle vient la hanter, habillé en policier.

En fait de policiers, les forces de l'ordre commencent à s'intéresser à cette femme qui sème la mort autour d'elle. La famille Sproat exige à plusieurs reprises qu'une enquête soit ouverte, mais c'est aussi le cas de James Webster, le collègue de Cecil au garage, victime d'un empoisonnement. Finalement, des recherches sont entreprises.

Un mandat pour l'exhumation des corps des deux maris et du fils de Daisy de Melker est signé. Le 15 avril 1932, les trois cadavres sont déterrés en présence du Dr McKenzie. Des échantillons sont prélevés puis examinés par un laboratoire de Johannesburg. On découvre des traces très importantes d'arsenic dans les viscères et les cheveux de Cecil Rhodes Cowle. Sur la dépouille de son père, William Cowle, c'est une substance de couleur rose, de la strychnine, qui est retrouvée. Le corps de Robert Sproat est dans un état de décomposition avancé et c'est dans la colonne vertébrale que de la strychnine est identifiée, mais pas la moindre trace de plomb, cause supposée du décès à l'époque.

Finalement, un premier chef d'inculpation est notifié à Daisy de Melker, pour le meurtre de son fils Cecil Rhodes. Les journaux publient sa photo et de nombreux témoignages de personnes qui la reconnaissent, comme étant Mme Cowle ou Mme Sproat, parviennent aux enquêteurs, dont celui de M. Spilkin, le pharmacien de Kenilworth.

LE PROCÈS

Le procès démarre le 17 octobre 1932 avec une opinion publique très défavorable à Daisy de Melker, malgré le soutien inconditionnel de son époux, qui croit fermement à son innocence. L'accusée fait preuve d'une grande insouciance et de beaucoup de vanité. Devant la cour, Daisy de Melker se soucie surtout de son image, de ses ongles et de sa chevelure.

Elle ne paraît pas réaliser qu'elle joue sa tête. Elle plaisante tout le temps avec ses gardiens de prison à qui elle parle de sa « future performance d'actrice ». Daisy s'amuse à saluer la foule à la sortie du fourgon qui l'emmène au palais de justice, malgré des manifestations d'hostilité de plus en plus prononcées. Une femme tente même de l'agresser. Lorsqu'un journaliste lui demande ce qu'elle écrit dans un gros cahier pendant le procès, elle répond : « Je prépare un scénario pour un film hollywoodien sur mon procès. »

Pendant le procès qui dure trente-neuf jours, l'avocat de la défense s'attaque avec férocité à tous les témoignages des experts médicaux. Il ne critique pas leurs premières erreurs, mais plutôt les nouvelles versions « révisées » de leurs diagnostics. Le procureur est un redoutable adversaire, qui réduit à néant les divers passages de Daisy de Melker à la barre des témoins. Elle se contredit à de multiples reprises et prend aussitôt peur.

Le 24 novembre, le juge résume l'affaire pendant plus de trois heures. Ses premières conclusions semblent plutôt favorables à l'accusée, puisqu'il rejette les accusations de meurtre dans les cas de Sproat et de Cowle, les preuves ne lui paraissant pas concluantes. Mais il n'en est pas de même pour Cecil Rhodes Cowle où « il n'y a aucun doute possible quant à un empoisonnement à l'arsenic (...). Le comportement de la mère a été abominable (...). La dose était fatale, et c'est sa propre mère qui lui a fait boire le poison (...). Dès lors, il n'existe qu'un seul châtiment possible (...) que l'accusée soit emmenée et que mort s'ensuive par pendaison ».

Le jour de Noël 1932, Daisy de Melker apprend que son appel est rejeté. Elle reçoit la visite de son mari et de sa fille, Eileen. Le 30 décembre, Daisy de

Melker doit être amenée de force au gibet, les mains liées derrière le dos. On lui met un capuchon sur la tête et la corde est passée autour de son cou. Le bourreau actionne un levier, faisant ouvrir la trappe sous ses pieds.

Quelques heures plus tard, Eileen de Melker et Mme McLachlan, l'une des sœurs de Daisy, assistent à la mise en bière de l'empoisonneuse. Pendant que le cercueil est descendu en terre, Sidney de Melker y dépose une gerbe d'œillets blancs. Daisy de Melker n'a jamais reconnu ses crimes.

Winnie Ruth Judd, les cadavres se font la malle

Le XIXe et la première moitié du XXe siècle ont popularisé les malles comme le soi-disant « moyen idéal » de se débarrasser d'un cadavre coupé en morceaux. Celles-ci sont ensuite déposées dans des consignes de gares, où leur puanteur finissait immanquablement par attirer l'attention des employés du chemin de fer. D'innombrables récits fictifs, tels que *La Malle sanglante* de Maurice Level ou *La Dame de la malle* de Ray Bradbury, des pièces de théâtre du Grand-Guignol ou des films (citons *La Corde* d'Alfred Hitchcock) ont perpétué ce mythe maintenant révolu.

Ces « malles sanglantes » sont surtout utilisées par des hommes, mais l'une des affaires les plus célèbres des années 1930 concerne une Américaine surnommée la « Tigresse de velours ».

WINNIE RUTH JUDD, LA « TIGRESSE DE VELOURS »

Un journaliste de l'hebdomadaire *Police Magazine* nous relate ce fait divers oublié dans un style chatoyant, pris sur le vif : « Le numéro 8811 de la prison d'Arizona a été condamné, le 23 février 1932, à la peine de mort !

« Dans la cellule réservée à ceux qui sont destinés au châtiment suprême, j'ai vu le numéro 8811. C'est une jeune femme blonde, d'une beauté frêle. Assise sur le bord de son lit, elle considérait attentivement ses mains diaphanes qu'un tremblement nerveux agitait.

« Au bruit que fit la grille en s'ouvrant, elle sursauta et leva vers nous un étrange regard où la haine et l'angoisse se mêlaient étroitement.

« – Mais cette femme est folle ! murmurai-je.

« Mistress Ella M. Heat, gardienne-chef de la section des femmes, haussa les épaules d'un air ennuyé.

« – On ne peut pas exécuter une folle, poursuivis-je…

« Et je frémis en songeant au sort terrible réservé à ce corps mince de jeune fille, plein de vie, rayonnant de beauté, mais dont l'esprit semblait désaxé. La chaise électrique n'a pas encore été introduite en Arizona. On y applique toujours la peine de la pendaison. La dernière femme exécutée fut Mrs Dugan, dont la mort produisit une effroyable impression sur les personnes qui y assistaient, car la malheureuse fut littéralement décapitée par la corde, au moment où la trappe s'ouvrit et où elle fut précipitée dans le vide. »

Un pareil sort sera-t-il réservé à la mince, à la blonde prisonnière qui occupe aujourd'hui la cellule de la mort ?

Le N° 8811 – de son nom Mrs Winnie Ruth Judd – subira-t-elle, malgré les nombreuses démarches de ses parents, les interventions de ses amis, le vaste mouvement d'opinion publique, le suprême châtiment ?

Et pourtant, il fut horrible, le double crime de Winnie Ruth Judd…

Le 18 octobre 1931, les employés de la gare du « South Pacific », à Los Angeles, furent frappés par l'aspect de deux malles qu'une femme blonde, au visage pâle, aux yeux hagards, était venue enregistrer.

– Que contiennent ces malles, Madame ? demanda le chef de l'enregistrement.

La femme se troubla. Elle chancela et d'une voix rauque, qu'elle essayait en vain d'affermir, elle déclara brusquement :

– Cela ne vous regarde pas !

– Pardon, Madame, rétorqua l'agent, on dirait que du sang en découle, et voyez, les mouches viennent s'agglutiner autour... Il faudra ouvrir ces malles... On constate, en ce moment, beaucoup de contrebande de gibier, et nos instructions...

À ce moment, l'employé leva la tête et s'aperçut que la jeune femme avait disparu. Il se précipita vers la sortie et n'eut que le temps de noter le numéro d'une auto qui démarrait à toute allure.

Quelques minutes plus tard, la police était alertée ; les serrures des deux malles furent fracturées, les couvercles soulevés... Des membres humains apparurent.

Les malles contenaient les cadavres de deux femmes : l'une d'elles était coupée en morceaux et le tronc manquait ; il fut retrouvé plus tard dans une valise ronde, sorte de carton à chapeaux, abandonnée à la toilette des dames.

Ces restes humains furent rapidement identifiés. Il s'agissait de Mrs Agnes LeRoi, une infirmière de 27 ans de la ville de Phoenix et de son amie, Miss Hedvig Samuelson.

Pendant vingt-quatre heures, la police rechercha en vain la jeune femme blonde. On avait mis les meilleurs détectives à ses trousses. Mais elle se cachait bien et demeurait introuvable.

Entre-temps, on avait retrouvé la voiture et celui qui la conduisait. C'était un tout jeune homme, Burton McKinnell. Il fut immédiatement arrêté.

Interrogé, il avoua que la femme recherchée n'était

autre que sa sœur, Winnie Ruth Judd, épouse d'un respectable médecin, bien connu dans l'Arizona, et dont elle vivait séparée. Elle-même était la fille d'un pasteur méthodiste fort vénérable, le révérend J. McKinnell.

Prévenu par la police, le brave docteur Judd leva les bras au ciel :

– Ma femme, une meurtrière ! C'est impossible... Si elle a tué, c'est qu'elle est devenue folle !

Winnie s'était réfugiée dans un sanatorium où elle se faisait passer pour malade. Elle pensait à juste raison que la police ne viendrait pas la dénicher dans un semblable endroit.

Elle passait ses journées étendues sur une chaise longue, au soleil, plongée dans de sombres réflexions. Ses voisins la voyaient parfois tressaillir violemment et les fixer avec des yeux épouvantés. Mais aucun d'eux ne se doutait du tragique secret qui pesait sur leur frêle compagne, ni du terrible remords qui la rongeait vivante.

Un haut-parleur, placé au centre de la galerie où les malades prenaient leurs bains de soleil, éructait, tout au long du jour, les fox-trot, les blues et les nouvelles transmises par la T.S.F. Un soir, à la tombée de la nuit, un étrange message fut lancé :

– Allô ! Allô ! Ici le docteur Judd, de Phoenix. Je supplie ma femme, Winnie Ruth Judd, si elle est coupable, de se livrer à la justice... Je lui promets aide et protection si elle se constitue prisonnière...

Winnie se dressa sur sa chaise longue, en poussant une clameur d'effroi et de douleur, puis elle s'enfuit dans sa chambre. Longtemps elle pleura, étendue sur son lit, le visage enfoui dans ses oreillers. Puis brusquement, elle prit son parti. Elle jeta son linge pêle-mêle dans une petite valise, consulta l'annuaire des chemins de fer et prit le train pour Los Angeles. Au matin du 23 octobre, les détectives de Los Angeles virent pénétrer dans leurs bureaux une étrange créature, au teint blême, aux yeux plombés, dont la chevelure blonde s'ébouriffait autour d'un visage tragique. Dans ses mains agitées d'un mouvement fébrile, la femme torturait son chapeau.

– Je suis Winnie Ruth Judd, dit-elle.

Et, exténuée, elle s'effondra sur une chaise.

Quelques heures plus tard, du cabinet du juge d'instruction, elle pouvait entendre les vendeurs de journaux hurler dans la rue la nouvelle de son arrestation. Pour la première fois, elle apprit qu'on l'avait surnommée : la « Tigresse de velours ».

Tout d'abord, Winnie n'avait pas voulu parler. Mais elle avait écrit à son mari, une longue lettre où elle confessait son crime. À l'aide de cette lettre et des bribes d'aveux qu'il arrachait à la meurtrière, le magistrat put enfin reconstituer l'étrange et douloureux drame qui avait mené la fille du pasteur McKinnell jusqu'au crime…

Mrs Judd, qui vivait séparée de son mari, travaillait à Phoenix, en qualité de secrétaire et d'infirmière, chez un praticien de la ville, le docteur McKenna. Deux autres jeunes femmes étaient également occupées à la clinique du docteur. Elles se nommaient Mrs LeRoi et Miss Samuelson. Les trois femmes s'accordèrent à merveille et devinrent même de si bonnes amies qu'elles décidèrent d'habiter ensemble un petit cottage aux portes de la ville.

Sur ces entrefaites, Winnie fit la connaissance d'un certain Jack Halloran. Il se disait homme d'affaires. En réalité beau parleur, séduisant, joyeux garçon, Jack, que ses amis avaient surnommé l'« Heureux », vivait surtout de l'argent de ses maîtresses. Il n'avait point de scrupules… Winnie Ruth Judd lui plut. Il devint son amant.

Il était reçu quotidiennement au cottage. Winnie l'avait présenté à ses deux camarades. Il venait pour le lunch ou pour le dîner et restait parfois de longues heures à bavarder avec les trois femmes, tout en dégustant de petites tasses de thé. Il vivait heureux, comme un coq en pâte, entre ces trois femmes qui le gâtaient, qui le bourraient de sucreries et de glaces.

Mais cette bonne entente cessa le jour où, sous les yeux de sa maîtresse, il commença à flirter avec la brune Sammy et la rousse Agnes. Vivant avec ces trois femmes, il avait fini par se figurer avoir des droits sur elles et il en profitait largement, au grand plaisir de Mrs LeRoi et Samuelson, mais à la grande rage de Winnie.

Une collègue des trois infirmières du docteur McKenna venait parfois leur rendre visite : Miss Moore, une jeune fille de 19 ans, aux cheveux ébouriffés, à l'œil éveillé, à la bouche mutine. Elle plut à Jack qui en décida aussitôt la conquête…

Quatre femmes pour un don Juan ! Et sur ces quatre femmes, l'une d'elles, Mrs Judd, est une hystérique, en proie à d'étranges manies, à des brusques et terribles accès de rage, ainsi que l'examen mental le démontrera plus tard.

Alors, des scènes terribles éclatèrent entre les trois femmes. Elles avaient toujours lieu durant l'absence de Jack. Sitôt que celui-ci apparaissait, les colères tombaient. Son insouciance et son amoralité étaient désarmantes.

Mais dans le cœur de Mrs Judd, l'idée du meurtre avait germé. Ses camarades la voyaient parfois réfléchir des heures entières en grinçant des dents. Mais elles étaient bien loin de se douter que c'était leur propre mort que Winnie préparait. La situation était tendue… Cela ne pouvait plus durer, quand, oh ! surprise ! le

16 octobre 1931, la maîtresse de Jack convia ses deux rivales à un dîner de réconciliation.

Elles acceptèrent. Ce fut leur perte. Après le repas, comme fatiguées par l'excès des libations, une dispute éclata. Miss Samuelson bondit dans la chambre à coucher et s'empara d'un revolver pour tirer une balle dans la main de Mrs Judd. Celle-ci parvint à récupérer l'arme et à abattre Miss Samuelson de deux coups de feu. Ce fut ensuite au tour d'Agnes LeRoi de tomber morte d'une balle en plein cœur.

Le lendemain matin (les faits sont confirmés par de nombreux témoignages), Mrs Judd fait venir un déménageur et lui donne l'ordre d'emporter une grande malle qui se trouve là pour l'expédier à Los Angeles. Le déménageur objecte que la malle est trop lourde et qu'il faudrait payer une surtaxe. Mrs Judd renvoie l'homme.

Un moment, elle demeure perplexe, car la malle contient les deux cadavres qu'il est urgent de faire disparaître. Elle se décide enfin à couper les cadavres et à enfermer les sanglants débris dans deux petites malles et un carton à chapeaux qu'elle expédie, en toute hâte, à Los Angeles.

La « Tigresse de velours », après des débats pathétiques, fut condamnée à mort.

– Ma fille est folle, sanglota le père, vous voyez bien que c'est une hystérique. Enfant, elle était étrange déjà. À 14 ans, elle accusa un de ses compagnons de jeu de l'avoir rendue enceinte. Plus tard, elle se figura à plusieurs reprises qu'elle allait être mère…

Le docteur Judd vient confirmer ce détail. Sans cesse, Winnie était hantée par cette idée de maternité qui la poursuit et la laisse toujours déçue.

Dans la cellule des condamnés à mort, qui devient maintenant sa cellule, un bouquet d'œillets blancs et rouges s'épanouit sur la table. C'est une délicate attention de son mari qui se rappelle que c'est aujourd'hui l'anniversaire de sa femme et qu'elle entre dans sa vingt-septième année.

Winnie rit maintenant. Elle demande le directeur et le prie de lui envoyer le coiffeur pour une ondulation.

– Vous embrasserez bien mon mari, dit-elle ensuite à Miss Heat, sa gardienne, qui l'avait assistée tout au long du procès. Et n'oubliez pas John Robert.

– Qui est John Robert ? hasarde la brave femme.

– Mais, c'est mon enfant, voyons ! Mon petit que j'ai laissé en nourrice dans une ferme, aux environs de Phoenix. Il est beau, il est blond... comme Jack, ajoute-t-elle gravement... Jack l'Heureux... Jack l'Heureux...

Mrs Judd apprit qu'elle devait mourir le 14 avril. Mais quinze jours avant cette date fatale, l'exécution fut remise au 21 avril, à cause des solennités de Pâques.

À ce moment, la condamnée eut un nouveau sursaut d'énergie : en conservant son calme extérieur, elle était dévorée par une affreuse angoisse, dont seul son frère, Burton McKinnell, était témoin.

Le fils du vénérable pasteur méthodiste était doué du même tempérament farouche que sa sœur. Déjà, à la veille de l'arrestation de Winnie, il l'avait aidée à fuir. Il tenta une fois de plus de la sauver. Il vint la voir dans sa cellule et lui glissa un petit paquet contenant deux limes suffisamment puissantes pour mordre dans l'acier.

Mrs Judd attendit la nuit pour se mettre à l'œuvre, mais deux gardiens la surprirent, alors qu'elle venait de scier deux des barreaux de sa cellule. Elle fut désarmée, menacée du cachot. Un mandat d'arrêt fut lancé contre son frère.

On était alors le 31 mars.

Et les jours passèrent. L'échéance fatale arrivait. L'angoisse torturait de plus en plus Winnie. La nuit, elle se réveillait en hurlant, la vision de son supplice l'épouvantait. Elle ne craignait pas la mort pourtant, puisque, le 10 avril, elle tentait de se suicider en avalant une lame de rasoir de sûreté. La garde s'aperçut à temps de son geste. Elle se précipita et dut engager une véritable lutte pour lui arracher l'arme dangereuse.

– Il me reste mes dents, hurla-t-elle, cramponnée aux barreaux de sa cage et invectivant ses gardiens. Il me reste mes dents. Je m'en servirai pour m'ouvrir les artères !

L'Amérique toute entière suivait avec horreur et effroi l'agonie mentale de cette femme, agonie plus terrible encore que la mort elle-même qui planait au-dessus de sa tête…

Un nouvel examen mental fut décidé. Tandis que les autorités d'Arizona soumettaient Mrs Judd à de nouveaux interrogatoires, la prison de Florence tout entière fut saisie d'angoisse. Les huit cents détenus de l'établissement suivaient avec passion l'affaire ; d'étranges rumeurs circulaient… On murmurait que les aliénistes s'étaient arrangés pour examiner Mrs Judd hors de la présence de ses avocats ou de son mari, qu'on allait employer des instruments suspects, entre autre le « lie detector » – le détecteur de mensonges – cet appareil que l'on emploie fréquemment dans les « grillings » (les interrogatoires), mais qui n'est pas définitivement au point.

Les messages occultes crépitaient sur les murs des cellules… une inquiétude grondait… Les dirigeants de la prison redoutaient même une révolte.

Le docteur Judd intervint énergiquement pour que sa femme soit examinée au cours d'une audience publique à la cour de Florence, où la condamnée fut transférée.

Des scènes extrêmement pénibles s'y déroulèrent. Winnie Ruth Judd, saisie d'une crise de rage, hurla, jura, menaça… Elle injuria les médecins qui l'examinaient, les traitant de gangsters, de bourreaux… Seul Judd put calmer sa femme. Mais bientôt, une nouvelle crise se déclenchait et la mettait aux prises avec ses gardiens et ses infirmiers…

Ce n'était plus maintenant la belle créature à la chevelure blonde, savamment ondulée, aux grands yeux expressifs, savamment soulignés de fard, qui fut élue, un jour, reine de beauté de l'Arizona et que tous les salons de Los Angeles et de Phoenix se disputaient.

Ce n'était plus la charmante femme que l'on avait connue et estimée comme l'épouse et la collaboratrice du docteur Judd. Ce n'était plus l'accorte infirmière qui avait séduit, par sa grâce, Jack l'Heureux.

Déchue maintenant de son rang de déesse, d'épouse et d'amoureuse, elle n'était plus qu'une vieille femme à 27 ans. Une mince robe de mousseline flottait sur son corps amenuisé. Elle offrait à ses juges un pauvre visage torturé d'angoisse, creusé de rides, déformé de tics nerveux. Les yeux étaient toujours beaux, mais d'inquiétantes lueurs éclataient parfois dans l'ombre du regard.

Cette déchéance, cette mort lente du corps et de l'esprit était un supplice bien plus atroce encore que celui auquel ses juges l'avaient tout d'abord condamnée.

Winnie Ruth Judd s'acheminait vers la folie.

La peine de mort fut commuée en celle de détention perpétuelle à l'asile d'aliénés d'« Arizona State Hospital ».

Et la fille du révérend McKinnell prendra place désormais dans la ronde des folles, de celles qui vont dans la vie, indifférentes aux événements et débarrassées de leurs souvenirs.

Elle ira, berçant entre ses bras maigres, le fantôme de John Robert, l'enfant imaginaire, créé par son instinct déçu, et unissant dans une même pensée, William Judd, le mari fidèle, et Jack l'Heureux, l'amant volage.

Pendant son internement, Winnie Ruth Judd s'évade à sept reprises, parvenant même à rester six années en liberté. En 1969, les médecins la jugent guérie, et elle est incarcérée dans une prison, d'où elle obtient une libération sur conditionnelle, en 1971. Elle décède le 23 octobre 1998, à l'âge de 93 ans, à Stockton, en Californie. Soixante-sept années plus tôt, c'est aussi un 23 octobre que la « Tigresse de velours » s'est rendue à la police de Los Angeles…

Priscilla Ford ou « le massacre de Thanksgiving »

Pendant vingt-quatre ans, une femme noire de 75 ans a attendu son exécution dans le Couloir de la mort de « Nevada State Prison ». Elle représente un cas unique dans les annales du crime au féminin, puisqu'elle est le seul exemple d'une meurtrière de masse. Si les hommes, auteurs d'un massacre en un lieu donné et en l'espace de quelques heures tout au plus, se comptent par centaines, à l'image de la tuerie de Columbine ou des infanticides en série commis dans des établissements scolaires depuis quelques années en Chine, les femmes qui ont tenté un tel forfait se comptent sur les doigts d'une main.

Née en 1929, à Berrien Springs, dans le Michigan, Priscilla est la favorite des onze enfants – neuf filles et deux garçons – de la famille Lawrence dont les parents sont des membres dévots de l'église des adventistes du septième jour. Durs au mal, ils parviennent à économiser assez d'argent pour envoyer Priscilla à l'université, ce qui, pour l'époque, est encore une exception dans une famille de race noire. Priscilla va même plus loin et obtient un certificat d'enseignante en sus de son diplôme.

Un premier mariage lui donne deux fils et s'achève rapidement par un divorce. De 1957 à 1964, elle enseigne dans le comté de Cass, Michigan, où une de ses collègues se souvient de Priscilla : « C'était quelqu'un de brillant dans tout ce qu'elle entreprenait, que ce soit en musique ou dans les arts. Elle était toujours très agréable et un excellent professeur. » Son quotient intellectuel est de 140.

En secondes noces, elle épouse William Scott et donne naissance à une fille, Wynter, en 1962. L'année suivante, Priscilla se présente comme candidate aux élections des administrateurs de l'université, mais elle est battue de justesse. Autre échec, plus cuisant, celui de son second mariage qui, à cause de multiples disputes, manque de peu de s'achever en tragédie. Elle ouvre le feu sur son mari, et, le croyant mort, tente de se suicider en retournant l'arme contre elle. Les deux époux sont blessés, mais le « Niles Police Department » ne retient aucune charge contre elle. Malgré tout, le scandale lui coûte son emploi, et la pousse à quitter le Michigan en 1967 avec sa fille.

UNE VIE DE NOMADE

L'existence de Priscilla Ford bascule à partir de ce moment et elle se réfugie de plus en plus dans les paradis artificiels de la drogue et de l'alcool, au point que son comportement devient souvent très irrationnel. Pendant plusieurs années, elle écume le pays, sans s'arrêter plus que quelques semaines au même endroit. Elle survit comme femme de ménage ou serveuse dans des restaurants. Elle consomme beaucoup d'herbe et, en 1971, commence à en donner à sa fille de 9 ans en lui expliquant qu'il s'agit d'un « sacrement religieux » et que la marijuana est « l'arbre de vie ».

En 1972, elle quitte son second mari qui décède le jour suivant où elle a prédit à leurs enfants que « Dieu allait le frapper à mort ». Priscilla affirme à Wynter être en communication avec Ellen G. White, une prophète du siècle dernier de l'église des adventistes du septième jour.

Quelques mois plus tard, elle prétend même être la réincarnation d'Ellen White. Elle effectue des démarches pour inséminer artificiellement Wynter, car « l'enfant qui va naître sera Jésus-Christ, bien que moi, Priscilla, je sois déjà le Christ ». Elle renonce à ce projet d'une « naissance vierge », mais se fait appeler le révérend Dr Priscilla Ford. Mère et fille s'installent un temps en Illinois chez Franklin, un des fils du premier mariage de Priscilla. Il est effaré de découvrir sa mère complètement ivre ou droguée la majeure partie du temps. Priscilla convainc Patricia, la demi-sœur de Franklin, de s'essayer à la drogue. Un jour, Patricia, sous l'emprise de stupéfiants, tente même de se suicider au domicile familial. Toujours en 1972, Priscilla persuade plusieurs personnes de son entourage qu'elle est invitée à la Convention républicaine pour y prononcer un discours sur les prophéties d'Ellen White. Lorsqu'elle se rend à Miami, le service de sécurité l'expulse manu militari du centre de la Convention. Dans plusieurs lettres adressées à des amis du Michigan, elle raconte, dans un incompréhensible jargon pseudomystique, qu'une intervention du Diable l'a empêchée de parler aux délégués républicains.

En 1973, elle part avec Wynter, âgée de 11 ans, pour Reno, dans le Nevada. Elle est arrêtée à trois reprises pour mauvaise conduite, car elle est en état d'ébriété. Chaque fois, elle est condamnée à quelques jours de prison et les autorités prennent en charge Wynter avant de la laisser retourner auprès de sa mère. Priscilla travaille un temps comme cuisinière dans une maison de retraite en échange d'un logement et de nourriture pour elle et sa fille. Lorsque la directrice de l'établissement, Joan Austin, la renvoie au bout de quelques semaines, Priscilla tente de l'agresser. Joan Austin la fait arrêter mais décide de ne pas porter plainte. Après cet incident, Priscilla prétend que les autorités lui ont « volé » sa fille qui est placée dans une famille d'accueil. On exige de Priscilla qu'elle fasse ses preuves par un emploi régulier qui puisse lui permettre de se loger et de subvenir à leurs besoins. Furieuse, Priscilla quitte Reno pour Chicago, pour, dit-elle à Wynter, y trouver un avocat qui puisse à nouveau les réunir. Pendant un an, elle ne donne aucun signe de vie alors que les autorités cherchent à la joindre.

Courant 1974, Priscilla écrit à l'assistante sociale du Nevada, Susan Nelson, qui s'occupe de Wynter, et la menace de se faire justice avant de se suicider si sa fille « n'est pas relâchée sur-le-champ ». Après l'envoi de cette lettre, elle ne donne plus aucun signe de vie pendant six ans. En 1980, elle demande des nouvelles à Wynter, comme si toutes ces années écoulées n'existaient pas. Wynter Scott, qui est devenue majeure, s'est installée à Los Angeles chez un de ses demi-frères et refuse tout contact avec la mère qui l'a abandonnée. Après Reno, puis Chicago, Priscilla Ford continue son existence solitaire de nomade, faite de petits boulots et de problèmes mineurs avec la loi. En 1978, à Boise, dans l'Idaho, le révérend Dr Priscilla Ford engage des poursuites judiciaires à l'encontre de l'église des adventistes du septième jour, des Mormons et de Joseph Califano, le secrétaire d'État pour la santé et l'éducation, sous le prétexte d'une conspiration qui vise à lui infliger « des angoisses mentales et physiques, ainsi que le sentiment d'une discrimination divine ». Elle réclame 500 millions de dollars de dommages et intérêts. Sa plainte est rejetée sur-le-champ par la justice. Lors de son étape suivante, à Buffalo, dans l'État de New York, elle est arrêtée à huit reprises pour des chèques sans provisions, des vols et possession de drogue. Elle est internée quelques semaines au « Buffalo Psychiatric Center » où un médecin indique qu'elle est paranoïaque schizophrène. Elle confie un fantasme récurrent où elle s'imagine au volant de sa voiture pour foncer dans la foule et tuer le plus grand nombre de personnes possible.

Mai 1980. Elle part à Jackman, dans le Maine, une petite ville de huit cents habitants proche de la frontière québecoise. Elle reste six semaines dans divers motels où elle ne paraît pas en manque d'argent et ne quitte presque jamais sa chambre. Irene Gagne, gérante d'un des établissements, évoque une Priscilla « constamment déprimée. Je lui conseillais d'oublier sa douleur et de recommencer à zéro. J'ai tenté de lier connaissance. Elle nous disait qu'elle était écrivain et passait la majeure partie de son temps à noircir des feuilles dans sa chambre. Elle semblait très gentille mais ne se dévoilait pas au-delà d'un certain point ». Priscilla raconte à tous ses interlocuteurs que sa fille a été enlevée.

Elle pense même s'installer de manière définitive à Jackman puisqu'elle rend visite à une agence immobilière pour visiter des maisons. Quelques jours plus tard, elle part sans prévenir quiconque pour s'établir à Bangor, toujours dans l'État du Maine. Elle y loue un appartement et se lie d'amitié avec une voisine. « Priscilla était quelqu'un d'étrange. Elle n'a jamais fait d'ennuis à personne, une personne très calme et réservée. Un jour, elle m'a montré un manuscrit de deux cents à trois cents pages qui était une sorte d'autobiographie remplie d'allusions religieuses. »

Début juillet 1980, c'est une nouvelle migration

pour la Nouvelle-Angleterre où elle téléphone au procureur Thomas Delanty, à Portland, afin qu'il prenne des mesures au sujet de l'enlèvement de sa fille : « Elle m'a indiqué que si je lui refusais mon aide, elle allait prendre le volant et se rendre à Portland pour y écraser le maximum de passants. »

De retour à Bangor, Priscilla Ford quitte le Maine début novembre pour retourner à Reno. Sur place, elle cherche un emploi et se voit refuser une première place. Mais l'homme qu'elle rencontre la prend en pitié lorsqu'elle lui raconte qu'elle n'a plus d'argent et vit dans sa voiture. Il lui propose d'habiter gratuitement dans un appartement de Virginia Street qu'il remet en état car il n'y a pas de salle de bains. Priscilla trouve un travail saisonnier dans la chaîne de grands magasins Macy's où elle confectionne des paquets cadeaux pour les fêtes de Noël qui approchent. Elle y travaille deux semaines, tout en passant toutes ses soirées à boire et à ruminer sur les injustices de l'existence.

Le jour de Thanksgiving, les rues commerçantes de Virginia Street et Second Street sont très fréquentées. Des touristes se dirigent vers Casino Row et les salles de jeux du Nevada Club, de Cal Nevada ou du Harrah's. Des badauds déambulent pour digérer le traditionnel repas de dinde, patates douces, confiture d'airelles, compote de pommes et tarte à la citrouille.

Mais, en milieu d'après-midi, la tranquillité de cette belle journée est soudain interrompue par une succession de cris, de gémissements et de bruits sourds. Les passants stupéfaits voient une Lincoln Continental noire monter sur le trottoir de North Virginia Street pour faucher la foule. Des piétons volent dans les airs, des corps reposent un instant sur le capot avant de glisser sur l'asphalte tels des pantins désarticulés. Certains sont écrasés sous les roues, dans un bruit écœurant d'os brisés, d'autres, figés par la terreur, sont happés à leur tour par l'engin qui sème la mort sur son passage. Plusieurs personnes se précipitent dans la rue, au milieu de la circulation. Des freins hurlent, plusieurs voitures se heurtent.

« PLUS IL Y AURA DE MORTS, MIEUX CE SERA »

Une femme officier de police en patrouille sur Virginia Street assiste à la scène et prévient par radio le central : « Véhicule en fuite. Au moins dix blessés. Envoyez du monde en urgence ! »

La voiture meurtrière disparaît au coin de la rue. L'agent se rend compte que son estimation des victimes est en dessous de la réalité. Le trottoir ressemble à un champ de bataille avec une vingtaine de corps allongés, certains immobiles. Partout, des gémissements de douleur et des cris d'hystérie. Un homme se tient la jambe, qui est coupée et d'où coule un flot de sang. Plusieurs personnes tentent de secourir les blessés. Des sacs à main, des chaussures et des paquets sont disséminés un peu partout dans un désordre terrifiant.

Dans la rue adjacente, au croisement de Virginia Street et de Third Street, Tom Jaffe, un automobiliste d'une soixantaine d'années, croit avoir la berlue lorsqu'il regarde son rétroviseur. Il aperçoit une Lincoln Continental noire qui fauche de manière délibérée un piéton par-derrière, sans juger bon de s'arrêter. La Lincoln accélère pour le dépasser. Malgré ses problèmes de santé, Jaffe poursuit le chauffard et appuie sur la pédale de l'accélérateur. Parvenu à hauteur de la Lincoln, il constate qu'il s'agit d'une conductrice, une femme noire d'une cinquantaine d'années. Il double la voiture et lui bloque le passage. La Lincoln stoppe et

Jaffe sort pour s'approcher de la conductrice. Celle-ci baisse sa vitre, mais sans bouger la tête. Elle regarde droit devant, les mains crispées sur le volant, comme si elle était perdue dans ses pensées et coupée du monde extérieur.

– Vous savez que vous avez écrasé quelqu'un ? hurle Jaffe.

Aucune réaction de la femme qui demeure prostrée, tandis qu'un groupe d'hommes s'approche en courant. À sa tête, Steve Baring, un officier de la police de Reno, qui place aussitôt la conductrice en état d'arrestation. Quand les renforts arrivent, Baring est informé du bilan : cinq morts, six peut-être, et une vingtaine de blessés au moins, dont certains dans un état critique. Pendant ce temps, la femme sourit et se décide enfin à décliner son identité :

– Priscilla Joyce Ford. Parfois, je m'appelle Jésus-Christ.

Au quartier général de la police de Reno, les inspecteurs remarquent que l'haleine de Priscilla Ford empeste l'alcool et demandent à l'officier Steve Baring de l'accompagner au centre médical de Washoe pour une prise de sang. Les trois échantillons prélevés selon la loi, à une demi-heure d'intervalle, sont examinés. Son taux d'alcoolémie indique 162 alors que la limite légale pour le Nevada est de 10.

Durant la procédure médicale, Priscilla Ford parle peu, mais avec hargne et colère. Elle n'éprouve pas la moindre trace de remords pour son acte meurtrier dont le bilan définitif s'élève à six morts et vingt-trois blessés. Ses paroles sont enregistrées : « En juin dernier, j'étais à Boston. Une voix m'a ordonné de me mettre au volant et d'écraser le plus de spectateurs possible devant une salle de cinéma ; mais une autre voix a déclaré : "Tu es une trop grande dame pour agir ainsi."

« Je suis un professeur de New York, fatiguée de la vie. Je veux qu'on me remarque. J'en ai assez des ennuis. C'est exprès que j'ai bu du vin aujourd'hui pour qu'on croie à un accident causé par mon ivresse. C'est délibérément que j'ai foncé dans la foule pour en avoir le plus possible. Une Lincoln Continental peut faire pas mal de dégâts, n'est-ce pas ? Plus que ces petites bagnoles étrangères.

« Combien j'en ai eu ? Cinquante ? J'espère soixante-quinze. Plus il y aura de morts, mieux ce sera. Ça occupera les entreprises de pompes funèbres ! Voilà comment on agit en Amérique. »

Un premier examen psychiatrique est effectué pour déterminer si Priscilla Ford souffre d'une tumeur au cerveau ou d'un quelconque dysfonctionnement organique qui pourrait expliquer son forfait. Mais on ne trouve rien et les interrogatoires peuvent démarrer. Ceux-ci confirment la colère de l'accusée et son manque total de regrets quant à son geste :

« Cet après-midi, je voulais m'offrir un repas de Thanksgiving dans un petit restaurant que je connais, dans mon quartier de South Virginia Street mais il était fermé. J'ai dû me contenter d'un déjeuner de fête avec du fromage et des crackers, et de deux litres de vin bon marché. Puis je suis restée un moment à réfléchir en me disant qu'ils aillent tous se faire foutre. Je me suis installée au volant de la Lincoln en cherchant la foule (…). J'avais l'instrument entre les mains, et je le contrôlais – le volant et la pédale d'accélérateur. En ce qui me concerne, c'est la Lincoln Continental qui a agi. Je n'ai fait que la diriger vers la foule. Ces gens n'étaient que des porcs, des animaux laissés à l'état sauvage, je me fichais bien de savoir ce qui allait leur arriver. Cela ne m'a absolument rien fait de les tuer. C'étaient des porcs qu'on emmenait à l'abattoir, rien de plus.

« Au moins, les marchands de pompes funèbres ont dû être heureux aujourd'hui ! J'ai entendu la voix de Joan Kennedy m'ordonnant de trouver des gens pour tous les écraser. Mais ce ne serait pas juste d'accuser Mme Kennedy (qui est l'épouse du sénateur Edward Kennedy). Elle n'a pas à être impliquée parce qu'elle n'a pas besoin d'admettre que c'était elle – et peut-être n'était-ce pas elle ? Ce n'est pas mal pour moi d'avoir tué, parce que je méritais bien cette vengeance. La vengeance est mienne ! Je me sens bien, comme hier, et demain ce sera pareil. »

Au centre médical de Washoe, un diagnostic préalable considère Priscilla Ford comme « activement psychotique, une schizophrène avec des tendances paranoïaques ».

Le procès de Priscilla Ford s'ouvre en octobre 1981, presque un an après le massacre de Thanksgiving, et va durer quarante-quatre jours. Il n'y a aucun doute possible sur sa culpabilité ni même sur l'éventualité d'un « accident ». La seule issue du procès concerne l'état mental de l'accusée au moment où elle commet son acte : était-elle en mesure de différencier le bien du mal ? Le système de défense de son avocat consiste à essayer de prouver que Priscilla Ford était folle. Il la fait venir à la barre pour commenter certains de ses écrits les plus étranges de son journal intime.

– Pourquoi avez-vous combattu l'Église des Mormons ?

– Leur enseignement est une hérésie car leur soi-disant prophète, Joseph Smith, prétend avoir parlé à Jésus et à Dieu. Mais c'est faux. Joseph Smith n'a pas vu Jésus, puisque je suis Jésus.

– Qu'est-il arrivé à l'âme d'Adam ?

– Rien du tout. Elle vit toujours.

– Qui la possède ?

– Moi.

– Quelqu'un d'autre aussi ?

– Non, bien sûr que non. Car je ne peux habiter qu'un seul corps à la fois.

– Votre âme a occupé d'autres corps ?

– Oui, j'en connais beaucoup.

– Qui, par exemple ?

– Jésus-Christ.

– Qui d'autre encore ?

– Ellen G. White. J'étais une messagère de Dieu. Maintenant, je suis son instrument.

– Vous pouvez préciser ?

– Priscilla Ford. Mon âme appartient à Michael DiMaggio. J'étais dans mon corps en tant que Michael DiMaggio, avant de naître sous l'identité de Priscilla.

– Qu'avez-vous fait dans ce corps ?

– Je n'ai vécu que quelques années, 14 ou 15 ans.

– Pourquoi avez-vous écrit si souvent le nom de Barbara Walters, dans la marge de votre Bible qui parle de prophéties et de la fin du monde ?

– Parce qu'elle est une bête féroce et sauvage.

– Pouvez-vous nous parler de cette journée de Thanksgiving 1980, où vous avez écrasé toutes ces personnes ?

– Je n'en ai aucun souvenir. Ma voiture ne fonctionnait pas très bien. J'avais des problèmes de direction. Et je suis partie à la recherche d'un garage pour la faire réparer. La Lincoln a dû perdre tout contrôle et foncer dans la foule. Je ne me rappelle pas d'avoir touché quelqu'un. Quand tout ça s'est terminé, j'avais à nouveau retrouvé le contrôle du véhicule et de mes esprits. Je suis fatiguée, épuisée. Je suis à la fois un être humain et une entité divine. Je n'aime pas cette situation, personne n'aimerait être à ma place. Je ne veux pas être divin, c'est un fardeau trop lourd à porter.

Lorsque le juge montre des photos des six victimes, il demande à Priscilla Ford quel était son état d'esprit :

– J'étais on ne peut plus heureuse et dans un état divin quand je les ai écrasés.

Il répète la question à six reprises. À chaque fois, l'accusée répond d'une voix ferme, sans montrer la moindre émotion à la vue des photos des personnes qu'elle a tuées. Elle ajoute, « À quoi ça servirait de faire preuve de compassion ? À rien. Ce n'est pas la pitié qui les fera revenir à la vie ».

Malgré sa maladie mentale et la paranoïa qui l'empêchent de s'intégrer à la société, Priscilla Ford sait fort bien ce qu'elle fait quand elle monte sur le trottoir pour percuter des piétons. Les psychiatres de la défense la diagnostiquent comme une paranoïaque schizophrène. Une telle personne réagit en général à des menaces imaginaires. Un individu paranoïaque va répondre à des événements réels, mais il les interprète de façon erronée ou par un comportement outré. La paranoïa de Priscilla Ford alimente sa colère face aux échecs répétés de son existence, au point de la changer en une rage meurtrière que seul un acte d'une violence inouïe peut satisfaire. Lorsqu'elle commet cet acte, elle sait qu'elle agit mal. Pour l'État du Nevada, cela implique qu'elle est légalement saine d'esprit et responsable de ses faits et gestes. Jugée en Californie, Priscilla Ford aurait été considérée comme irresponsable de ses actes.

Le jury de l'État du Nevada délibère douze heures avant de rendre un verdict de culpabilité de meurtre au premier degré.

Il faut ensuite décider de la sentence. Au bout de vingt-six heures de consultations, Priscilla Ford est condamnée à la peine de mort. À l'époque, c'est la chambre à gaz. C'est la première femme à avoir été condamnée à un tel châtiment dans l'État du Nevada. À l'énoncé du verdict, Priscilla Ford ne montre aucun signe d'émotion.

Dans le Couloir de la mort, Priscilla Ford fait appel de sa condamnation. En 1995, elle tente de la faire commuer en perpétuité sous le prétexte qu'elle n'a pas eu droit à un procès équitable, mais la tentative de son avocat auprès de la Cour suprême du Nevada échoue. Pendant toutes ces années passées derrière les barreaux, Priscilla Ford est une détenue exemplaire, très calme, qui n'écope jamais de la moindre punition.

Le 29 janvier 2005, à 11 h 05 du matin, elle décède d'un emphysème au « Southern Nevada Women's Correctional Center ». Priscilla Ford était âgée de 75 ans.

Shirley Goude, la reine de l'antigel

En octobre 1982, Lloyd Allen est devenu un homme méconnaissable pour ses voisins de cette banlieue tranquille de St. Louis, dans le Missouri. Il a acheté sa maison en 1975, pour 32 000 $, et consacre sa vie à s'occuper de ses parents, jusqu'à ce que sa mère décède d'un cancer, en mai 1981.

Puis, en septembre 1981, Lloyd épouse Shirley Goude Sinclair. Peu après, il connaît de graves problèmes de santé. Toujours costaud et jovial, un cigare fiché en permanence au coin de la bouche, cet ancien vétéran du Vietnam se trouve bientôt dans un tel état de faiblesse générale qu'il en est réduit à quitter son emploi de contrôleur de qualité des produits chez Mid-Continental, en avril 1982. Pendant ses arrêts maladie, la compagnie continue de lui verser son salaire et reçoit en retour des rapports mensuels sur l'état de santé de Lloyd Allen.

Fin mai 1982, le rapport indique « malaise général », mais mentionne un retour possible à son poste pour la fin du mois de juin. À cette date, on lui suggère de rendre visite à un cardiologue. Or, aucun de ses rapports médicaux ne parle de l'origine de sa maladie. Les symptômes sont répertoriés : difficultés respiratoires, étourdissements fréquents et incapacité de conduire un véhicule. Employé depuis 1964 chez Mid-Continental, tout le monde le décrit comme un employé modèle, jamais absent et toujours dévoué aux autres.

C'est lors d'une visite au chevet du lit d'hôpital de sa mère mourante que Lloyd fait la connaissance de Shirley, qui sort avec son plus jeune frère. En juin 1981, Lloyd et Shirley commencent à se fréquenter. Le mois suivant, elle quitte son emploi dans une maison de retraite et ils partent une semaine en vacances à Nashville, pour se marier en septembre 1981. Dès le mois de décembre, les Allen recueillent Patty Sinclair, la fille de 17 ans de Shirley, qui vient d'être libérée d'une maison de correction. Elle leur cause plusieurs fois du souci par de brèves fugues.

UNE MORT SUSPECTE

Début mars 1982, le contremaître et ami de Lloyd Allen est surpris par le changement de cet homme qu'il a appris à apprécier au fil des ans. Lloyd est irritable et arrive tous les lundis matin comme s'il souffrait d'une sévère gueule de bois, alors qu'il ne boit jamais plus de deux ou trois bières.

– Je lui demande ce qui ne va pas et il me montre un flacon de pilules. Il ne sent pas bien et Shirley est allée voir un médecin qui lui a prescrit ces médicaments. Mais je trouve ça bizarre, car il n'y a aucune étiquette ni ordonnance sur les flacons.

Trois médecins différents examinent en vain son cas. Aucun remède ne parvient à enrayer son état de faiblesse chronique. Un de ses voisins se souvient très bien de cette période :

– On lui adressait la parole et il vous regardait comme si vous n'étiez même pas là.

Alors que les deux amis discutent un jour de ses

problèmes de santé dans le garage de Lloyd Allen, son épouse arrive sans crier gare et jette un regard furieux au voisin sans même lui adresser la parole. Deux semaines plus tard, cette femme blonde de 41 ans porte plainte contre le collègue de son mari pour violation de domicile.

Comme son état ne s'améliore pas, Lloyd Allen est hospitalisé au « St. Peter's Community Hospital », le 6 mai, pour subir toute une batterie de tests, et il y retourne une semaine entière, le 1er juillet de la même année. On ne l'autorise à recevoir aucune visite, ni aucun appel. Son ami contremaître à la Mid-Continental commence à se sentir troublé par plusieurs confidences de Lloyd Allen :

– En février 1982, il achète une camionnette de 11 000 $, puis une Mercury pour Shirley qui vaut 12 000 $ au bas mot. Il me confie qu'elle insiste beaucoup pour qu'il souscrive une assurance d'invalidité pour ces deux véhicules. Elle le harcèle à ce sujet, ce qui a le don de le faire rire, lui qui se vante de ne jamais avoir manqué une seule journée de travail. Il est persuadé qu'il n'en aura jamais besoin.

Le 1er novembre 1982, le service des urgences est envoyé au domicile des Allen, sur un appel au « 911 ». Shirley Allen leur annonce que son époux est décédé il y a quinze minutes environ. Elle est partie faire des courses, pour le découvrir mort à son retour. Il n'y a aucune raison de mettre sa parole en doute, mais le bureau du shérif, plusieurs quotidiens locaux et le cabinet du légiste du comté reçoivent de nombreux coups de fil anonymes qui affirment que Lloyd Allen a été empoisonné.

Du coup, le shérif Edward Uebinger décide d'ouvrir une enquête et d'effectuer une autopsie méticuleuse du cadavre. Une enquête de voisinage montre que la santé de Lloyd s'est détériorée juste après son mariage avec Shirley Goude, et que celle-ci fait circuler la rumeur d'une tumeur inopérable de son mari.

Ceux qui détestent l'attitude hautaine de Shirley sont nombreux à plaisanter pour l'accuser d'avoir empoisonné son époux. Mais, pour la police et au vu des circonstances, il n'y a plus matière à plaisanter.

– Aurions-nous pu l'aider ? déclare un voisin. Mais nous ne savions pas ! Je lui ai rendu visite une semaine avant sa mort. Il était couché dans son lit, avec toutes sortes de médicaments autour de lui. J'ai supplié Shirley d'appeler une ambulance, mais elle n'en a fait qu'à sa tête. Elle m'a répondu qu'il avait bu et qu'il irait mieux le lendemain.

Le comportement de Shirley Allen est parfois curieux. Elle sait se montrer charmante et, le lendemain, jurer comme une poissonnière. Il lui arrive d'avoir des accès de colère où elle balance tout ce qui lui tombe sous la main sur la pelouse. Une voisine entend un jour Shirley traiter sa fille de « pute ». Elle raconte aussi des versions contradictoires sur son passé. Sa mère l'aurait fait entrer sans papiers aux États-Unis, pour ensuite l'élever à l'abri du besoin, avec une servante noire pour s'occuper d'elle. En fait, Shirley Goude vient d'un quartier défavorisé de St. Louis, un endroit surnommé « Chickentown », proche des berges du Mississippi.

Mariée à six reprises, dont deux fois au même homme, elle perd un œil en mai 1975 pendant qu'elle travaille comme barmaid dans un club de St. Louis. Elle se bat avec une rivale au sujet d'un homme et reçoit une décharge de plomb d'un fusil de chasse. Employée dans des bars la plupart de son existence, elle affirme aux enquêteurs qu'elle est une infirmière diplômée au chômage, mais ils ne trouvent aucune trace d'un quelconque certificat, sous aucun de ses noms dans l'État du Missouri.

« JE VAIS L'ACHEVER »

Au cours de leurs investigations, les policiers découvrent que Shirley a bénéficié, après le décès de son mari, d'une assurance-vie de 25 000 $, contractée à peine quelques mois auparavant. Et, dès le lendemain de sa mort, Shirley Allen rend visite au courtier pour savoir si elle a besoin de signer des papiers pour toucher l'argent. L'agent d'assurances révèle aussi que Shirley lui téléphone fin octobre pour s'assurer que toutes les échéances sont bien réglées et que tout est en ordre. Elle s'est également renseignée sur l'hypothèque de la maison.

Après toutes ces révélations, le shérif Uebinger n'est pas surpris des résultats de l'autopsie. La toxicologie indique une très forte concentration d'éthylène glycol dans les tissus du défunt, et l'on retrouve aussi ce fluide dans les yeux. L'éthylène glycol est la principale substance de l'antigel. Plusieurs experts en poisons affirment qu'un empoisonnement à l'antigel entraîne des vomissements, de la léthargie, des douleurs abdominales et un état comateux généralisé. Administré en quantités importantes, l'éthylène glycol est mortel.

Une semaine apès la mort de Lloyd Allen, le bureau du shérif du comté reçoit un appel de Patty Sinclair qui affirme que « Maman a empoisonné Papa ». Convoquée au commissariat, Patty confirme ses accusations. À huit reprises ces deux derniers mois, Shirley prépare à son mari un cocktail spécial fait de vin ou de bière mélangée à de l'antigel, avec un soupçon d'eau et de sucre pour en masquer le goût. C'est Shirley qui demande à Patty et à sa plus jeune sœur d'acheter l'antigel début octobre, en déclarant : « Je vais m'en servir pour l'achever. »

Pourquoi ne pas avoir prévenu les autorités à ce moment-là, demande un des inspecteurs. Parce qu'une amie lui a conseillé de ne pas le faire. Patty et sa sœur voient trois fois leur mère préparer cette mixture mortelle dans la cuisine : un mélange d'éthylène glycol, d'eau chaude, de sucre, agrémenté d'un colorant de couleur orangée, qu'elle donne ensuite à Lloyd en lui affirmant qu'il contient du fer. Une autre fois, au cours du dîner, Shirley verse de l'antigel dans une bouteille de vin à moitié remplie, que son époux vide durant le repas.

« TU SERAS BIENTÔT MORT. JAMAIS TU N'IRAS MIEUX ! »

À la même époque, une affaire d'empoisonnement au cyanure de capsules de tylénol fait grand bruit aux États-Unis. La télévision donne les numéros de série des boîtes de médicaments contaminées afin d'avertir les consommateurs. Shirley envoie ses deux filles dans tous les drugstores libres-services du quartier avec ordre d'acheter justement ces boîtes dont elle a noté les numéros. Mais les deux adolescentes n'en trouvent pas.

Pendant que Lloyd est alité, plusieurs disputes orageuses éclatent au sein du couple, dont Patty Sinclair est un témoin privilégié. À un moment, Shirley accuse Lloyd de la tromper avec une autre femme, avant de lui déclarer : « Tu seras bientôt mort, jamais tu n'iras mieux. » Une autre fois, elle lui pulvérise de l'insecticide en plein visage et le frappe même avec une batte de base-ball.

La nuit du 1er novembre 1982, il est environ trois heures du matin lorsque Shirley réveille Patty et sa sœur pour les informer que Lloyd vomit du sang. Horrifiées, les jeunes filles proposent d'appeler un médecin, mais leur mère s'y oppose sous le prétexte qu'elle déjà effectué cette démarche. Et que le docteur a refusé de se déplacer. Quelques minutes plus tard, entre deux crises de vomissements, Lloyd cherche à s'emparer du téléphone, mais Shirley le lui arrache des mains en affirmant que c'est inutile. Elle prépare une mixture d'antigel, de sirop et de somnifères qu'elle fait avaler au malade.

À huit heures du matin, Shirley envoie Patty et sa sœur faire des courses. Lorsqu'elles reviennent une heure plus tard, elles trouvent une notification de la Compagnie des Eaux scotchée à la porte pour les aviser d'une coupure d'eau due à des retards de paiement. Lorsque Patty en parle à sa mère, celle-ci lui répond avec calme : « Appelle-les et dis-leur qu'il y a eu un décès dans la famille. »

C'est ainsi que les enfants Sinclair apprennent la mort de leur beau-père. Shirley leur donne de l'argent pour régler la note d'eau et, lorsqu'elles reviennent au domicile familial à l'heure du déjeuner, leur mère n'a toujours pas prévenu le médecin.

MARIÉE À SIX REPRISES

Les déclarations de Patty Sinclair permettent aux policiers d'obtenir un mandat de perquisition. Ils se rendent chez les Allen pour saisir le reste d'antigel. Le lendemain matin, Shirley Allen est arrêtée et inculpée de meurtre, sa caution est fixée à 500 000 $.

Le passé de Shirley Goude commence à émerger. Elle épouse Joseph Sinclair le 30 octobre 1968, puis, après un divorce, elle se remarie avec lui le 16 juillet 1970.

D'après Patty Sinclair, Shirley aurait tenté d'empoisonner son père avec de la mort-aux-rats, mais il survit aux diverses tentatives.

Interrogé au sujet de ces tentatives de meurtre, Joseph Sinclair admet à contrecœur qu'il pense que son ex-épouse a en effet « ajouté quelque chose à sa nourriture », mais qu'il est incapable de le prouver. Un an après leur premier mariage, il tombe brusquement malade, en juillet 1969 : « Vers minuit, j'ai bu un café dont le goût m'a paru très sucré. Et, tout d'un coup, j'ai eu l'impression que quelqu'un m'avait frappé à la tête. Je ne voyais plus rien. »

Le lendemain matin, Shirley le conduit au « Alexian Brothers Hospital », où elle travaille à l'époque. Les médecins pensent qu'il a été victime d'une crise cardiaque mineure et le renvoient chez lui. Cinq jours plus tard, les douleurs ont disparu. Mais, le mois suivant, Joseph Sinclair souffre d'une hémorragie interne dont la cause n'est pas déterminée.

Shirley Goude est l'aînée d'une famille d'origine irlandaise qui compte huit enfants. Son père est catholique et travaille comme contremaître ; sa principale distraction consiste à jouer d'un instrument à cordes. C'est lors d'une tournée musicale dans le Tennessee, à Nashville, qu'il rencontre la mère de Shirley. Celle-ci est luthérienne et originaire de l'Arkansas. Dès sa naissance, Shirley devient la favorite de son père qui la gâte à n'en plus finir. Elle suit les cours de la « Trinity Lutheran School », où elle se montre une élève brillante, au point d'être choisie à 14 ans pour prononcer le discours de remise des diplômes. Son rêve est de devenir infirmière. Mais elle quitte brusquement le lycée pour travailler comme serveuse dans un restaurant.

Vers l'âge de 17 ans, elle s'enfuit à Wichita, dans le

Kansas, avec un homme plus âgé qu'elle aurait épousé. Mais sa mère n'en est pas certaine. En tout cas, ce qui est sûr, c'est que Shirley est enceinte lorsqu'elle regagne le domicile familial, un an plus tard.

Elle prend des cours pour devenir infirmière et est employée comme aide-soignante au « Alexian Brothers Hospital » entre 1968 et 1971, ainsi que dans diverses maisons de retraite de la région. Plusieurs décès suspects ont lieu dans les établissements où elle travaille, mais aucune enquête n'a été menée.

UNE ESCROQUERIE À L'ASSURANCE

Second mari de Shirley, John Gregg est mort dans des circonstances mystérieuses le 17 février 1978. Le certificat de décès mentionne une crise cardiaque causée par une artériosclérose, ainsi qu'une très forte dépendance à l'alcool. Mais Arthur Gregg, son frère, ne croit pas à cette version des faits : « John n'a jamais eu de problèmes cardiaques, mais sa santé s'est détériorée tout d'un coup trois mois avant sa mort. Il est devenu dépendant, déprimé et incohérent, la plupart du temps. C'est à ce moment-là qu'il s'est mis à boire plus que de raison. J'ai fait part de mes soupçons à la police et au médecin légiste, mais ils n'ont pas voulu m'entendre. S'ils l'avaient fait, je suis certain que M. Allen serait toujours en vie à l'heure actuelle. »

John Gregg épouse Shirley Goude sur un coup de tête au début de 1977. Au mois de septembre, il fait de sa femme la bénéficiaire d'une assurance-vie de 17 000 $. Le mariage vire tout de suite à l'aigre, puisque dès le mois de septembre Shirley effectue des démarches pour demander le divorce. En janvier 1978, John Gregg modifie les conditions de son assurance-vie. Son frère Arthur et les trois enfants qu'il a eus d'un mariage précédent deviennent ses nouveaux légataires. Shirley ignore cette démarche dont elle apprend l'existence après la mort de son époux.

Qu'à cela ne tienne : Shirley Gregg dépose auprès de la compagnie d'assurances un formulaire signé de la main de son défunt mari, où il change à nouveau le nom du bénéficiaire qui redevient sa veuve.

Au courant de la situation du couple, Arthur Gregg trouve ce retournement de situation très étrange et exige qu'une contre-expertise soit effectuée. Un graphologue indique que la signature de John Gregg est un faux, le bénéficiaire de cette assurance-vie reste donc Arthur et les trois enfants de John.

Du coup, le bureau du procureur demande et obtient, avec l'accord de la famille Gregg, une exhumation du corps de John qui se déroule le 16 novembre 1982. Des tissus sont prélevés dans le cerveau, les reins, les poumons et le cœur. Malgré des examens très poussés, le laboratoire de toxicologie de St. Louis ne trouve aucune trace d'un quelconque poison.

Pendant son incarcération dans le comté de Marion, Shirley Allen accuse un gardien de l'avoir violée à trois reprises entre mai et août 1983. Il se serait précipité dans sa cellule la nuit pour placer un coussin sur la tête afin d'étouffer ses cris. Ensuite, il lui aurait aussi volé un peu plus de 500 $. Une enquête conclut à des affabulations de l'accusée dont le procès débute le 23 avril 1984.

Patty Sinclair témoigne à la barre à l'encontre de sa mère : « Je l'aime toujours parce qu'elle est ma mère, mais je pense que ce qu'elle a fait est mal. »

Pour sa part, l'accusée parle d'une visite de sa fille en prison qui lui aurait avoué le meurtre de Lloyd

Allen, un témoignage confirmé par la mère de Shirley, présente lors de la venue de Patty.

Le 27 avril 1984, le jury se retire pour délibérer pendant près de trois heures. Il juge l'accusée coupable de meurtre avec préméditation et suggère une condamnation à perpétuité sans possibilité de libération anticipée.

Le 6 juillet 1984, le juge confirme cette sentence, assortie d'une hypothétique libération conditionnelle après cinquante années d'emprisonnement.

Rachal David :
infanticides chez les Mormons

On connaît peu de choses de l'existence de Margit Brigitta Ericsson, née en Suède le 4 novembre 1939. Elle perd son père à l'âge de 15 ans et semble mener une vie terne et sans histoires. Passionnée par la lecture et les films romantiques, Margit rêve de vivre le grand amour et elle se sent à l'étroit en Suède. Au début des années 60, elle part vivre aux États-Unis. Dotée d'un caractère mystique affirmé, elle habite près du campus de la « Brigham Young University », qui appartient à la puissante Église des Mormons, dans l'Utah, mais elle n'en suit pas les cours. Pendant un temps, elle vit de petits boulots. Serveuse dans un restaurant, elle fait la connaissance de Charles Bruce Longo qu'elle épouse en 1963.

Son mari est né le 9 novembre 1938, à Yonkers, dans l'État de New York. Sa famille est prospère, son père est un médecin généraliste respecté de la région. Charles Longo incarne jusqu'à la caricature l'image du fils idéal, beau, sportif et populaire auprès de ses camarades de classe, brillant dans ses études, avec, cependant, un caractère autoritaire et parfois ombrageux.

En 1957, le jeune garçon s'engage dans les Marines. C'est pendant son service militaire que Charles Longo entre pour la première fois en contact avec l'Église des Mormons. Les Longo sont sans grandes convictions religieuses, mais Charles, de retour à Yonkers en 1958, se convertit à la religion mormone et se consacre à promouvoir sa nouvelle foi auprès des jeunes de la région, ce qu'il réussit fort bien.

DU RIFIFI CHEZ LES MORMONS

Comme il est de tradition pour tous les nouveaux adeptes, Charles Longo est envoyé avec un compagnon en mission à l'étranger. Ainsi que les règles de la religion l'exigent, les deux garçons doivent toujours rester ensemble et se conformer à un code de conduite très strict. En mars 1960, Charles quitte les États-Unis pour l'Uruguay et il étonne son acolyte car il paraît connaître par cœur le « Livre de Mormon ». Mais son séjour est brutalement interrompu en janvier 1961, lorsque Longo doit retourner aux États-Unis, officiellement pour un problème d'hépatite virale. En fait, son compagnon indique dans plusieurs rapports à ses supérieurs que Charles souffre d'instabilité mentale ; il veut devenir un apôtre et entend des voix divines. À Yonkers, il rencontre à plusieurs reprises un psychiatre, mais il interrompt le traitement pendant l'été 1961.

À l'automne de la même année, Longo se rend dans l'Utah pour s'inscrire aux cours de l'université des Mormons, « Brigham Young University », où il poursuit en parallèle son travail pour l'Église et obtient un diplôme en langue espagnole. Son superviseur, l'évêque Winterton, se souvient de lui comme quelqu'un « d'extrêmement dévot. Je n'avais jamais rencontré quelqu'un d'aussi croyant. Trop peut-être. Et les gens ont commencé à se poser des questions sur lui, lorsqu'il a béni son premier enfant en déclarant qu'il deviendrait un prophète ». (Témoignage paru dans le *Deseret News* du 4 août 1978.)

Les études de Charles une fois terminées, le couple Longo, qui a déjà deux enfants, Eva, née en 1963, et Elizabeth, née en 1964, s'installe à Salt Lake City, la capitale mondiale des Mormons, en 1965. D'autres naissances suivent : Frank, en 1965, Deborah, en 1966, Joseph, en 1969, Bruce, en 1970, et Rebecca en 1972.

À partir de 1967, Charles Longo éprouve à nouveau des problèmes d'instabilité mentale. Il a des visions de grandeur et pense qu'il va devenir un personnage essentiel de la religion mormone, un prophète destiné à semer la bonne parole. Il se dispute souvent avec ses supérieurs, la plupart du temps au sujet d'interprétations divergentes du « Livre de Mormon ». Bientôt, il demande à être chargé du prélèvement de la dîme. Au sein de cette religion très rigide, où l'obéissance à la hiérarchie est une exigence absolue, l'attitude de Charles Longo choque beaucoup. Du coup, il est excommunié le 18 juin 1969.

IMMANUAL, LE MESSIE DE L'UNIVERS

Peu après, Charles et Margit Longo changent de noms grâce à une décision de justice, pour adopter les patronymes plus religieux d'Immanual et Rachal David. Il en est de même pour leurs enfants ; ainsi Bruce devient David, Frank se transforme en Joshua, tandis qu'Eva prend le prénom de sa mère, Rachal.

Charles Longo, alias Immanual David, qui a toujours été doté d'un grand charisme, fonde sa propre secte religieuse, basée sur les préceptes de la religion mormone, et il se considère comme le Messie. Avec l'ensemble de sa famille et une trentaine de membres, le groupe s'installe dans des fermes de l'Utah, à Manti, entre 1969 et 1971. Ils survivent tant bien que mal, cultivent la terre et s'offrent comme rémouleurs aux villageois des environs. À un moment donné, les autorités locales dénombrent 12 adultes et 31 enfants qui vivent dans une même pièce. Aucun des enfants n'est scolarisé, malgré les injonctions de la police. Immanual David menace à plusieurs reprises les policiers de sa vengeance divine et on le voit se promener avec un sabre à la taille, proclamant que quiconque verra son arme dégainée mourra. Il se déclare prêt à « couper un millier de têtes, si nécessaire » afin de défendre les préceptes de sa nouvelle religion. Lorsque le chef en exercice des Mormons meurt en janvier 1970, Immanual est très déçu de ne pas être nommé à sa place.

La pression des autorités de Manti devient trop forte, ce qui oblige le groupe à déménager pour s'installer à Duchesne, toujours dans l'Utah, dans une petite maison avec deux chambres en tout et pour tout. Les David-Longo y habitent avec trois autres familles. À un des voisins qui lui demande de quoi il vit, Immanual affirme qu'il attend un gros arrivage d'or qui permettra au groupe de vivre à tout jamais à l'abri du besoin. En attendant, il joint péniblement les deux bouts grâce à l'utilisation de bons d'alimentation. Immanual emprunte de l'argent à plusieurs banques, mais il n'est jamais capable de rembourser les échéances. Ses délires de grandeur s'amplifient : il confie à plusieurs habitants de Duchesne qu'il va bientôt s'emparer de l'univers et qu'il est en contact direct avec des dirigeants importants à Washington. Fin 1971, alors qu'il est menacé de saisie sur ses maigres biens, Immanual David et tous ses disciples quittent Duchesne à la cloche de bois, pour s'installer à Salt Lake City. Plusieurs plaintes sont déposées pour escroquerie et délit de fuite.

LE SAINT-ESPRIT, JÉSUS ET DIEU VIVENT À L'HÔTEL

La famille David se sépare des autres membres de la secte, mais Immanual continue à présider aux destinées de cette poignée d'illuminés, dévoués corps et âmes à leur Messie. Pendant un temps, Immanual, qui est ceinture noire de karaté, donne des cours, tandis que Margit-Rachal s'occupe de sa nombreuse progéniture. Elle est d'un caractère très effacé et elle semble sous la coupe de son époux.

Vers le milieu des années 1970, le niveau de vie des David change du tout au tout grâce à des dons. Immanual reçoit ainsi des sommes de 25 000, 12 000, 21 000 et 15 000 $. Le FBI commence à s'intéresser de très près à ses activités, car les sectes ont plutôt mauvaise réputation, après l'affaire des massacres de Sharon Tate et des époux La Bianca par Charles Manson et son groupe d'adeptes. On le suspecte de plusieurs escroqueries et certains des membres sont interrogés par le FBI ou même envoyés en prison, tel « Matthias David » qui fait aussi l'objet d'un internement psychiatrique.

En 1975, la famille habite à l'Hôtel Utah, puis au Ramada Inn, en mai 1976. Mais leur nouvelle richesse leur permet bientôt de louer une suite de trois pièces dans le luxueux « International Dunes Hotel », dont la note de 90 $ est réglée tous les jours en espèces par Immanual. Ils y restent un peu plus d'un an, soit une dépense totale de près de 40 000 $. Dans les deux années qui suivent, l'enquête policière révèle que les David ont dépensé 80 000 $, rien qu'en location de chambres d'hôtel. En décembre 1976, un inconnu décharge de l'extérieur une arme à feu dans leur chambre, mais sans blesser quiconque, tandis que leur voiture est incendiée dans le parking de l'établissement. Immanual David ne se satisfait même plus de son nom à consonance religieuse et il se présente comme étant à la fois le Saint-Esprit, Dieu et Jésus-Christ.

Quand on se prétend être un Messie, il faut aussi soigner son image de marque, ainsi que son apparence physique. Immanual David, qui pèse dans les 140 kilos, porte la barbe et des cheveux très longs qui se terminent par une queue-de-cheval. Il se présente toujours avec des vêtements faits sur mesure ; rien qu'en juillet 1978, par exemple, il consacre plus de 3 000 $ à se vêtir.

Tous les jours, Immanual déjeune seul en compagnie de deux gardes du corps dans un restaurant français, « La Fleur de lys », où il fait preuve de vanité et se montre un client difficile. Parfois, son épouse Rachal dîne en sa compagnie, mais la plupart du temps, elle et les enfants prennent leur repas dans la suite de l'hôtel. Une fois par mois, le couple David et leurs sept enfants déjeunent au restaurant français.

Lorsque la famille quitte l'établissement, les enfants suivent leurs parents en rang d'oignons, alignés les uns derrière les autres, tous coiffés à l'identique. À Salt Lake City, pas plus qu'à Manti ou à Duchesne, les enfants David ne sont scolarisés et doivent se contenter de l'enseignement prodigué par Rachal. C'est Immanual qui se charge d'acheter les fournitures et les livres scolaires. Les enfants n'ont pas le droit de parler à quiconque, sauf autorisation de leur père, et ils obéissent au doigt et à l'œil. Quand le personnel vient nettoyer la suite, les enfants sont enfermés dans une des chambres, pendant que la femme de ménage travaille ailleurs.

SON PROJET :
DÉTRUIRE LA CALIFORNIE

Courant 1978, Immanual David se concentre sur un projet grandiose : la destruction de l'État de Californie, grâce à ses propres moyens télépathiques. Des carnets de notes indiquent qu'il prend cette idée très au sérieux et que ses enfants croient qu'il peut y arriver. Mais le 1er août 1978, il quitte Salt Lake City à bord d'une camionnette et il se suicide avec les gaz d'échappement. Immanual David est sur le point de se faire arrêter pour une escroquerie, et il ne supporte pas l'idée d'aller en prison. Il ne laisse aucune note d'explication.

C'est le lendemain que son corps est découvert et que l'on informe Rachal David du suicide de son mari. Son comportement change et elle s'adresse pour la première fois au personnel de l'hôtel en tentant de leur expliquer les motivations d'Immanual. Elle leur indique qu'il était dégoûté de la vie au point d'évoquer souvent l'envie de rejoindre l'autre monde. Rachal craignait depuis longtemps qu'il ne tente de mettre fin à ses jours. Elle paraît très affectée et nerveuse. Elle s'inquiète des notes à payer et de son manque d'argent. Ce 2 août, Rachal prend rendez-vous avec le gérant de l'hôtel pour lui demander s'il va mettre toute la famille à la porte, au cas où elle ne pourrait plus régler les factures. Il la rassure et répond qu'ils en discuteront le moment venu, mais Rachal n'arrête pas de lui répéter : « Vous ne pouvez rien faire. » Le soir même, il leur fait livrer du poulet rôti que Rachal accepte avec des remerciements, mais sans pour autant ouvrir la porte.

Le lendemain matin, 3 août 1978, Rachal fait sortir ses sept enfants sur le balcon de leur suite du onzième étage de l'établissement, à près de quatre-vingts mètres du sol. Il est environ sept heures vingt du matin. Des chaises sont empilées contre le rebord, afin que les plus petits puissent grimper dessus. Puis c'est le début d'une scène d'horreur.

Rachal jette le plus petit dans le vide. Tous les autres sautent chacun à leur tour, sans pousser le moindre cri, ni émettre la moindre protestation, obéissants jusqu'au bout. Rebecca David, 6 ans, David David, 8 ans, ex-Bruce Longo, Joseph David, 9 ans, Deborah David, 12 ans, Joshua David, 13 ans, ex-Frank Longo, Elizabeth David, 14 ans, trouvent tous la mort. Seule, Rachal David, 15 ans, ex-Eva Longo, échappe miraculeusement au décès, mais doit passer près d'un an à l'hôpital, avant d'être adoptée par une famille de Salt Lake City. Par la suite, un examen approfondi des corps révèle qu'un seul enfant a tenté de s'agripper au balcon avant de chuter dans le vide. Lorsque les enfants sont tous passés par-dessus la rambarde, leur mère, Rachal David, saute à son tour devant une centaine de badauds horrifiés qui assistent à la scène sans pouvoir intervenir. La tragédie a duré trois à quatre minutes au maximum.

La police de Salt Lake City classe l'affaire comme six homicides, une tentative d'homicide et un suicide.

Table des matières

DU MÊME AUTEUR

Série B
(avec Pascal Mérigeau)
Edilig, 1983

Roger Corman
Edilig, 1983

Terence Fisher
Edilig, 1984

Richard Fleischer
Edilig, 1986

Fredric Brown. Le rêveur lunatique
Encrage, 1988

Jack l'Éventreur
Fleuve noir, 1992

Le Cannibale de Milwaukee
Fleuve noir, 1993
et Méréal, 1999

L'Étrangleur de Boston
Fleuve noir, 1993
et Méréal, 1999

Femmes tueuses
Fleuve noir, 1994

Almanach du crime et des faits divers
Méréal, 1997

Le Livre rouge de Jack l'Éventreur
Grasset, 1998
et « Points Crime », n° P3375

Le Vampire de Düsseldorf
Méréal, 1998

L'Ogre de Santa Cruz
Méréal, 1998

Le Monstre de Rochester
Méréal, 1999

La Main de la mort
Henry Lee Lucas & Ottis Toole
Méréal, 1999

100 ans de serial killers
Méréal, 2000

12 Serial Killers
Manitoba / Les Belles Lettres, 2001

Le Nouvel Almanach du crime et des faits divers
É-dite, 2001

13 Nouveaux Serial Killers
Manitoba / Les Belles Lettres, 2001

Les serial killers sont parmi nous
Albin Michel, 2003

Crimes cannibales
(avec Isabelle Longuet, sous le pseudonyme d'Étienne Jallieu)
Éditions Scènes de crimes, 2004

Le Livre noir des serial killers
Grasset, 2004
et « Points », n° P2296

Serial Killers
Les nouveaux monstres
(sous le pseudonyme d'Étienne Jallieu)
Éditions Scènes de crimes, 2005

L'Année du crime
(avec Isabelle Longuet, sous le pseudonyme d'Étienne Jallieu)
Éditions Scènes de crimes, 2006

Almanach du crime & des faits divers
Sang pour sang nouveau
É-dite, 2006

Le Dahlia noir
Autopsie d'un crime de 1947 à James Ellroy
(avec Jean-Pierre Deloux et François Guérif)
É-dite, 2006

Infanticides
(avec Isabelle Longuet, sous le pseudonyme d'Étienne Jallieu)
Éditions Scènes de crimes, 2007

Profileuse
Une femme sur la trace des serial killers
Grasset, 2007
et « Points », n° P2528

Les Clés de l'affaire Fourniret
Comprendre et lutter contre le crime en série
(avec l'association Victimes en série)
Pascal Galodé éditeurs, 2008

La Totale
Crimes et faits divers
é-dite, 2010

Serial killers
Enquête mondiale sur les tueurs en série
(avec Isabelle Longuet et Joël Vaillant)
Grasset, 2011, 2014

Mes conversations avec les tueurs
Grasset, 2012
et « Points », n° P2990

999 ans de serial killers
Éditions Ring, 2013

Qui a tué le dahlia noir ?
Éditions Ring, 2014

La Bible du crime
Éditions de La Martinière, 2015
repris sous le titre
À chaque jour suffit son crime
« Points », n° P4417

Les 13 meilleures histoires de serial killers
Éditions Ring, 2016

Les Dernières Paroles de condamnés à mort
Éditions Ring, 2016

Sex Beast
Grasset, 2016
et « Points », n° P4549

Serial krimes
317 serial killers, 193 assassins et 5700 meurtres
Grasset, 2017

Page Facebook :
Stéphane Bourgoin

RÉALISATION : NORD COMPO À VILLENEUVE-D'ASCQ
IMPRESSION : CPI FRANCE
DÉPÔT LÉGAL : AVRIL 2012. N° 107815-6 (2038577)
IMPRIMÉ EN FRANCE